Scherz Krimi

Spannung mit Niveau

Von Agatha Christie sind erschienen:

Das Agatha Christie Lesebuch
Alibi
Alter schützt vor Scharfsinn nicht
Auch Pünktlichkeit kann töten
Auf doppelter Spur
Der ballspielende Hund
Bertrams Hotel
Der blaue Expreß
Blausäure
Das Böse unter der Sonne oder
Rätsel um Arlena
Die Büchse der Pandora
Der Dienstagabend-Klub
Ein diplomatischer Zwischenfall
Dreizehn bei Tisch
Elefanten vergessen nicht
Die ersten Arbeiten des Herkules
Das Eulenhaus
Das fahle Pferd
Fata Morgana
Das fehlende Glied in der Kette
Ein gefährlicher Gegner
Das Geheimnis der Goldmine
Das Geheimnis der Schnallenschuhe
Das Geheimnis von Sittaford
Die großen Vier
Das Haus an der Düne
Hercule Poirots größte Trümpfe
Hercule Poirot schläft nie
Hercule Poirots Weihnachten
Karibische Affäre
Die Katze im Taubenschlag
Die Kleptomanin
Das krumme Haus
Kurz vor Mitternacht
Lauter reizende alte Damen
Der letzte Joker
Die letzten Arbeiten des Herkules
Der Mann im braunen Anzug
Die Mausefalle und andere Fallen
Die Memoiren des Grafen
Mit offenen Karten
Mörderblumen
Mördergarn
Die Mörder-Maschen
Mord auf dem Golfplatz
Mord im Orientexpreß
Mord im Pfarrhaus
Mord im Spiegel
oder Dummheit ist gefährlich
Mord in Mesopotamien
Mord nach Maß
Ein Mord wird angekündigt
Die Morde des Herrn ABC
Morphium
Nikotin
Poirot rechnet ab
Rächende Geister
Rotkäppchen und der böse Wolf
Ruhe unsanft
Die Schattenhand
Das Schicksal in Person
Schneewittchen-Party
Ein Schritt ins Leere
16 Uhr 50 ab Paddington
Der seltsame Mr. Quin
Sie kamen nach Bagdad
Das Sterben in Wychwood
Der Tod auf dem Nil
Tod in den Wolken
Der Tod wartet
Der Todeswirbel
Tödlicher Irrtum
oder Feuerprobe der Unschuld
Die Tote in der Bibliothek
Der Unfall und andere Fälle
Der unheimliche Weg
Das unvollendete Bildnis
Die vergeßliche Mörderin
Vier Frauen und ein Mord
Vorhang
Der Wachsblumenstrauß
Wiedersehen mit Mrs. Oliver
Zehn kleine Negerlein
Zeugin der Anklage

Agatha Christie

Der letzte Joker

Scherz
Bern - München - Wien

Einzig berechtigte Übertragung aus dem Englischen
von Renate von Walter
Titel des Originals: »The Seven Dials Mystery«
Schutzumschlag von Heinz Looser
Foto: Thomas Cugini

10. Auflage 1991, ISBN 3-502-51135-7

Gesamtherstellung: Ebner Ulm

1

Der sympathische junge Mann Jimmy Thesiger kam die große Treppe in *Chimneys* heruntergerannt. Seine Talfahrt vollzog sich so rasant, daß er beinahe mit Tredwell, dem vornehmen Butler, zusammenstieß, als dieser gerade mit frischem Kaffee die Halle durchquerte. Nur Tredwells Geistesgegenwart war es zu verdanken, daß kein Unglück geschah.
»Verzeihung«, entschuldigte sich Jimmy. »Sagen Sie, Tredwell, bin ich etwa der letzte?«
»Nein, Sir. Mr. Wade ist auch noch nicht da.«
»Gut«, meinte Jimmy und betrat das Frühstückszimmer.
Außer seiner Gastgeberin war niemand im Raum. Ihr vorwurfsvoller Blick erweckte in Jimmy das gleiche Unbehagen, das ihn immer befiel, wenn er einem toten Dorsch in der Auslage eines Fischgeschäfts in die Augen sah. Hol's der Teufel, warum blickte ihn die Frau überhaupt so an? Pünktlich um neun Uhr dreißig zum Frühstück zu erscheinen, wenn man sein Wochenende in einem Landhaus verbrachte, war einfach nicht zu machen. Mag sein, daß Viertel nach elf, wie eben jetzt, ziemlich spät war, aber trotzdem ...
»Ich fürchte, ich bin etwas spät dran, Lady Coote!«
»Oh, das macht gar nichts«, erwiderte Lady Coote mit melancholischer Stimme.
In Wirklichkeit haßte sie Leute, die unpünktlich zum Frühstück kamen. In den ersten zehn Jahren ihrer Ehe hatte Sir Oswald Coote, damals noch einfacher Mr. Coote, milde ausgedrückt, ein Höllenspektakel veranstaltet, wenn sein Frühstück auch nur eine halbe Minute nach acht Uhr auf dem Tisch stand. Lady Coote war dazu erzogen worden, Unpünktlichkeit als eine der unverzeihlichsten Sünden zu betrachten. Und Gewohnheiten sterben zäh. Außerdem fragte sie sich, was diese jungen Leute je Anständiges leisten wollten, wenn sie nicht früh aufstanden. Sir Oswald hatte es so oft gesagt, zu Reportern und anderen Leuten: »Ich verdanke meinen Erfolg ausschließlich meinem frühen Aufstehen, meinem einfachen Leben und meinen festen Gewohnheiten.«
Lady Coote war eine große, gutaussehende Frau, doch leider etwas aus der Mode gekommen. Sie besaß dunkle traurige Augen

und eine tiefe Stimme. Ein Künstler, der nach einem Modell für »Rachel beweint ihre Kinder« suchte, würde sie auf der Stelle engagieren.
Sie sah so aus, als würde sie an einer geheimnisvollen schrecklichen Sorge tragen, obwohl es in ihrem Leben außer Sir Oswalds meteorhaftem Aufstieg überhaupt keine Sorgen gab. Als junges Mädchen war sie ein heiteres, blühendes Geschöpf gewesen, unglaublich verliebt in Oswald Coote, den hoffnungsvollen jungen Mann vom Fahrradgeschäft neben der Eisenwarenhandlung ihres Vaters. Sie hatten sehr glücklich zusammengelebt, erst in ein paar Zimmern, dann in einem kleinen Haus, dann in einem größeren und dann in einer Reihe von immer größer werdenden Villen, aber immer in vernünftiger Entfernung vom »Betrieb«, bis Sir Oswald zu derartiger Bedeutung aufgestiegen war, daß er und der »Betrieb« keinen unmittelbaren Kontakt mehr brauchten, und es war ihm ein Vergnügen gewesen, das prächtigste Herrenhaus von ganz England zu mieten. *Chimneys* war ein historisches Bauwerk, und als er es für zwei Jahre von Lord Caterham übernehmen konnte, fühlte er sich am Ziel seiner Wünsche.
Lady Coote war darüber nicht entfernt so glücklich wie ihr Mann. Sie war eine einsame Frau. In den ersten Jahren ihrer Ehe hatte ihre hauptsächliche Entspannung darin bestanden, mit dem »Mädchen« zu sprechen, und selbst als aus dem »Mädchen« drei geworden waren, war die Unterhaltung mit dem Personal Lady Cootes einzige Ablenkung gewesen. Jetzt, mit einem ganzen Stab von Hausmädchen, einem Butler mit der Würde eines Erzbischofs, einer Reihe von allerlei Bediensteten, einem Schwarm flinker Küchen- und Spülmädchen, einem furchteinflößenden fremden Küchenchef mit »Launen« und einer riesenhaften Haushälterin, die stöhnte und ächzte, wenn sie sich nur bewegte, kam sich Lady Coote wie auf einer einsamen Insel ausgesetzt vor.
Jetzt seufzte sie tief und rauschte durch die offene Terrassentür hinaus, sehr zur Erleichterung von Jimmy Thesiger, der sich sofort noch mehr Nieren mit Speck nahm.
Lady Coote blieb einige Minuten in tragischer Pose auf der Terrasse stehen, bevor sie sich dazu aufraffte, MacDonald, den Obergärtner, anzusprechen, der autoritär über das Gebiet, das

ihm unterstellt war, herrschte. MacDonald war der Kaiser aller Obergärtner. Er kannte das Reich, das er zu regieren hatte, und er regierte es despotisch.

Lady Coote näherte sich ihm voll Nervosität. »Guten Morgen, MacDonald.«

»Guten Morgen, M'lady.« Er sprach so, wie es sich für einen Obergärtner geziemte – gedämpft, aber mit Würde.

»Ich dachte ... könnten wir heute abend ein paar Trauben ...?«

»Sie sind noch nicht soweit«, sagte MacDonald.

»Oh!« Lady Coote nahm allen Mut zusammen. »Gestern probierte ich eine, und ...«

MacDonald sah sie an, und Lady Coote errötete. Sie fühlte, daß sie sich eine unverzeihliche Freiheit herausgenommen hatte. Offensichtlich war der verstorbenen Lady Caterham niemals der Schnitzer unterlaufen, eines ihrer eigenen Gewächshäuser zu betreten und sich selbst Trauben zu pflücken.

»Wenn Sie es befohlen hätten, M'lady, wären Ihnen Trauben hineingebracht worden!«

»Oh, danke«, erwiderte Lady Coote. »Ich werde es das nächstemal so machen.«

»Aber sie sind noch nicht ganz soweit.«

MacDonald schwieg. Lady Coote raffte sich noch einmal auf. »Dann wollte ich auch noch mit Ihnen über das Stück Rasen hinter dem Rosengarten reden. Ich wollte nur fragen, ob man es vielleicht zum Bowlingspielen benützen könnte – Sir Oswald ist ein großer Freund des Bowling.«

Und warum auch nicht, dachte Lady Coote. Sie hatte ihre Geschichte von England gut gelernt. Hatten nicht Sir Francis Drake und seine Mannen irgendein Spiel mit Kugeln gespielt, als die Armada gesichtet worden war? Aber sie hatte nicht mit der Haupteigenschaft eines guten Obergärtners gerechnet, sich jedem Vorschlag zu widersetzen.

»Zweifellos könnte es für diesen Zweck benutzt werden.« MacDonald legte einen entmutigenden Ton in diese Bemerkung, aber sein eigentliches Ziel war es, Lady Coote in ihr Verderben zu locken.

»Wenn man ihn jätete und ... äh ... mähte ...«

»Tja«, sagte MacDonald langsam. »Dann müßte man William von der unteren Rabatte abziehen.«

Die »untere Rabatte« sagte Lady Coote absolut nichts, aber es war klar, daß sie für Mac Donald ein unüberwindliches Hindernis darstellte.
»Und das wäre ein Jammer«, fügte MacDonald hinzu.
Lady Coote kapitulierte.
»Oh«, sagte sie. »Ich verstehe vollkommen, was Sie meinen, MacDonald. William soll an der unteren Rabatte lieber weitermachen.«
»Ich vermutete schon, daß Sie zustimmen würden, M'lady«, meinte MacDonald. Er tippte an seinen Hut und ging.
Lady Coote seufzte unglücklich, während sie ihm nachsah. Jimmy Thesiger, bis zum Hals voll mit Nieren und Speck, trat neben sie auf die Terrasse und seufzte ebenfalls, aber auf ganz andere Weise.
»Ein fabelhafter Morgen, nicht wahr?« sagte er.
»Finden Sie?« fragte Lady Coote abwesend. »Ich hatte es noch gar nicht bemerkt.«
»Wo sind die anderen? Am See?«
»Ich denke, ja.«
Lady Coote drehte sich um und ging ins Haus zurück. Tredwell blickte gerade in die Kaffeekanne.
»Mein Gott«, sagte sie. »Ist Mr. . . . Mr. . . .«
»Wade, M'lady?«
»Ja, Mr. Wade! Ist er noch immer nicht unten?«
»Nein, M'lady.«
»Er wird doch *irgendwann* herunterkommen?«
»Ganz sicher, M'lady. Gestern war es halb zwölf.«
Lady Coote sah auf die Uhr. Es war jetzt zwanzig vor zwölf. Eine Welle menschlicher Anteilnahme durchflutete sie. »Das ist wirklich Pech, Tredwell. So spät erst abräumen zu können und dann um eins schon wieder das Mittagessen zu servieren.«
»Ich bin es gewöhnt, M'lady.«
Zum zweitenmal an diesem Morgen errötete Lady Coote. Aber da gab es eine willkommene Unterbrechung. Die Tür öffnete sich, und ein ernsthafter junger Mann streckte seinen bebrillten Kopf herein.
»Oh! Hier sind Sie, Lady Coote! Sir Oswald hat nach Ihnen gefragt.«
»Ich komme sofort, Mr. Bateman.« Lady Coote eilte hinaus.

Rupert Bateman, Sir Oswalds Privatsekretär, trat durch die Terrassentür ins Freie, wo Jimmy Thesiger immer noch glücklich herumstand.
»Morgen, Pongo«, sagte Jimmy. »Ich schätze, daß ich jetzt gehen und mich bei diesen schrecklichen Mädchen beliebt machen sollte. Kommst du mit?«
Bateman schüttelte den Kopf und eilte über die Terrasse zur Tür, die in die Bibliothek führte. Jimmy grinste ihm nach. Er und Bateman waren zusammen zur Schule gegangen. Bateman war ein eifriger Junge mit Brille gewesen, und den Spitznamen Pongo hatte er aus keinem bestimmten Grund gekriegt.
Pongo, überlegte Jimmy, war heute eigentlich noch genau wie früher. »Das Leben ist hart, das Leben ist ernst« paßte exakt auf ihn.
Er schlenderte langsam zum See hinunter. Die Mädchen waren da, zwei mit dunklen kurzgeschnittenen Haaren, eine mit hellen kurzgeschnittenen Haaren. Diejenige, die am meisten kicherte, hieß – so glaubte er wenigstens – Helen. Und da war noch eine, die Nancy hieß, und die dritte wurde aus irgendeinem Grund immer mit Socks angeredet. Seine beiden Freunde, Bill Eversleigh und Ronny Devereux – aus rein ornamentalen Gründen im Auswärtigen Amt beschäftigt – standen bei ihnen.
»Hallo!« sagte Nancy. »Da ist ja Jimmy!«
»Du willst doch nicht etwa behaupten«, sagte Bill Eversleigh, »daß Gerry Wade immer noch nicht aufgestanden ist? Da muß etwas geschehen.«
»Wenn er nicht aufpaßt«, meinte Ronny Devereux, »wird er eines Tages das Mittagessen oder den Tee auf dem Tisch vorfinden, wenn er runterkommt.«
»Es ist eine Schande«, meinte Socks. »Weil es Lady Coote so aufregt. Sie gleicht mehr und mehr einer Henne, die ein Ei legen will und nicht kann. Schlimm!«
»Wir holen ihn aus dem Bett«, schlug Bill vor. »Komm, Jimmy!«
»Ach, laßt uns doch etwas subtiler sein!« rief Socks. Subtil war ein Wort, das sie sehr liebte.
»Ich bin aber nicht subtil«, erwiderte Jimmy. »Ich weiß nicht, wie man das macht!«

»Laßt uns etwas für morgen früh überlegen«, schlug Ronny vor, »das ihn um sieben Uhr aus dem Bett scheucht. Das bringt den ganzen Haushalt durcheinander.«
»Du kennst Gerry nicht«, warf Jimmy ein. »Vielleicht könnte ein Eimer kaltes Wasser ihn wecken. Aber vermutlich würde er sich nur umdrehen und weiterschlafen.«
»Dann müssen wir uns eben etwas Subtileres ausdenken«, meinte Socks.
»Aber was?« fragte Ronny schlicht. Niemand hatte eine Antwort parat.
»Wir sollten doch in der Lage sein, uns etwas einfallen zu lassen«, meinte Bill. »Wer hat Hirn?«
»Pongo«, antwortete Jimmy. »Da kommt er ja gerade! Pongo hat schon immer zu denen mit Hirn gehört. Das war von Kindesbeinen an sein Unglück. Setzen wir Pongo auf die Sache an.«
Mr. Bateman fand eine Lösung. »Ich würde einen Wecker vorschlagen«, meinte er kurz und bündig. »Ich benütze selbst einen. Ich finde, daß das leise Hereintragen von Tee oft seinen Zweck, jemanden aufzuwecken, verfehlt.« Er eilte davon.
»Ein Wecker!« Ronny schüttelte den Kopf. »Man bräuchte ein Dutzend, um Gerry aufzuscheuchen.«
»Und warum nicht?« Bill war Feuer und Flamme. »Wir gehen in einen Laden und kaufen jeder einen Wecker.«
Es gab Gelächter und Gerede. Bill und Ronny holten ihre Wagen. Jimmy wurde entsandt, das Eßzimmer zu überprüfen. Er kam schnell zurück.
»Er ist jetzt da und schlingt Toast und Marmelade runter. Wie machen wir es nur, daß er nicht mitkommt?«
Es wurde beschlossen, Lady Coote einzuweihen. Jimmy, Nancy und Helen erfüllten diesen Auftrag. Lady Coote war verwirrt und mißtrauisch.
»Einen Streich? Sie werden doch vorsichtig sein? Ich meine, Sie werden nicht die Möbel ruinieren oder zuviel Wasser nehmen. Nächste Woche müssen wir das Haus übergeben, wissen Sie. Ich möchte nicht, daß Lord Caterham denkt ...«
Bill, der von der Garage zurückgekommen war, unterbrach sie voller Zuversicht. »Klar, Lady Coote! Eileen Brent – Lord Caterhams Tochter – ist eine gute Freundin von mir. Und sie

wird sich über nichts aufregen – über absolut gar nichts! Das können Sie mir glauben! Außerdem wird kein Schaden entstehen. Eine harmlose Geschichte.«
»Subtil«, ergänzte Socks.
Lady Coote ging bekümmert über die Terrasse, als Gerald Wade aus dem Frühstückszimmer kam. Jimmy Thesiger war ein makelloser, gutaussehender junger Mann, und über Gerald Wade ließ sich nur sagen, daß er noch makelloser und besser aussah und sein leerer Gesichtsausdruck Jimmys Gesicht direkt intelligent erscheinen ließ.
»Guten Morgen, Lady Coote«, grüßte Gerald Wade. »Wo sind denn die anderen?«
»Sie sind einkaufen gefahren.«
»Was?«
»Sie brauchen irgendwas für irgendeinen Streich«, antwortete Lady Coote mit ihrer tiefen melancholischen Stimme.
»Ziemlich früh am Morgen für Streiche«, meinte Mr. Wade.
»Es ist gar nicht mehr so früh«, bemerkte Lady Coote spitz.
»Ich fürchte, ich bin ein bißchen spät heruntergekommen«, erklärte Mr. Wade mit entwaffnender Offenheit. »Merkwürdig, aber ich bin überall immer der letzte.«
»Warum stehen Sie nicht früher auf?« fragte Lady Coote.
»Oh!« Die Einfachheit dieser Lösung verschlug Mr. Wade die Sprache.
Lady Coote fuhr ernsthaft fort. »Ich habe Sir Oswald so oft sagen hören, daß nichts einen jungen Mann in der Welt weiterbringt als Pünktlichkeit.«
»Ich weiß«, erwiderte Mr. Wade. »Und ich bin auch pünktlich, in der Stadt. Ich meine, ich muß gegen elf Uhr im lieben alten Auswärtigen Amt sein. Sie dürfen nicht denken, daß ich immer so eine Schlafmütze bin, Lady Coote ... Sie haben aber wahnsinnig schöne Blumen da in der unteren Rabatte. Ich komme im Moment nicht auf den Namen, wir haben zu Hause auch solche ... meine Schwester kennt sich da gut aus.«
Lady Coote ließ sich augenblicklich ablenken. Ihr erfolgloses Scharmützel mit MacDonald nagte noch an ihr. »Was haben Sie denn für Gärtner?«
»Nur einen. Einen ziemlich alten Trottel. Hat keine Ahnung, aber tut, was man ihm sagt. Das ist schon viel, nicht wahr?«

Lady Coote stimmte ihm mit einer für sie ungewöhnlichen Inbrunst in der Stimme zu.

Mittlerweile machte die Expedition Fortschritte. Das Uhrengeschäft im Einkaufszentrum wurde gestürmt, und die plötzliche Nachfrage nach Weckern irritierte den Besitzer.
»Ich wünschte, Eileen wäre hier«, murmelte Bill. »Du kennst sie doch, Jimmy. Nein? Du würdest sie sofort mögen. Ein großartiges Mädchen – und sie hat Hirn. Kennst du sie, Ronny?«
Ronny schüttelte den Kopf.
»Sei doch ein bißchen subtiler, Bill«, meinte Socks. »Hör auf, über Mädchen zu quatschen, und mach lieber in unserer Angelegenheit weiter.«
Mr. Murgatroyd, der Besitzer des Ladens, floß vor Beredsamkeit förmlich über.
»Wenn Sie gestatten, daß ich Ihnen einen Rat gebe, Miss, würde ich sagen – *nicht* den zu sieben Shilling zu nehmen. Er ist ein guter Wecker, wirklich, ich will meine Ware nicht schlechtmachen, aber ich würde Ihnen den zu zehn Shilling sechzig doch mehr empfehlen. Er ist sein Geld wert. Ich möchte nicht, daß Sie hinterher sagen ...«
Es war ganz offensichtlich, daß Mr. Murgatroyd wie ein Wasserhahn einfach abgestellt werden mußte.
»Wir brauchen keinen zuverlässigen Wecker«, sagte Nancy.
»Es genügt, wenn er es einmal tut«, ergänzte Helen.
»Wir wollen ...«, begann Bill, aber er konnte nicht weiterreden, weil Jimmy, der eine technische Ader besaß, den Mechanismus begriffen hatte. Während der nächsten fünf Minuten war der Laden erfüllt vom lauten Läuten der verschiedensten Wecker.
Schließlich wurden sechs Wecker ausgesucht.
»Und ich will euch etwas sagen«, meinte Ronny großzügig, »ich werde noch einen für Pongo kaufen. Es war schließlich seine Idee! Er soll bei diesem Spaß auch dabeisein.«
»Stimmt«, meinte Bill. »Und ich werde noch einen für Lady Coote mitnehmen. Je mehr, desto lustiger. Und sie leistet schließlich mühsame Kleinarbeit. Sie bequatscht jetzt den alten Gerry.«
In der Tat erzählte Lady Coote in diesem Augenblick gerade

eine lange Geschichte von einem preisgekrönten Pfirsich und unterhielt sich herrlich.
Die Wecker wurden eingewickelt und bezahlt. Mr. Murgatroyd sah mit verwirrter Miene die Autos davonfahren. Sehr lebhaft, die jungen Leute der besseren Gesellschaft heutzutage, sehr lebhaft, wirklich, und nicht einfach zu begreifen.

2

»Wo wollen wir sie aufstellen?«
Das Abendessen war vorüber. Lady Coote war noch einmal eingespannt worden. Sir Oswald hatte ungewollt die Situation dadurch gerettet, daß er vorgeschlagen hatte, Bridge zu spielen – nicht daß »vorschlagen« das richtige Wort wäre. Sir Oswald hatte – wie es einem Industriekapitän zustand – nur seine Vorliebe für dieses Spiel geäußert, und alle um ihn herum beeilten sich, den Wünschen des großen Mannes gerecht zu werden.
Rupert Bateman und Sir Oswald spielten gegen Lady Coote und Gerald Wade, was ein sehr glückliches Arrangement war. Sir Oswald spielte ausgezeichnet und schätzte gleichwertige Partner. Bateman war ein ebenso hervorragender Bridgespieler wie Sekretär. Beide beschränkten sich auf gelegentliche kurze Bemerkungen wie »zwei ohne«, »verdoppelt« oder »gestochen«. Lady Coote und Gerald Wade waren sehr liebenswürdig und unsachlich, und der junge Mann versäumte es nicht, nach jedem Spiel zu sagen: »Sie waren einfach großartig, Partner«, mit einer Bewunderung, die Lady Coote sowohl als überraschend wie auch als schmeichelhaft empfand. Sie hatten gute Karten.
Von den anderen nahm man an, daß sie im großen Ballsaal zur Radiomusik tanzten. In Wirklichkeit standen sie vor der Tür zu Gerald Wades Zimmer, und die Luft war erfüllt von ihrem unterdrückten Gekicher und dem Ticken der Wecker.
»In einer Reihe unter das Bett«, schlug Jimmy auf Bills Frage hin vor.
»Und auf welche Zeit wollen wir sie einstellen? Sollen sie alle auf einmal klingeln oder in Abständen?«
Dieser Punkt wurde heftig diskutiert. Schließlich wurden die Wecker so gestellt, daß sie ab sechs Uhr dreißig einer nach dem

anderen klingelten.
»Und ich hoffe«, sagte Bill mit erhobenem Zeigefinger, »daß ihm das eine gute Lehre sein wird.«
»Hört, hört!« meinte Socks.
Sie fingen gerade an, die Wecker zu verstecken, als sie plötzlich gestört wurden.
»Pst!« zischte Jimmy. »Da kommt jemand die Treppe herauf!«
Panik brach aus.
»Ist schon gut«, entwarnte Jimmy. »Es ist nur Pongo.«
Mr. Bateman war unterwegs zu seinem Zimmer, um sich ein Taschentuch zu holen. Er blieb stehen und überflog mit einem Blick die Szene. Dann gab er einen kurzen und sinnvollen Kommentar ab. »Er wird sie ticken hören!«
Die Verschwörer sahen sich an.
»Was sage ich euch?« rief Jimmy ehrfürchtig. »Pongo hat schon immer was auf dem Kasten gehabt!«
Pongo ging weiter.
»Das stimmt«, gab Ronny Devereux mit seitlich geneigtem Kopf zu. »Acht tickende Wecker machen einen Heidenlärm. Selbst der alte Gerry kann das nicht überhören, und wenn er noch so ein Esel ist! Er wird vermuten, daß da was nicht in Ordnung ist.«
»Ich möchte wissen, ob es wirklich stimmt«, sagte Jimmy Thesiger.
»Was?«
»Daß er so ein Esel ist, wie wir alle denken!«
Ronny starrte ihn an. »Wir kennen Gerry!«
»Wirklich?« fragte Jimmy. »Ich habe schon manchmal gedacht ... nun, daß es nicht jeder fertigbringt, so ein Esel zu sein, wie Gerry tut.«
Jetzt sahen ihn alle an. Auf Ronnys Gesicht erschien ein ernsthafter Ausdruck. »Jimmy«, sagte er ehrfürchtig, »du hast ja Hirn!«
»Ein zweiter Pongo«, meinte Bill ermutigend.
»Hört doch auf, so subtil zu sein!« rief Socks. »Was sollen wir jetzt mit den Weckern machen?«
»Da kommt Pongo wieder, am besten, wir fragen ihn«, schlug Jimmy vor.

Pongo, gedrängt, seinen großen Geist auf dieses Problem anzusetzen, entschied: »Wartet, bis er eingeschlafen ist! Dann schleicht in sein Zimmer und stellt sie auf den Boden!«
»Der kleine Pongo hat schon wieder recht«, sagte Jimmy bewundernd. »Wir verstauen sie lieber und gehen wieder nach unten, damit man keinen Verdacht schöpft.«
Das Bridgespiel dauerte immer noch an – mit einer kleinen Umbesetzung. Sir Oswald spielte jetzt mit seiner Frau zusammen und erklärte ihr nach jedem Spiel gewissenhaft ihre Fehler.
In Abständen sagte Gerald Wade zu Pongo: »Gut gespielt, wirklich gut gespielt!«
Bill Eversleigh stellte zusammen mit Ronny Devereux Überlegungen an: »Sagen wir, er geht gegen zwölf Uhr ins Bett – wieviel Zeit glaubst du, sollten wir ihm geben? Eine Stunde?«
Er gähnte. »Merkwürdig – sonst bleibe ich bis drei Uhr auf, aber heute, weil ich noch warten muß, würde ich viel darum geben, auf der Stelle ins Bett gehen zu können.«
Jeder bestätigte, daß es ihm genauso erginge.
»Meine liebe Maria«, erhob sich die Stimme von Sir Oswald in milder Verwirrung, »ich habe dir doch wieder und wieder gesagt, du darfst nicht zögern, einen Impass zu machen, wenn du das vorhast! Damit verrätst du dich.«
Darauf hätte Lady Coote eine sehr gute Antwort gewußt – nämlich, daß es sehr töricht von Sir Oswald sei, ein laufendes Spiel zu kommentieren, wenn es »auf dem Tisch lag«. Aber sie lächelte nur freundlich, lehnte sich mit ihrem üppigem Busen weit über den Tisch und starrte intensiv in Gerald Wades Karten.
Als sie die Königin in seinem Blatt entdeckte, war sie beruhigt und spielte den Buben aus. Sie machte einen Stich und legte die Karten hin. »Vier Stiche und den Rubber«, verkündete sie. »Habe ich Glück, was?«
»Glück«, murmelte Gerald Wade, als er seinen Stuhl zurückstieß und sich zu den anderen am Kamin gesellte. »Glück nennt sie das! Die Frau spickt unglaublich!«
Lady Coote sammelte Scheine und Münzen ein. »Ich sehe ein, daß ich keine gute Spielerin bin«, verkündete sie mit melancholischer Stimme, in der unterschwelliges Vergnügen mitschwang,

»aber ich habe wirklich Glück im Spiel.«
»Du wirst nie eine Bridgespielerin werden, Maria«, prophezeite Sir Oswald.
»Das sagst du ständig. Dabei gebe ich mir solche Mühe!«
»Das tut sie tatsächlich«, sagte Gerald Wade halblaut. »Sie würde einem sogar den Kopf an die Brust legen, wenn sie anders nicht in die Karten sehen könnte.«
»Ich weiß, daß du dir Mühe gibst«, sagte Sir Oswald. »Es ist nur so, daß du eben keinen Sinn für Karten hast.«
»Ja, mein Lieber«, stimmte Lady Coote ihm zu. »Übrigens schuldest du mir noch zehn Shilling.«
»Wirklich?« Sir Oswald tat erstaunt.
»Ja. Acht Pfund zehn. Du hast mir erst acht Pfund gegeben.«
»Tatsächlich! Entschuldige, das war mein Fehler.«
Lady Coote lächelte ihn verhangen an und nahm die Zehnshillingnote. Sie liebte ihren Mann sehr, aber sie konnte nicht zulassen, daß er sie um zehn Shilling betrog.
Sir Owald ging zu einem Beistelltischchen und genehmigte sich einen Whisky mit Soda. Es war halb eins, als man sich allgemein gute Nacht wünschte.
Ronny Devereux, der das Zimmer neben Gerald Wade bewohnte, sollte Wache halten. Um Viertel vor zwei schlich er herum und klopfte an die Türen. Die Verschwörer, in Pyjamas und Morgenröcken, versammelten sich leise.
»Vor zwanzig Minuten hat er das Licht ausgemacht«, berichtete Ronny. »Eben habe ich seine Tür geöffnet und gehorcht, er scheint zu schlafen. Fangen wir an?«
Da trat eine neue Schwierigkeit auf.
»Wir können nicht alle reinmarschieren. Einer soll sich hineinschleichen, und die anderen reichen ihm die Wecker hinein!« sagte jemand.
Heiße Dispute entbrannten darüber, wer dazu bestimmt werden sollte.
Die Mädchen schieden aus, weil sie kichern würden. Bill Eversleigh wurde wegen seiner Größe und seiner allgemeinen Tolpatschigkeit abgelehnt, welch letztere er heftig bestritt. Jimmy und Ronny waren mögliche Kandidaten, aber schließlich entschieden sie sich für Bateman.
»Pongo ist unser Mann«, erklärte Jimmy. »In jeder Beziehung!

Erstens schleicht er wie eine Katze – hat er immer schon getan! Und zweitens, falls Gerry aufwachen sollte, wird Pongo bestimmt eine gute Ausrede einfallen!«
Pongo erfüllte seinen Job gewissenhaft. Vorsichtig öffnete er die Tür und verschwand mit den beiden größten Weckern in der Dunkelheit. Kurz darauf erschien er wieder auf der Schwelle, und zwei weitere Wecker wurden ihm übergeben, dann noch zwei und dann die beiden letzten. Schließlich tauchte er wieder auf. Alle hielten die Luft an und lauschten. Gerald Wades gleichmäßiges Atmen war immer noch zu hören, überlagert von dem fröhlichen Ticken der acht Wecker.

3

»Zwölf Uhr«, sagte Socks verzweifelt.
Die Sache hatte nicht sehr gut geklappt. Die Wecker allerdings waren losgegangen – mit einer derartigen Lautstärke, daß Ronny Devereux dachte, das Jüngste Gericht sei angebrochen. Wenn das schon die Wirkung im Nachbarzimmer gewesen war, wie erst mußte sie in unmittelbarer Nähe gewesen sein? Ronny lief auf den Flur hinaus und legte sein Ohr an die Tür.
Er erwartete wüste Flüche, aber er hörte überhaupt nichts. Die Wecker tickten – laut, aufreizend, doch offenbar hatten sie in Gerald Wade einen zähen Gegner gefunden.
Die Verschwörer waren geneigt, allen Mut zu verlieren.
»Der Kerl ist kein menschliches Wesen«, meinte Jimmy.
»Hat wahrscheinlich gedacht, irgendwo weit weg würde ein Telefon läuten, und sich wieder umgedreht und weitergeschlafen«, vermutete Helen.
»Das erscheint mir sehr bemerkenswert«, erklärte Rupert Bateman ernst. »Ich finde, er sollte deswegen einmal einen Arzt aufsuchen.«
»Irgendein Schaden in den Gehörgängen«, meinte Bill hoffnungsvoll.
»Wenn ihr mich fragt«, sagte Socks, »ich glaube, der legt uns rein. Natürlich haben sie ihn aufgeweckt. Aber er will uns anschmieren und tut, als hätte er sie nicht gehört.«
Alle sahen Socks voll Bewunderung und Respekt an.

»Das ist ein Gedanke«, meinte Bill.
»Einfach subtil«, sagte Socks. »Ihr werdet sehen, heute kommt er besonders spät zum Frühstück – nur um uns reinzulegen!«
Und da es jetzt bereits einige Minuten nach zwölf Uhr war, ging die allgemeine Meinung dahin, daß Socks recht hatte. Nur Ronny Devereux machte Einwände.
»Ihr vergeßt, daß ich sofort vor der Tür stand, als der erste Wecker losgegangen war. Was immer Gerry auch später beschlossen hatte, das Klingeln des ersten muß ihn überrascht haben. Er hätte irgendeinen Fluch rauslassen müssen. Wo hattest du denn den ersten hingestellt, Pongo?«
»Auf ein kleines Tischchen direkt neben seinem Ohr«, erwiderte Mr. Bateman.
»Das war sehr weise von dir, Pongo«, sagte Ronny. »Und jetzt erzähl mir mal«, er wandte sich an Bill, »wenn um halb sieben Uhr morgens dicht neben deinem Ohr ein Wecker loslegt, was würdest du da tun?«
»Mein Gott«, rief Bill. »Ich würde ...« Er hielt inne.
»Eben!« meinte Ronny. »Ich auch. Jeder normale Mensch würde hochschrecken. Nun, er nicht! Deshalb sage ich, daß Pongo recht hat – wie gewöhnlich – und Gerry irgendein obskures Ohrenleiden hat.«
»Jetzt ist es zwanzig nach zwölf«, stellte eines der Mädchen enttäuscht fest.
»Ich finde«, meinte Jimmy langsam, »daß es ein bißchen zu weit geht!«
Bill starrte ihn an. »Was willst du damit sagen?«
»Nun, irgendwie sieht das Gerry nicht ähnlich.« Jimmy wollte nicht zuviel sagen, und doch ... er bemerkte, wie Ronny ihn anblickte. Ronny war plötzlich auf der Hut.
In diesem Augenblick kam Tredwell ins Zimmer und sah sich zögernd um.
»Ich dachte, Mr. Bateman sei hier«, erklärte er entschuldigend.
»Er ist eben rausgegangen, durch die Terrassentür«, sagte Ronny. »Kann ich Ihnen helfen?«
Tredwells Augen wanderten von ihm zu Jimmy Thesiger und wieder zurück. Auf diese Weise ausgesondert verließen die beiden jungen Männer mit ihm das Zimmer. Sorgfältig schloß Tredwell die Speisezimmertür hinter ihnen.

»Nun«, sagte Ronny, »was gibt's?«
»Da Mr. Wade immer noch nicht zum Frühstück erschienen war, Sir, nahm ich mir die Freiheit, William in sein Zimmer hinaufzuschicken.«
»Und?«
»William kam gerade ganz aufgeregt heruntergerannt, Sir.« Tredwell hielt kurz inne. »Ich fürchte, Sir, daß der junge Mann im Schlaf verstorben ist.«
Jimmy und Ronny starrten ihn an.
»Das ist doch Unsinn!« rief Ronny schließlich. »Es ... ich gehe selbst hinauf und sehe nach. Vielleicht hat sich William, der alte Trottel, geirrt.«
Tredwell hob abwehrend den Arm. Mit einem merkwürdigen Gefühl der Erleichterung bemerkte Jimmy, daß der Butler die Situation fest im Griff hatte.
»Nein, Sir! William hat sich nicht geirrt! Ich habe schon nach Dr. Cartwright geschickt und mir die Freiheit erlaubt, die Tür abzuschließen. Jetzt muß ich Mr. Bateman suchen.«
Tredwell lief eilig davon. Ronny blieb wie betäubt stehen. »Gerry«, murmelte er.
Jimmy nahm seinen Freund am Arm und schob ihn durch eine Seitentür auf eine stille Ecke der Terrasse. Dort drückte er ihn auf einen Stuhl.
»Nimm's nicht so tragisch, alter Knabe!« sagte er freundlich. »Es geht dir bestimmt gleich wieder besser.« Er hatte gar nicht gewußt, daß Ronny mit Gerry Wade so eng befreundet gewesen war. »Wenn jemand gesund aussah, dann war er es.«
Ronny nickte.
»Das ganze Spiel mit den Weckern kommt mir jetzt richtig gemein vor«, fuhr Jimmy fort. »Merkwürdig, nicht wahr, wie aus einem Spiel oft Ernst wird!«
Er sprach mehr oder weniger rhetorisch, um Ronny Zeit zu geben, sich wieder zu fassen. Ronny bewegte sich unruhig auf seinem Stuhl hin und her.
»Wenn doch nur der Arzt käme. Ich möchte wissen ...«
»Was?«
»Woran ... er starb.«
Jimmy spitzte seinen Mund. »Herz?« vermutete er.
Ronny lachte kurz und bitter auf.

Jimmy fand es schwierig weiterzureden.
»Du glaubst doch nicht ... du denkst doch nicht etwa, daß er einen Schlag auf den Kopf gekriegt hat oder so was? Weil Tredwell die Tür abgeschlossen hat und all das?« Er schüttelte den Kopf und schwieg. Er wußte nicht, was man außer Warten tun konnte. Deshalb wartete er. Es war Tredwell, der sie aufstöberte.
»Der Arzt würde Sie gern in der Bibliothek sprechen, wenn es Ihnen nichts ausmacht, Sir.«
Ronny sprang auf. Jimmy folgte ihm.
Dr. Cartwright war ein schlanker, energischer junger Mann mit einem klugen Gesicht. Er begrüßte sie mit kurzem Nicken. Pongo, der ernster und bebrillter wirkte als je, stellte sie nacheinander vor.
»Wie ich höre, waren Sie ein guter Freund von Mr. Wade«, sagte der Arzt zu Ronny.
»Sein bester.«
»Hm. Nun, die Angelegenheit scheint ziemlich klar, wenn auch traurig. Er sah sehr gesund aus. Wissen Sie, ob er Schlafmittel nahm?«
»Schlafmittel?« Ronny war verblüfft. »Er schlief immer wie ein Murmeltier.«
»Nun, der Tatbestand ist ziemlich klar. Trotzdem wird es eine Untersuchung geben, fürchte ich.«
»Wie starb er denn?«
»Da gibt es nicht viele Zweifel: an einer Überdosis Chloral. Das Zeug stand neben seinem Bett, in einem Fläschchen. Dazu ein Glas.«
Es war Jimmy, der die Frage stellte, die seinem Freund auf der Zunge lag. »Dabei sind keine üblen Dinge im Spiel?«
Der Arzt sah ihn scharf an. »Warum fragen Sie das!«
Jimmy sah Ronny an. Wenn Ronny etwas wußte, mußte er jetzt sprechen. Aber zu seinem Erstaunen schüttelte Ronny den Kopf. »Es gibt nicht den geringsten Anlaß«, sagte er.
»Und ... Selbstmord?«
»Ganz bestimmt nicht!« Ronny sagte das mit Nachdruck.
Der Arzt war anscheinend nicht ganz so fest davon überzeugt. »Sie wissen von keinen Schwierigkeiten? Geldgeschichten? Eine Frau?«

Wieder schüttelte Ronny den Kopf.
»Jetzt zu seinen Verwandten. Sie müssen benachrichtigt werden.«
»Er hat eine Schwester – das heißt, eine Halbschwester. Sie lebt in *Deane Priory*. Etwa zwanzig Meilen von hier. Wenn er nicht in der Stadt war, wohnte er bei ihr.«
»Hm«, meinte der Arzt. »Wir müssen sie benachrichtigen.«
»Das übernehme ich«, sagte Ronny und sah Jimmy an. »Du kennst sie, nicht wahr?«
»Flüchtig. Habe ein- oder zweimal mit ihr getanzt.«
»Dann können wir ja in deinem Auto fahren. Es macht dir doch nichts aus mitzukommen?«
»Ich wollte es gerade vorschlagen. Ich geh' schon mal und mache den alten Bus startklar.«
Jimmy war froh, etwas zu tun zu haben. Ronnys Benehmen verwirrte ihn. Was wußte oder vermutete er? Und warum hatte er dem Arzt von seinem Verdacht, wenn er tatsächlich einen hegte, nichts gesagt? Kurz darauf fuhren die beiden Freunde ohne Rücksicht auf derart überflüssige Dinge wie Geschwindigkeitsbegrenzungen in Jimmys Wagen los.
»Jimmy«, sagte Ronny unterwegs, »ich glaube, daß du jetzt mein bester Freund bist.«
»Ja . . . warum?« fragte er rauh.
»Es gibt etwas, das du wissen solltest.«
»Über Gerry Wade?«
»Ja.«
Jimmy wartete. »Nun?« fragte er schließlich.
»Ich weiß nicht, ob ich reden soll«, sagte Ronny.
»Warum?«
»Ich bin durch eine Art Versprechen gebunden.«
»Dann solltest du es vielleicht lieber lassen.«
Es entstand eine Pause.
»Und trotzdem würde ich gern . . . weißt du, Jimmy, du bist einfach intelligenter als ich.«
»Vielleicht«, meinte Jimmy unfreundlicherweise.
»Nein, ich kann es doch nicht«, sagte Ronny plötzlich.
»Okay. Wie du willst!«
Nach langem Schweigen fragte Ronny: »Wie ist sie denn?«
»Wer?«

»Das Mädchen. Gerrys Schwester.«

Jimmy schwieg ein paar Minuten, dann sagte er: »Sie ist in Ordnung. Sie ist ... ein famoses Mädchen.«

»Gerry hat sie sehr gemocht. Es wird sie hart treffen.«

Sie schwiegen, bis sie *Deane Priory* erreicht hatten. Miss Loraine, sagte das Dienstmädchen, sei im Garten. Außer, sie wollten Mrs. Coker sprechen ...

Jimmy versicherte, daß sie nicht zu Mrs. Coker wollten.

»Wer ist Mrs. Coker?« fragte Ronny, als sie in den leicht verwilderten Garten gingen.

»Die alte Ziege, die bei Loraine wohnt.«

Sie hatten einen gepflasterten Weg betreten. An seinem Ende stand ein Mädchen mit zwei schwarzen Spaniels, sehr blond, in schäbigen alten Tweedhosen. Nicht im geringsten das Mädchen, das Ronny erwartet hatte. Keineswegs Jimmys Typ. Einen Hund am Halsband haltend kam sie ihnen entgegen.

»Guten Tag«, sagte sie. »Sie brauchen sich vor Elizabeth nicht zu fürchten. Sie hat nur gerade Junge und ist sehr mißtrauisch.«

Sie sprach ganz natürlich, und als sie aufblickte, wurden ihre roten Wangen noch röter. Ihre Augen waren dunkelblau – wie Kornblumen. Plötzlich weiteten sie sich ... vor Angst? Als ob sie etwas ahnte.

Jimmy sagte hastig: »Das ist Ronny Devereux, Miss Wade. Sie haben Gerry sicher oft von ihm sprechen hören.«

»O ja!« Sie wandte sich mit einem offenen warmen Lächeln ihm zu. »Sie waren in *Chimneys,* nicht wahr? Warum haben Sie Gerry nicht mitgebracht?«

»Wir ... äh ... das konnten wir nicht«, sagte Ronny.

Wieder sah Jimmy Angst in ihren Augen aufsteigen.

»Miss Wade«, begann er, »ich fürchte ... ich meine, wir haben schlechte Nachrichten für Sie.«

Augenblicklich war sie hellwach. »Gerry?«

»Ja ... Gerry ... er ist ...«

Sie stampfte in plötzlicher Ungeduld mit dem Fuß auf.

»Nun reden Sie schon!« Sie wandte sich an Ronny. »Dann sagen Sie es mir!«

Eifersucht durchzuckte Jimmy. In diesem Augenblick wurde ihm klar, was er sich bis jetzt nie hatte eingestehen wollen. Er wußte, warum Helen und Nancy und Socks nur »Mädchen« für

ihn waren und sonst nichts.
Er hörte nur halb, wie Ronny antwortete: »Ja, Miss Wade, ich werde es Ihnen sagen: Gerry ist tot!«
Sie bewahrte erstaunlich gut die Fassung. Sie schluckte und trat einen Schritt zurück, aber dann, nach ein paar Augenblicken, stellte sie hastige bohrende Fragen. Wie? Wann?
Ronny antwortete, so gut er konnte.
»Schlafmittel? Gerry soll Schlafmittel genommen haben?«
Der ungläubige Ton in ihrer Stimme war nicht zu überhören. Jimmy sah sie kurz an. Es war fast wie eine Warnung. Dann erklärte er ihr so schonend wie möglich, warum es eine Untersuchung geben mußte. Sie schauderte. Sie lehnte ihr Angebot, mit ihnen nach *Chimneys* zu fahren, ab und erklärte, sie würde später nachkommen. Sie besaß einen eigenen Zweisitzer.
»Ich möchte ein wenig allein sein«, sagte sie kläglich.
»Ich verstehe«, erwiderte Ronny.
»Ist schon gut«, meinte Jimmy.
Sie sahen sich verlegen und hilflos an.
»Ich danke Ihnen beiden sehr, daß Sie gekommen sind.«
Schweigend fuhren sie zurück. Sie waren irgendwie befangen.
»Mein Gott! Hat das Mädchen Haltung!« sagte Ronny einmal.
Jimmy stimmte ihm zu.
»Gerry war mein Freund«, erklärte Ronny. »Es ist jetzt meine Aufgabe, mich um sie zu kümmern.«
»Natürlich, ganz klar!«
Mehr redeten sie nicht.
Bei ihrer Rückkehr nach *Chimneys* wurde Jimmy von einer in Tränen aufgelösten Lady Coote aufgehalten.
»Der arme Junge!« wiederholte sie immer wieder. »Der arme Junge!« Jimmy machte die passendsten Bemerkungen, die ihm einfielen.
Lady Coote erzählte ihm daraufhin mit aller Ausführlichkeit Einzelheiten über das Hinscheiden verschiedener lieber Freunde. Jimmy hörte ihr mit gespieltem Interesse zu und brachte es schließlich fertig, sich mit Anstand zurückzuziehen.
Er rannte leichtfüßig die Treppe hinauf. Ronny kam gerade aus Geralds Zimmer.
»Ich war drinnen, um ihn mir anzusehen«, sagte er. »Gehst du auch hinein?«

»Ich glaube nicht«, erwiderte Jimmy, der wie alle jungen Leute eine gesunde Abneigung gegen den Tod hatte.
»Ich meine, alle Freunde sollten es tun.«
»Ja? Wirklich?« fragte Jimmy und fand, daß Ronny Devereux sich in dieser ganzen Geschichte verdammt merkwürdig benahm.
»Ja. Aus einer Art Achtung.«
Jimmy seufzte, gab dann aber nach.
»Na, gut«, sagte er und ging mit zusammengebissenen Zähnen hinein.
Weiße Blumen lagen auf der Bettdecke. Das Zimmer war ordentlich aufgeräumt. Jimmy warf einen kurzen, nervösen Blick auf das stille weiße Gesicht. Konnte das der pausbäckige rosige Gerry Wade sein? Er schauderte.
Als er sich umdrehte, um das Zimmer zu verlassen, fiel sein Blick auf den Kaminsims, und er blieb erstaunt stehen. In einer Reihe aufgestellt standen dort die Wecker.
Rasch lief er nach draußen. Ronny wartete auf ihn.
»Armer Kerl«, murmelte Jimmy. »Sag mal, Ronny, wer hat eigentlich die Wecker aufgestellt?«
»Wie soll ich das wissen? Einer der Diener vermutlich.«
»Komisch, es sind nur sieben, nicht acht. Ist dir das auch aufgefallen?«

4

»Rücksichtslos finde ich das!« sagte Lord Caterham wehleidig und schien sich irgendwie an dem Adjektiv zu freuen, das er gefunden hatte. »Ich habe schon oft festgestellt, daß diese Selfmademen rücksichtslos sind. Sehr gut möglich, daß das der Grund ist, warum sie soviel Reichtum anhäufen.«
Düster blickte er über sein angestammtes Land, von dem er wieder Besitz ergriffen hatte.
Seine Tochter, Lady Eileen Brent, von ihren Freunden kurz »Bündel« genannt, lachte. »Du wirst jedenfalls niemals große Reichtümer anhäufen! Obwohl du dem alten Coote ganz schön viel Miete abgeknöpft hast für diesen Kasten. Wie ist er denn? Annehmbar?«

»Einer von diesen tüchtigen Industriekapitänen«, erwiderte Lord Caterham und schüttelte sich leicht, »mit rotem Spießergesicht und grauem Haar. Das, was man eine starke Persönlichkeit nennt. Eine menschliche Dampfwalze, sozusagen.«

»Ermüdend also?« fragte sie voll Mitgefühl.

»Entsetzlich ermüdend, voll von niederschmetternden Tugenden wie Nüchternheit und Pünktlichkeit. Ich weiß nicht, was schlimmer ist: starke Persönlichkeit oder eifrige Politiker. Ich ziehe nette unbedeutende Leute vor.«

»Nette unbedeutende Leute wären aber nicht in der Lage gewesen, dir so eine Miete für das alte Mausoleum zu zahlen«, erinnerte Bündel.

Lord Caterham seufzte. »Ich wünschte, du hättest dieses Wort nicht benützt, Bündel. Wir waren gerade dabei, das Thema zu verlassen.«

»Ich verstehe wirklich nicht, warum du so empfindlich bist«, meinte Bündel. »Irgendwo müssen die Menschen ja sterben.«

»Sie brauchen das aber nicht in meinem Haus zu tun«, erwiderte Lord Caterham.

»Warum nicht? Das haben schon viele hier getan: Heerscharen von steifen Großvätern und Großmüttern.«

»Das ist etwas anderes! Natürlich gehe ich davon aus, daß Mitglieder der Familie hier sterben – das zählt nicht. Aber gegen Fremde habe ich etwas. Und Untersuchungen kann ich schon überhaupt nicht ausstehen. Solche Geschichten werden leicht zur Gewohnheit. Das ist jetzt schon der zweite Tote. Erinnerst du dich an das Theater, das wir vor vier Jahren hatten? Für das ich übrigens George Lomax verantwortlich mache.«

»Und jetzt schiebst du die Schuld auf die arme alte Dampfwalze Coote. Ich bin sicher, daß es ihm ebenso lästig war wie allen anderen.«

»Sehr rücksichtslos«, beharrte Lord Caterham. »Leute, bei denen man mit so was rechnen muß, sollten gar nicht erst eingeladen werden. Und du kannst sagen, was du willst, Bündel, ich mag keine Untersuchungen.«

»Nun, jetzt ist es doch etwas anderes als beim letztenmal. Ich meine, es ist kein Mord.«

»Es hätte aber gut einer sein können – nach dem ganzen Wirbel, den dieser Dickkopf von Inspektor veranstaltete. Er hat die

Geschichte von vor vier Jahren noch nicht vergessen und denkt, daß jeder Sterbefall, der sich in meinem Haus ereignet, eine faule Sache von eminenter politischer Bedeutung ist. Du kannst dir nicht vorstellen, wie er sich aufgeführt hat! Tredwell erzählte es mir. Hat alle nur erdenklichen Dinge nach Fingerabdrücken untersucht. Natürlich haben sie nur die des Toten gefunden. Eine ganz eindeutige Geschichte – ob es allerdings Selbstmord oder Unfall war, ist eine andere Frage.«
»Ich habe Gerry Wade mal getroffen«, sagte sie. »Er war ein Freund von Bill. Du hättest ihn bestimmt gemocht, Vater, ich habe noch nie jemand gesehen, der so nett und unbedeutend war wie er. Ich kann mir wirklich nicht vorstellen, daß ihn jemand umgebracht hat. Die Idee ist absurd!«
»Natürlich! Das wäre sie für jeden, außer für Inspektor Raglan, diesen Esel.«
»Vielleicht fühlt er sich bedeutend, wenn er nach Fingerabdrücken sucht. Jedenfalls haben sie sich auf ›Tod durch Unglücksfall‹ geeinigt, nicht wahr?«
Lord Caterham beruhigte sich. »Sie mußten Rücksicht auf die Gefühle der Schwester nehmen.«
»Hat er eine Schwester? Das wußte ich gar nicht.«
»Eine Halbschwester, viel jünger. Der alte Wade ist mit ihrer Mutter durchgebrannt – er hat immer so was gemacht. Keine Frau hat ihn interessiert, wenn sie nicht einem anderen Mann gehörte.«
»Da bin ich aber froh, daß es wenigstens eine schlechte Eigenschaft gibt, die du nicht besitzt«, sagte Bündel.
»Ich habe immer ein sehr anständiges gottgefälliges Leben geführt«, erklärte Lord Caterham. »Wirklich erstaunlich, daß man mich nicht in Ruhe lassen kann. Wenn ...« Er hielt inne, weil Bündel plötzlich zur Terrassentür hinauslief.
»MacDonald!« rief sie energisch. Würdevoll näherte sich MacDonald. Etwas, das man für ein Begrüßungslächeln hätte halten können, versuchte sich auf seinem Gesicht breitzumachen. »Wie geht's?« fragte sie.
»Nicht sehr großartig«, erwiderte MacDonald.
»Ich wollte mit Ihnen wegen des Bowlingplatzes sprechen. Der ist entsetzlich verwildert. Unternehmen Sie etwas!«
MacDonald schüttelte zweifelnd seinen Kopf. »Das würde be-

deuten, daß man William von der unteren Rabatte abziehen müßte, M'lady.«

»Zum Teufel mit der Rabatte! Er soll sofort anfangen. Und, MacDonald . . .«

»Ja, M'lady?«

»Bringen Sie uns Trauben aus dem Gewächshaus! Ich weiß, daß man sie eigentlich noch nicht pflücken soll, aber ich will trotzdem welche, verstanden?«

Bündel kehrte in die Bibliothek zurück.

»Tut mir leid, Vater«, sagte sie. »Aber ich wollte MacDonald erwischen. Hattest du etwas gesagt?«

»Allerdings«, antwortete Lord Caterham. »Aber das macht nichts. Was gab's denn mit MacDonald?«

»Ich wollte ihn davon heilen, sich für den Allmächtigen zu halten. Aber es ist ziemlich unmöglich. Ich glaube, daß die Cootes ihm nicht gutgetan haben. MacDonald hat sich sicher keinen Pfifferling um sie geschert. Wie ist eigentlich Lady Coote?«

Lord Caterham überlegte kurz. »Sie hat bestimmt in vielen Laienspielen mitgewirkt. Ich nehme an, daß sie sich über den Scherz mit den Weckern sehr aufgeregt hat.«

»Was für Wecker?«

»Tredwell hat es mir gerade erzählt. Es scheint, daß sich die Gäste des Hauses einen Scherz erlaubt haben. Sie kauften ein paar Wecker und versteckten sie im Zimmer des jungen Wade. Und dann war der arme Kerl tot. Was die ganze Angelegenheit ziemlich eklig macht.«

Bündel nickte.

»Tredwell berichtete mir noch etwas Merkwürdiges über die Wecker«, fuhr Lord Caterham jetzt mit gesteigertem Vergnügen fort. »Anscheinend hat irgend jemand sie eingesammelt und in einer Reihe auf den Kaminsims gestellt, nachdem der arme Kerl tot war.«

»Na und?«

»Offenbar hat es deswegen Aufregung gegeben. Alle Dienstboten wurden befragt und schworen, daß sie niemals diese ekelhaften Dinger angefaßt hätten. Wirklich sehr rätselhaft. Der Coroner stellte bei der Untersuchung diesbezügliche Fragen, und du weißt ja, wie schwierig es ist, Leuten dieses Schlages etwas klarzumachen.«

»Lauter Idioten«, stimmte Bündel zu.
»Natürlich ist es nicht einfach, hinterher die Zusammenhänge herauszufinden. Übrigens, Bündel, er ist in deinem Zimmer gestorben.«
Bündel zog eine Grimasse. »Warum gerade in meinem Zimmer?« fragte sie indigniert.
»Das sage ich ja!« meinte Lord Caterham triumphierend. »Rücksichtslos, verdammt rücksichtslos!«
»Nicht daß es mir etwas ausmacht«, sagte sie mutig, »warum auch!«
»Mir schon! Ich würde schlecht träumen ... von Geistern und klirrenden Ketten.«
»Großtante Louisa starb in *deinem* Bett. Ich wundere mich, daß du sie nicht herumspuken siehst.«
»Das tue ich ja manchmal«, gestand Lord Caterham schaudernd, »besonders nach Hummer.«
»Zum Glück bin ich nicht abergläubisch.«
Trotzdem mußte Bündel am Abend, als sie in ihrem Zimmer vor dem Kaminfeuer saß, unwillkürlich an jenen netten nichtssagenden Gerry Wade denken. Unvorstellbar, daß jemand, der so voll Lebensfreude steckte, Selbstmord begangen haben konnte. Nein, die andere Version mußte stimmen. Er hatte ein Schlafmittel genommen und aus Versehen eine Überdosis erwischt.
Ihr Blick fiel auf den Kaminsims, und sie erinnerte sich an die Geschichte mit den Weckern. Ihre Zofe war voll davon gewesen, und das zweite Hausmädchen hatte ihr gerade alle Einzelheiten haarklein erzählt. Bündel erfuhr ein Detail, das Tredwell offenbar nicht für wichtig gehalten und nicht an Lord Caterham weitergegeben hatte, das aber Bündels Neugier erregte.
Auf dem Kaminsims hatten sieben Wecker gestanden. Den fehlenden achten fand man draußen auf dem Rasen, wohin er offensichtlich durchs Fenster geworfen worden war.
Die Sache erschien so sinnlos. Man konnte sich vorstellen, daß eines der Hausmädchen die Wecker eingesammelt und es bei der Untersuchung aus Angst geleugnet hatte. Aber bestimmt würde kein Dienstmädchen einen Wecker in den Garten werfen!
Hatte Wade es getan, als das erste Klingeln ihn weckte? Nein,

unmöglich! Der Tod war angeblich in den frühen Morgenstunden eingetreten. Wade mußte schon einige Zeit vorher bewußtlos gewesen sein.
Die Sache mit den Weckern war wirklich merkwürdig. Sie mußte Bill Eversleigh fragen. Er war übers Wochenende auch hier gewesen.
Denken und handeln war eins. Bündel stand auf und ging zu ihrem Schreibtisch. Es war ein schönes Stück mit Intarsien, dessen Deckel man zurückrollen konnte. Bündel setzte sich, nahm einen Bogen Papier und begann zu schreiben: Lieber Bill ...
Sie hielt inne, um die Schreibplatte herauszuziehen. Sie klemmte, wie häufig. Ungeduldig zog Bündel daran. Da fiel ihr ein, daß einmal ein vergessenes Kuvert dazwischengesteckt hatte. Mit einem dünnen Papiermesser fuhr sie in den schmalen Spalt. Sie hatte Erfolg. Die Ecke eines weißen Blatt Papiers kam zum Vorschein. Bündel ergriff es und zog es heraus. Es war die etwas zerknitterte Seite eines Briefes.
Als erstes fiel ihr das Datum auf. »Der einundzwanzigste September«, sagte sie langsam, »da geschah doch ...«
Sie brach ab. Ja, am zweiundzwanzigsten September hatte man Gerry Wade tot aufgefunden. Diesen Brief mußte er also am Tag der Tragödie geschrieben haben.
Sie strich ihn glatt und las.

Meine liebe Loraine, ich komme am Mittwoch. Ich fühle mich herrlich und bin sehr zufrieden mit mir. Dich wiederzusehen ist großartig! Hör mal, vergiß, was ich Dir über *Seven Dials* erzählt habe. Ich dachte, daß es mehr oder weniger ein Scherz sei – aber das ist es nicht, nicht im geringsten! Es tut mir leid, daß ich je etwas darüber verlauten ließ – es ist nicht die Art von Angelegenheiten, in die Du hineingezogen werden sollst.
Noch etwas wollte ich Dir schreiben – aber ich bin so müde, daß ich meine Augen kaum noch offenhalten kann ...

Hier brach der Brief ab.
Nachdenklich saß Bündel da. *Seven Dials* ... was war das? Ihre Aufmerksamkeit blieb an zwei Wendungen hängen: »... ich fühle mich herrlich ...« und »... ich bin so müde, daß ich meine Augen kaum noch offenhalten kann ...«

Das paßte nicht zusammen! Denn genau in jener Nacht hatte Gerry Wade eine so starke Dosis eines Schlafmittels genommen, daß er nie mehr aufwachte. Und wenn stimmte, was in dem Brief stand, warum sollte er es dann genommen haben?
Leicht schaudernd blickte sie sich im Zimmer um. Angenommen, Gerry Wade beobachtete sie jetzt? In diesem Zimmer war er gestorben ...
Vor ihrem inneren Auge entstand ein deutliches Bild. Der tote Mann auf dem Bett und sieben Wecker, die auf dem Kaminsims tickten, die laut und geheimnisvoll ...

5

»Vater«, sagte Bündel, während sie die Tür zu Lord Caterhams Heiligtum einen Spalt öffnete und ihren Kopf hineinsteckte, »ich fahre mit dem Hispano nach London. Ich kann die Eintönigkeit hier nicht länger aushalten.«
»Aber wir sind doch erst gestern zurückgekommen«, beklagte sich Lord Caterham.
»Ich weiß. Es erscheint mir wie hundert Jahre. Ich hatte vergessen, wie öde das Landleben sein kann.«
»Da möchte ich dir nicht zustimmen! Es ist so friedlich! Und außerordentlich bequem. Ich kann dir nicht sagen, wie ich es genieße, wieder bei Tredwell zu sein. Dieser Mann sorgt einfach vorbildlich für mich. Gerade heute morgen war eine Person da und fragte, wo sie hier ein Treffen für Pfadfindermädchen veranstalten könnte, irgend so was Dummes. Es hätte mich sehr in Verlegenheit gebracht, ablehnen zu müssen – vermutlich hätte ich es nicht gekonnt. Tredwell hat mich gerettet. Niemand ist beleidigt.«
»Das genügt mir nicht, ich brauche Aufregung!«
Lord Caterham schüttelte sich. »Hatten wir nicht vor vier Jahren Aufregung genug?« beschwerte er sich.
»Ich kann noch ein bißchen mehr vertragen. Zwar glaube ich nicht, daß es in London aufregend ist, aber ich habe einfach keine Lust, mir hier vor lauter Gähnen den Kiefer zu verrenken.«
»Meiner Erfahrung nach finden Leute, die Aufregung suchen,

sie meistens auch. Aber wie dem auch sei, ich hätte gute Lust, auch in die Stadt zu fahren.«

»Dann komm mit, aber schnell, ich hab's eilig!«

Lord Caterham, der sich gerade von seinem Stuhl erheben wollte, ließ sich wieder zurücksinken. »Sagtest du, du hättest es eilig?«

»Wahnsinnig eilig!«

»Dann ist das Problem gelöst. Mit dir im Hispano zu sitzen, wenn du es eilig hast – nein, ich bleibe.«

»Wie du willst«, sagte Bündel und verschwand.

Tredwell trat an ihre Stelle. »Der Vikar, Mylord, möchte Sie unbedingt sprechen. Es scheint da irgendein Mißverständnis mit den Pfadfindern zu geben.«

Lord Caterham stöhnte.

»Ich bilde mir ein, Mylord, Sie hätten beim Frühstück erwähnt, daß Sie heute vormittag ins Dorf gehen wollten, um mit dem Vikar über die Angelegenheit zu sprechen.«

»Haben Sie ihm das gesagt?« fragte Lord Caterham eifrig.

»Ja, Mylord. Er machte, wenn ich so sagen darf, auf dem Absatz kehrt. Ich hoffe, es war in Ihrem Sinn.«

»Natürlich, Tredwell! Sie könnten nichts falsch machen.«

Tredwell lächelte gütig und zog sich zurück.

Es war typisch für Bündel, es eilig zu haben, vor allem, wenn sie Auto fuhr. Sie war eine gute Fahrerin; andernfalls hätte sie ihr mörderisches Tempo sicher mehr als einmal ins Verderben gestürzt.

Es war ein frischer Oktobertag mit blauem Himmel und strahlender Sonne. Die scharfe Luft trieb ihr die Farbe in die Wangen und erfüllte sie mit Lebensfreude.

Heute morgen hatte sie Loraine Wade Gerrys unvollendeten Brief geschickt, mit ein paar erklärenden Zeilen. Der merkwürdige Eindruck, den er auf sie gemacht hatte, war bei Tageslicht verschwunden, dennoch fand sie, daß er eine Erklärung erforderte. Sie wollte sich irgendwann mit Bill Eversleigh treffen und ihm noch einige Details über das Wochenende entlocken, das so tragisch geendet hatte. Inzwischen genoß sie den herrlichen Morgen. Der Hispano war ein Traumwagen!

Und da, ohne Vorwarnung, taumelte plötzlich ein Mann aus der

Hecke am Straßenrand, Bündel direkt vor den Wagen. Bremsen war unmöglich. Bündel riß das Steuer herum, der Hispano schlingerte auf die rechte Straßenseite. Dabei fuhr sie fast in den Graben, fast, aber nicht ganz. Es war ein gefährliches Manöver. Doch es glückte. Sie war überzeugt, daß sie den Mann nicht erwischt hatte.

Sie blickte zurück, in ihrer Magengegend ein scheußliches Gefühl. Der Mann lag mit dem Gesicht nach unten auf der Straße, merkwürdig still.

Bündel sprang hinaus und rannte zurück. Außer einer herumirrenden Henne hatte sie noch nie etwas überfahren. Die Tatsache, daß der Unfall kaum ihre Schuld war, zählte in ihren Augen nicht. Der Mann hatte betrunken gewirkt, doch betrunken oder nicht, sie hatte ihn offenbar getötet. Ihr Herz klopfte so heftig, daß sie es bis in die Ohren spürte. Sie beugte sich zu der Gestalt hinunter und drehte sie vorsichtig um.

Sie konnte keine äußerliche Verletzung feststellen. Seine Lider zuckten, dann öffnete er halb die Augen. Bündel beugte sich näher. »Ja?« fragte sie, »ja?«

Schließlich kamen die Worte, wie ein Seufzen. *»Seven Dials* ... sagen Sie ...«

»Ja?« Offenbar wollte er einen Namen nennen – versuchte es mit letzter Kraft. »Ja! Wem soll ich etwas sagen?«

»Sagen Sie ... Jimmy Thesiger ...« Plötzlich fiel sein Kopf zurück, und sein Körper wurde schlaff.

Bündel sank in die Knie. Sie zitterte am ganzen Körper. Sie hätte nie gedacht, daß ihr etwas so Entsetzliches passieren könnte. Was sollte sie jetzt tun? Einen Arzt holen – das war ihr erster Gedanke. Es war möglich – immerhin möglich –, daß der Mann nur bewußtlos war. Irgendwie mußte sie ihn ins Auto schaffen. Die Landstraße lag verlassen da, kein Mensch weit und breit.

Trotz ihrer Zierlichkeit verfügte sie über beachtliche Kräfte. Sie fuhr den Hispano so nahe wie möglich heran und zog und schob dann mit aller Kraft die leblose Gestalt hinein. Es war eine grauenvolle Aufgabe, aber schließlich hatte sie es geschafft.

Dann setzte sie sich hinters Steuer und fuhr los. Ein paar Minuten später erreichte sie ein kleines Dorf, und auf ihre Fragen

fand sie schnell das Haus des Arztes.
Dr. Cassell, ein netter Mann Mitte Dreißig, betrat sein Sprechzimmer und fand zu seinem Erstaunen dort ein Mädchen vor, das offensichtlich nahe am Zusammenbrechen war.
»Ich ... ich glaube ... ich habe einen Mann ... umgebracht!« stammelte Bündel. »Ich habe ihn überfahren. Er liegt im Auto. Ich ... ich ...«
Prüfend sah der Arzt sie an. Dann ging er zu einem Regal, schenkte eine Flüssigkeit in ein Glas und brachte es ihr. »Trinken Sie!« befahl er. »Sie haben einen Schock erlitten.«
Bündel trank gehorsam, und ein Hauch Farbe kehrte in ihr blasses Gesicht zurück. Der Arzt nickte anerkennend.
»Sehr gut! Ich gehe hinaus und kümmere mich um die Angelegenheit. Danach können wir über die Geschichte sprechen.«
Der Arzt blieb einige Zeit weg. Bündel beobachtete die Zeiger der Uhr auf dem Kaminsims. Fünf Minuten, zehn Minuten, eine Viertelstunde, zwanzig Minuten – kam er denn überhaupt nicht wieder?
Da öffnete sich die Tür. Dr. Cassell trat ein. Seine Miene hatte sich verändert – Bündel bemerkte es sofort –, er wirkte verbissener und auf der Hut.
»Also«, begann er. »Sie haben diesen Mann überfahren, behaupten Sie. Erzählen Sie mir, wie sich der Unfall ereignete.«
Bündel erklärte es, so gut sie konnte.
»Aha! Der Wagen ist nicht über den Körper gerollt?«
»Nein. Ich hatte sogar geglaubt, ich hätte ihn nicht einmal gestreift.«
»Er taumelte, sagten Sie?«
»Ja. Ich dachte, er sei betrunken.«
Der Arzt nickte.
»Ich bezweifle keineswegs, daß Sie eine leichtsinnige Fahrerin sind und eines Tages tatsächlich irgendeinen armen Kerl überfahren werden – doch diesmal haben Sie es nicht getan.«
»Aber ...«
»Der Mann wurde erschossen.«

6

Entgeistert starrte Bündel Dr. Cassell an, und langsam schob sich die Welt, die während der letzten Dreiviertelstunde kopfgestanden hatte, wieder zurecht. Es dauerte ein paar Minuten, dann war sie wieder ganz die alte, kühl und logisch. »Wie konnte er denn erschossen werden?« fragte sie.
»Das weiß ich nicht. Er hat eine Kugel im Bauch. Innere Blutungen, deswegen haben Sie nichts gemerkt.«
Bündel nickte.
»Die Frage ist jetzt«, fuhr der Arzt fort, »wer ihn erschossen hat. Sie haben niemanden gesehen?«
Bündel schüttelte den Kopf.
»Merkwürdig. Wenn es ein Unfall war, müßte der Missetäter angerannt gekommen sein um zu helfen – außer er wußte nicht, was er angestellt hatte.«
»Es war niemand da, jedenfalls nicht auf der Straße.«
»Sie haben keinen Schuß gehört?«
Bündel verneinte. »Aber ich hätte ihn bei dem Motorenlärm sicher nicht hören können!« fügte sie hinzu.
»Stimmt. Hat er etwas gesagt, bevor er starb?«
»Ein paar Worte.«
»Nichts, was Licht in die Affäre bringen könnte?«
»Nein. Er wollte etwas – ich weiß nicht, was – einem Freund bestellen lassen. Ah, ja, er erwähnte *Seven Dials.*«
»Hm«, meinte Dr. Cassell. »Ich werde die Polizei benachrichtigen. Sie müssen mir natürlich Name und Adresse nennen, da man Sie sicher befragen möchte. Vielleicht ist es sogar besser, wenn Sie gleich mit zum Revier kommen.«
Sie fuhren mit Bündels Wagen. Der Inspektor war ein langsam sprechender Mann. Bündels Name und Adresse schüchterten ihn irgendwie ein, und er nahm ihre Aussage mit großer Sorgfalt zu Protokoll.
»Diese jungen Kerle!« sagte er. »Unglaublich sorglos! Zielen einfach auf die Vögel, ohne sich darum zu kümmern, wer oder was auf der anderen Seite der Hecke ist.«
Der Arzt hielt das zwar für eine unzureichende Erklärung, aber er war sicher, daß der Fall bald in fähigere Hände kommen würde.

»Und der Name des Verstorbenen?« fragte der Inspektor.
»Er hatte eine Brieftasche bei sich. Ein Mr. Ronald Devereux mit einer Adresse im *Albany*«.
Bündel runzelte die Stirn. Der Name Ronald Devereux weckte Erinnerungen in ihr. Sie war ganz sicher, daß sie ihn schon einmal gehört hatte.
Erst auf halbem Weg nach *Chimneys* fiel es ihr ein. Natürlich! Ronny Devereux. Bills Freund im Auswärtigen Amt. Er und Bill und – ja – Gerald Wade!
Als ihr diese Erkenntnis kam, wäre sie fast in die Hecke gefahren. Zuerst Wade, dann Ronny Devereux! Wades Tod konnte eine ganz gewöhnliche Ursache gehabt haben – eine Folge von Sorglosigkeit zum Beispiel –, aber im Fall Ronny Devereux steckte sicherlich etwas viel Schlimmeres dahinter.
Dann erinnerte sie sich an noch etwas: *Seven Dials!* Als der Sterbende das gesagt hatte, waren ihr die Worte bekannt vorgekommen. Jetzt wußte sie, warum. In seinem Brief an seine Schwester hatte Wade diesen Ausdruck verwendet.
Beim Überdenken all dieser Tatbestände hatte Bündel das Tempo ihres Wagens verringert, was für sie sehr ungewöhnlich war. Sie fuhr den Wagen in die Garage und machte sich auf die Suche nach ihrem Vater.
Lord Caterham las zufrieden in einem Auktionskatalog seltener Buchausgaben und war sehr erstaunt, als Bündel auftauchte.
»Selbst du«, sagte er, »kannst nicht in so kurzer Zeit in London gewesen sein.«
»Ich habe einen Mann überfahren.«
»Was?«
»Ich habe es nicht wirklich getan. Er wurde erschossen.«
»Wie konnte das passieren?«
»Das weiß ich auch nicht.«
»Aber warum hast du ihn denn erschossen?«
»Das habe ich doch nicht getan!«
»So? Wer dann?«
»Das weiß man nicht«, antwortete Bündel.
»Wahrscheinlich ein geplatzter Reifen«, meinte Lord Caterham. »Das klingt so ähnlich wie ein Schuß.«
»Du bist unmöglich, Vater! Man könnte denken, du hättest ein Spatzenhirn!«

»Keineswegs!« protestierte Lord Caterham. »Du kommst hier hereingeplatzt mit einer völlig unmöglichen Geschichte von Männern, die erschossen und überfahren werden, und dann erwartest du, daß ich das alles kapieren soll.«
Bündel seufzte. »Hör zu, ich werde es dir in ganz einfachen Worten noch mal erklären.« Als sie fertig war, fragte sie: »Hast du jetzt begriffen?«
»Natürlich. Ich halte dir zugute, daß du ein bißchen aufgeregt warst, meine Liebe. Mit meiner Bemerkung, daß Leute, die Aufregungen suchen, sie meistens auch finden, hatte ich also gar nicht so unrecht. Ich bin ja nur dankbar«, fügte Lord Caterham mit einem leichten Schaudern hinzu, »daß ich hiergeblieben bin.« Er nahm seinen Katalog wieder zur Hand.
»Vater, wo liegt eigentlich *Seven Dials?«*
»Irgendwo im East End. Ich habe öfters Busse hinfahren sehen – oder verwechsle ich es mit Seven Sisters? Merkwürdig, wo habe ich kürzlich davon gehört?«
»Du kennst nicht zufällig einen Jimmy Thesiger?«
Lord Caterham war schon wieder in seinen Katalog vertieft. »Thesiger«, murmelte er geistesabwesend. »Deine Großtante Selina hat einen Thesiger geheiratet.«
»Was interessiert mich das?« schrie Bündel.
Lord Caterham kicherte. »Es ist ihr nicht gut bekommen, wenn ich mich recht erinnere.«
»Du bist unmöglich«, sagte Bündel seufzend. »Ich werde mich an Bill wenden müssen.«
»Tu das, meine Liebe«, sagte ihr Vater zerstreut und blätterte um. »Das ist bestimmt das Richtige.«
»Wenn ich mich bloß erinnern könnte, was in dem Brief stand«, murmelte sie. »Ich habe ihn nicht sehr sorgfältig gelesen. Irgendwas über einen Scherz. Daß die *Seven-Dials*-Geschichte kein Scherz sei.«
Plötzlich tauchte Lord Caterham hinter seinem Katalog auf. *»Seven Dials?«* fragte er. »Natürlich! Jetzt fällt es mir ein.«
»Was denn?«
»Ich weiß, warum es mir so bekannt vorkam. George Lomax ist hiergewesen. Er scheint nächste Woche irgendeine politische Versammlung zu haben und hat einen Drohbrief bekommen.«

»Was meinst du mit Drohbrief?«
»Er hat keine Einzelheiten erzählt. Da stand irgend so was drin wie ›Hüten Sie sich!‹ und ›... es wird Schwierigkeiten geben...‹ Jedenfalls kam er von *Seven Dials*, ich erinnere mich genau. Er wollte in die Stadt fahren und deswegen Scotland Yard konsultieren. Du kennst George?«
Bündel nickte. Sie kannte den Kabinettsminister George Lomax, der von vielen Leuten wegen seiner hartnäckigen Angewohnheit gemieden wurde, seine öffentlichen Reden auch im privaten Gespräch zu zitieren. Seine vorspringenden Augäpfel hatten ihm den Spitznamen Codders – Fischauge – eingetragen.
»Sag mal«, fragte sie, »interessiert sich Codders für Gerald Wades Tod?«
»Nicht daß ich wüßte. Möglich wäre es.«
Einige Minuten lang schwieg Bündel, während sie versuchte, sich an den genauen Wortlaut des Briefes zu erinnern, den sie an Loraine weitergeschickt hatte. Was mochte das für ein Mädchen sein, an dem Gerald Wade so gehangen hatte? Je mehr sie darüber nachdachte, desto ungewöhnlicher erschien ihr das Ganze. Schrieb *so* ein Bruder an seine Schwester?
»Sagtest du nicht, daß Loraine Wade Gerrys Halbschwester sei?« fragte sie plötzlich.
»Also, genau genommen ... war sie ... ich meine, sie war keineswegs seine Schwester.«
»Aber sie heißt auch Wade?«
»Ursprünglich nicht. Sie ist nicht das Kind vom alten Wade. Er brannte mit einer Frau durch, die mit einem ausgesprochenen Lumpen verheiratet war. Ich glaube, das Gericht sprach bei der Scheidung das Kind seinem kriminellen Vater zu, aber der machte keinen Gebrauch davon. Der alte Wade fand Gefallen an dem Mädchen und bestand darauf, daß es seinen Namen tragen sollte.«
»Verstehe«, murmelte Bündel. »Das erklärt es.«
»Was denn?«
»Etwas, das mir an dem Brief rätselhaft erschien.«
»Sie soll ein sehr hübsches Mädchen sein.«
Nachdenklich ging Bündel nach oben. Sie hatte mehrere Eisen im Feuer. Zunächst mußte sie Jimmy Thesiger finden. Da konnte Bill eventuell hilfreich sein. Ronny Devereux war ein

Freund von Bill gewesen. Wenn Jimmy Thesiger mit Ronny befreundet gewesen war, standen die Chancen gut, daß auch Bill ihn kannte. Und dann das Mädchen, Loraine Wade. Es war gut möglich, daß Loraine Licht in die Sache mit *Seven Dials* bringen konnte. Offenbar hatte Gerry Wade ihr Näheres erzählt. Sein Drängen, daß sie *Seven Dials* vergessen solle, schien irgendwie verdächtig ...

7

Bill zu erreichen war nicht schwierig. Am nächsten Morgen fuhr Bündel nach London – diesmal ohne unterwegs ein Abenteuer bestehen zu müssen – und rief ihn an. Bill machte eifrig Vorschläge, wo man sich treffen solle – zum Lunch, zum Tee, zum Abendessen und zum Tanzen. Aber Bündel lehnte alle der Reihe nach ab.

»In ein oder zwei Tagen vielleicht, Bill! Im Augenblick bin ich geschäftlich hier.«

»Ach«, meinte Bill. »Wie entsetzlich langweilig!«

»Nicht so, wie du denkst. Ganz im Gegenteil. Kennst du einen gewissen Jimmy Thesiger, Bill?«

»Natürlich, und du auch.«

»Nein, du täuschst dich.«

»Aber du mußt ihn einfach kennen! Sieht mit seinem rosa Gesicht ein bißchen dämlich aus, hat aber keineswegs weniger Hirn als ich.«

»Was du nicht sagst«, meinte Bündel. »Ist er da nicht ein bißchen kopflastig?«

»Was soll der Sarkasmus?«

»Sarkasmus? So hoch würde ich mich nicht vergreifen. Was macht Jimmy Thesiger?«

»Ob er einen Job hat? Nein.«

»Also hat er noch mehr Geld als Hirn?«

»Das möchte ich nicht behaupten. Ich meinte nur, daß er mehr Hirn hat, als du denkst.«

Bündel schwieg. Es kamen ihr mehr und mehr Zweifel. Goldjunge Thesiger schien ihr kein sehr erfolgversprechender Verbündeter zu sein. Und doch war es sein Name gewesen, den der

sterbende Ronny Devereux genannt hatte. Als hätte Bill erraten, an wen Bündel dachte, sagte er plötzlich:
»Ronny hält sehr viel von ihm. Du weißt schon, Ronny Devereux. Thesiger ist sein bester Freund.«
»Ronny...« Bündel brach unentschlossen ab. Offensichtlich wußte Bill nichts von Ronnys Tod. Plötzlich fiel ihr auch auf, daß merkwürdigerweise die Zeitungen über das tragische Ereignis nicht berichtet hatten.
»Ich habe Ronny seit Ewigkeiten nicht mehr gesehen«, fuhr Bill fort. »Seit jenem Wochenende in eurem Haus! Du weißt schon, als der arme Gerry Wade starb.« Er machte eine kleine Pause. »War eine scheußliche Geschichte...«
Sollte sie Bill von Ronnys Tod erzählen? Sie entschied sich dagegen – nicht am Telefon... »Bill?«
»Ja...?«
»Morgen abend könnte ich mit dir essen.«
»Wunderbar! Und hinterher gehen wir tanzen. Ich muß dir eine Menge erzählen. Mir ist da nämlich was Dummes passiert... ich habe richtig Pech gehabt...«
»Davon kannst du mir ja morgen abend berichten«, unterbrach Bündel ihn etwas unfreundlich. »Gibst du mir Jimmy Thesigers Adresse?«
»Jermyn Street! Wart einen Augenblick, ich suche die Hausnummer!« Es entstand eine Pause. »Bist du noch da?«
»Ja.«
»Nummer hundertdrei. Hast du's?«
»Hundertdrei. Danke, Bill.«
»Was willst du eigentlich von ihm? Du kennst ihn doch angeblich gar nicht.«
»Noch nicht, aber in einer halben Stunde werde ich ihn kennenlernen.«
»Du besuchst ihn in seiner Wohnung?«
»Ganz recht, Sherlock Holmes.«
»Tja... er wird noch nicht auf sein.«
»Tatsächlich?«
»Ich glaube nicht. Wer würde schon früh aufstehen, wenn er nicht dazu gezwungen wäre? So mußt du das sehen! Du hast keine Ahnung, was für Anstrengungen es mich kostet, jeden Morgen um elf Uhr dreißig hier zu sein. Und das Theater, das

Codders macht, wenn man zu spät kommt, ist einfach absurd. Du weißt nicht, was für ein Hundeleben das hier ist ...«

»Davon kannst du mir morgen erzählen«, unterbrach ihn Bündel eilig.

Sie warf den Hörer auf die Gabel und überdachte die Situation. Es war fünf nach halb zwölf Uhr. Entgegen Bills Meinung über die Gewohnheiten seines Freundes glaubte sie, daß Mr. Thesiger um diese Zeit sicher in der Lage sein würde, Besucher zu empfangen. Sie nahm ein Taxi und fuhr in die Jermyn Street.

Das Musterexemplar eines älteren Gentleman öffnete ihr die Tür. Seine ausdruckslose Miene gehörte zu einem Gesicht, das man gerade in diesem Viertel von London häufig antraf.

Er bat sie nach oben in ein ausgesprochen gemütliches Wohnzimmer mit riesigen Ledersesseln. In einem dieser Monstren saß ein Mädchen, um einige Jahre jünger als Bündel, ein schlankes blondes Mädchen in Schwarz.

»Wen darf ich melden, Madam?«

»Mein Name wird Mr. Thesiger nichts sagen«, meinte Bündel. »Aber es ist sehr wichtig.«

Der ernste Mann machte eine leichte Verbeugung und ging hinaus. Geräuschlos schloß er die Tür hinter sich.

Es entstand eine Pause.

»Ein schöner Morgen«, sagte das blonde Mädchen schüchtern.

»Ein wunderschöner Morgen«, stimmte Bündel zu.

Wieder entstand eine Pause.

»Ich bin heute morgen vom Land hereingefahren«, erklärte Bündel, um das Gespräch wieder aufzunehmen. »Und ich dachte schon, hier herrschte wieder entsetzlicher Nebel. Aber es stimmte nicht.«

»Nein«, antwortete das Mädchen. »Es war keiner.« Und sie fügte hinzu: »Ich bin auch von außerhalb in die Stadt gekommen.«

Bündel betrachtete sie genauer. Zuerst hatte sie sich über ihre Anwesenheit geärgert. Bündel gehörte zu jenen energischen Leuten, die alles möglichst schnell erledigen wollen, und sie sah voraus, daß die Besucherin erst abgeschoben werden mußte, bevor sie mit ihrem eigenen Anliegen herausrücken konnte. Ihre Geschichte konnte man nicht vor Fremden abhandeln.

Ein merkwürdiger Gedanke stieg in Bündel auf. Konnte es

möglich sein? Ja, das Mädchen trug Trauer! Es war ein Schuß ins Blaue, aber Bündel war überzeugt, daß ihre Vermutung stimmte. Sie holte tief Luft.

»Hören Sie«, begann sie, »Sie sind nicht zufällig Loraine Wade?«

Loraines Augen wurden groß. »Doch, das bin ich. Wie kommen Sie darauf?«

»Ich habe Ihnen gestern geschrieben. Ich bin Eileen Brent.«

»Es war so reizend von Ihnen, mir Gerrys Brief zu schicken«, erklärte Loraine. »Ich habe Ihnen schon geantwortet. Ich hätte ja nie gedacht, Ihnen hier zu begegnen.«

»Kannten Sie Ronny Devereux?«

Loraine nickte. »Er kam an jenem Tag zu mir, an dem Gerry ... Seitdem besuchte er mich ein paarmal. Er war einer von Gerrys besten Freunden.«

»Ich weiß. Nun – er ist tot.«

Loraine riß vor Erstaunen den Mund auf. »Tot?«

Bündel erzählte ihr so knapp wie möglich von den Ereignissen des vergangenen Tages. Furcht und Entsetzen spiegelten sich auf Loraines Gesicht.

»Dann ist es also wahr! Es ist doch wahr!«

»Was?«

»Meine Vermutung: Gerry ist keines natürlichen Todes gestorben! Er wurde umgebracht!«

»Sie haben das wirklich gedacht?«

»Ja. Gerry hätte nie Schlafmittel genommen.« Sie lächelte scheu. »Er schlief viel zu gut. Mir ist die Sache von Anfang an komisch vorgekommen. Und ihm auch – das weiß ich.«

»Wem?«

»Ronny. Und dann passierte es. Dann wurde er auch ermordet.« Sie schwieg einen Moment und fuhr fort: »Deswegen bin ich nämlich hier. Sobald ich Gerrys Brief gelesen hatte, versuchte ich, Ronny zu erreichen, aber man sagte mir, er sei verreist. Da fiel mir Jimmy ein – er war auch ein guter Freund von Gerry. Ich dachte, er könnte mir vielleicht raten, was ich tun sollte.«

»Sie meinen ... wegen *Seven Dials?*«

In diesem Moment trat Jimmy Thesiger ins Zimmer.

8

An dieser Stelle müssen wir etwa zwanzig Minuten zurückgehen, zu dem Zeitpunkt, als Jimmy aus tiefem Schlaf gerissen wurde.
»Eine junge Dame möchte Sie sprechen, Sir!«
Die Stimme war unerbittlich. Jimmy resignierte, öffnete die Augen und blinzelte. »Wie bitte, Stevens?«
»Eine junge Dame möchte Sie sprechen, Sir.«
»Oh!« Jimmy schien die Situation zu begreifen. »Warum?«
»Das weiß ich nicht, Sir.« Stevens sah auf das Tablett neben dem Bett. »Ich bringe Ihnen frischen Tee.«
»Sie finden also, ich sollte aufstehen – und die Dame empfangen?« Stevens antwortete nicht, aber er hielt sich betont gerade. Jimmy deutete die Zeichen richtig. »Natürlich, natürlich«, sagte er. »Sie hat Ihnen ihren Namen nicht gesagt?«
»Nein, Sir.«
»Ist sie . . . wie ist sie denn?«
»Ganz *comme il faut,* wenn ich mir ein Urteil erlauben darf.«
»Sie dürfen«, meinte Jimmy großzügig. »Ihre französische Aussprache, Stevens, ist sehr gut. Viel besser als meine.«
»Das freut mich zu hören, Sir. Ich habe erst kürzlich einen Französischkurs besucht.«
»Tatsächlich? Sie sind ein toller Knabe, Stevens!«
Stevens lächelte und verließ das Zimmer. Jimmy lag im Bett und versuchte, sich an all die Namen jener jungen und hübschen Mädchen zu erinnern, die *comme il faut* waren und ihn besuchen könnten.
Stevens kam mit frischem Tee zurück, und als Jimmy einen Schluck getrunken hatte, spürte er, wie die Neugier sich in ihm regte. »Sie haben ihr Zeitungen zum Lesen gegeben, Stevens?«
»Die *Morning Post* und den *Punch,* Sir.«
Es läutete, Stevens verschwand und kehrte nach einiger Zeit zurück. »Noch eine junge Dame, Sir! Sie will ihren Namen nicht nennen, aber sie sagt, daß ihr Anliegen wichtig sei.«
Jimmy starrte ihn an. »Das ist doch verdammt merkwürdig, Stevens. Wann bin ich heute nacht nach Hause gekommen?«
»Etwa um fünf Uhr morgens, Sir.«

»Und war ich ... äh ... wie wirkte ich?«
»Nur ein bißchen fröhlich, Sir, sonst nichts. Sie sangen *Rule Britannia.*«
»Ausgerechnet! Ich glaube nicht, daß ich es jemals in nüchternem Zustand gesungen habe. Da muß ein latent vorhandener Patriotismus zum Vorschein gekommen sein, mit Hilfe von ... tja ... ein paar Gläschen zuviel. Wir haben im *Mustard and Cress* gefeiert, soviel ich noch weiß. Gar keine so harmlose Kneipe, wie behauptet wird, Stevens.«
Unterdessen hatte er sich hastig angezogen. Zehn Minuten später war er in der Lage, seinen unbekannten Gästen gegenüberzutreten. Als er die Tür zum Wohnzimmer öffnete, sah er zuerst ein schlankes dunkles Mädchen, das ihm völlig unbekannt war. Sie lehnte am Kaminsims. Dann wanderte sein Blick zu einem der großen Ledersessel, und sein Herz machte einen Satz. Loraine!
Sie stand auf und sagte etwas nervös: »Sie wundern sich sicher, daß ich hier bin. Aber ich mußte einfach kommen. Ich erkläre es Ihnen gleich! Das ist Lady Eileen Brent.«
»Bündel – unter diesem Namen kennt man mich eher. Sie haben sicher durch Bill Eversleigh von mir gehört.«
»Ja, natürlich!« rief Jimmy und versuchte, mit der Situation fertig zu werden. »Setzen Sie sich doch bitte. Trinken wir erst mal einen Cocktail.«
Die beiden Damen lehnten dankend ab.
»Um ehrlich zu sein«, sagte Jimmy, »bin ich gerade erst aufgestanden.«
»Das hat Bill schon vermutet«, erklärte Bündel. »Ich erzählte ihm, daß ich Sie besuchen wollte, und er meinte, Sie seien vielleicht noch nicht auf.«
»Nun, jetzt stehe ich vor Ihnen«, sagte Jimmy fröhlich.
»Erst Gerry«, begann Loraine. »Und jetzt Ronny ...«
»Was soll das heißen ... und jetzt Ronny?«
»Er wurde gestern erschossen.«
»Was?« schrie Jimmy.
Da erzählte Bündel ihre Geschichte zum zweitenmal.
»Der alte Ronny ... erschossen«, murmelte Jimmy. »Was ist denn das für eine scheußliche Sache?« Er setzte sich auf eine Stuhlkante, dachte ein paar Minuten nach und begann mit ruhi-

ger, ausdrucksloser Stimme: »Ich glaube, ich sollte Ihnen etwas erzählen.«
»Ja?« sagte Bündel ermutigend.
»Es war an dem Tag, an dem Gerry Wade starb. Wir waren unterwegs zu Ihnen«, er sah Loraine an, »als Ronny mir im Auto etwas zu erzählen begann. Das heißt, er wollte und fing auch damit an, aber dann meinte er, er sei durch eine Art Versprechen gebunden und müsse schweigen.«
»Durch ein Versprechen gebunden?« überlegte Loraine.
»So etwa drückte er sich aus. Natürlich drängte ich nicht weiter. Aber er benahm sich so komisch – die ganze Zeit. Ich hatte den Eindruck, daß er irgend etwas Unrechtes an der Sache witterte. Ich nahm an, er würde es dem Arzt gegenüber erwähnen, aber das tat er nicht. Nicht die geringste Andeutung! Deshalb dachte ich, ich hätte mich vielleicht geirrt. Und später – nun, es schien ja ein klarer Fall zu sein. Meine Vermutungen mußten falsch gewesen sein.«
»Aber Sie glauben, daß Ronny immer noch mißtrauisch war?« fragte Bündel.
Jimmy nickte. »Jetzt glaube ich das. Keiner von uns hat ihn seit jenem Wochenende gesehen. Er muß auf eigene Faust Nachforschungen angestellt haben – um die Wahrheit über Gerrys Tod herauszubringen, und was noch schwerer wiegt, vermutlich hat er tatsächlich etwas entdeckt. Dann versuchte er, mir eine Nachricht zukommen zu lassen, brachte aber nur noch die paar Worte heraus.«
»*Seven Dials*«, sagte Bündel und schauderte.
»*Seven Dials*«, wiederholte Jimmy ernst. »Da müssen wir weiterbohren.«
Bündel sah Loraine an. »Sie wollten vorhin gerade . . .«
»Ach ja! Wegen dem Brief.« Loraine wandte sich an Jimmy. »Gerry hinterließ einen Brief. Lady Eileen . . .«
»Bündel.«
»Bündel fand ihn.« Loraine erklärte mit ein paar Worten den Sachverhalt.
Jimmy hörte voll Interesse zu. Loraine holte den Brief aus der Handtasche und reichte ihn ihm. Er las ihn durch und sah sie an.
»Da können Sie uns sicher helfen. Was war es denn, was Sie

auf Gerrys Wunsch hin vergessen sollten?«

Loraine runzelte die Stirn. »Ich kann mich nicht mehr genau erinnern. Aus Versehen öffnete ich einmal einen an Gerry adressierten Brief. Er war auf ganz billigem Papier geschrieben, daran erinnere ich mich noch, und die Handschrift wirkte sehr unbeholfen. Im Briefkopf stand irgendeine Adresse von *Seven Dials.* Ich merkte, daß er nicht für mich war, und steckte ihn ins Kuvert zurück, ohne ihn zu lesen.«

»Wirklich?« fragte Jimmy sehr sanft.

Da lachte Loraine zum erstenmal. »Ich weiß, was Sie denken, und ich gebe ja zu, daß Frauen neugierig sind. Aber, wissen Sie, er sah so gar nicht interessant aus. Es war nur eine Liste von Namen und Adressen.«

»Namen und Adressen«, wiederholte Jimmy nachdenklich.

»Gerry schien es nicht viel auszumachen«, fuhr Loraine fort. »Er lachte und fragte, ob ich noch nie von der Mafia gehört habe, und meinte dann, daß es doch komisch sein würde, wenn sich auch in England derartige Geheimgesellschaften bildeten – aber so was käme bei den Engländern sicher nicht an. ›Unsere Verbrecher‹, meinte er, ›sind nicht sehr phantasievoll.‹«

Jimmy pfiff durch die Zähne. »Jetzt beginne ich zu verstehen! *Seven Dials* muß der Sitz irgendeiner geheimen Organisation sein. Wie er in seinem Brief schreibt, dachte er am Anfang an einen Scherz. Aber offensichtlich war es alles andere als das – so verstehe ich es wenigstens. Und da ist noch was: seine dringende Bitte, Sie sollten vergessen, was er Ihnen erzählte. Dafür kann es nur einen Grund geben – wenn jene Organisation vermutet, daß Sie Bescheid wissen, sind Sie in Gefahr. Gerald begriff die Gefahr und hatte Angst – um Sie.« Er hielt einen Augenblick inne. »Ich kann mir sogar vorstellen, daß wir uns alle in Gefahr begeben, wenn wir weiterforschen.«

»*Wenn . . .?*« fragte Bündel empört.

»Ich spreche von Ihnen beiden. Bei mir ist das etwas anderes. Ich war ein Freund vom armen Ronny.« Er sah Bündel an. »Sie haben das Ihrige getan. Sie haben mir die Nachricht überbracht. Das genügt. Halten Sie sich da raus, Sie und Loraine!«

Bündel blickte Loraine fragend an. Sie hatte ihren Entschluß gefaßt, aber sie zeigte es nicht, um Loraine Wade nicht zu beeinflussen und in ein gefährliches Unternehmen zu verwickeln.

Loraines Augen blitzten vor Entrüstung. »Das können Sie nicht verlangen! Haben Sie auch nur eine Minute lang geglaubt, daß ich mich da raushalten würde? Es geht um Gerry, den besten und liebsten Bruder, den es je gab! Den einzigen Menschen, den ich auf der ganzen Welt hatte!«
Jimmy räusperte sich umständlich. Sie ist wundervoll, dachte er, einfach wundervoll.
»Hören Sie«, protestierte er unsicher. »Das dürfen Sie nicht sagen: Daß Sie allein auf der Welt sind und solchen Unsinn. Sie haben viele Freunde – die nur zu gern alles für Sie täten. Verstehen Sie, was ich meine?«
Anscheinend verstand Loraine, denn sie errötete und begann, hastig weiterzusprechen, um ihre Verwirrung zu verbergen: »Also abgemacht«, sagte sie. »Ich helfe mit. Niemand wird mich daran hindern.«
»Ich bin auch dabei«, stimmte Bündel ein.
Sie sahen Jimmy an.
»Ja«, sagte er langsam. »Ja, gut.«

9

Jimmys nächste Worte verschoben die Diskussion ins rein Praktische. »Alles in allem«, sagte er, »haben wir nicht viel Material. Eigentlich nur *Seven Dials!* Dann noch das Gelände, wo Ronny erschossen wurde. Wir könnten ein bißchen herumschnüffeln. Vermutlich hat die Polizei schon alles unternommen, was auch wir tun könnten, und sie ist besser.«
»Was ich an Ihnen zu schätzen beginne«, bemerkte Bündel sarkastisch, »ist Ihr heiterer Optimismus.«
»Hören Sie nicht auf sie, Jimmy«, sagte Loraine. »Überlegen wir weiter.«
»Seien Sie nicht so ungeduldig«, tadelte Jimmy Bündel. »Die besten Detektive kreisen ihren Fall dadurch ein, daß sie unnötige und unergiebige Nachforschungen ausschalten. Ich komme zu meinem dritten Punkt – Geralds Tod. Jetzt, da wir wissen, daß es Mord war – das glauben Sie doch auch, oder?«
»Ja«, erwiderte Loraine.
»Ja«, sagte auch Bündel.

»Ich ebenfalls. Vielleicht haben wir hier eine kleine Chance. Wenn Gerry das Chloral nicht selbst nahm, muß sich jemand in sein Zimmer geschlichen und es in dem für die Nacht bereitgestellten Glas Wasser aufgelöst haben. Als Gerry einmal kurz aufwachte, muß er das Glas in seiner Schläfrigkeit ahnungslos getrunken haben. Natürlich hat derjenige die leere Flasche oder Schachtel liegengelassen. Stimmen Sie mir bis hierher zu?«

»Ja . . . ja«, sagte Bündel langsam. »Aber . . .«

»Moment. Dieser Jemand muß sich zu dem Zeitpunkt im Haus aufgehalten haben. Er kann schlecht von draußen gekommen sein.«

»Richtig«, stimmte Bündel, diesmal bereitwilliger, zu.

»Schön. Das engt das Ganze ziemlich ein. Beginnen wir mit den Dienstboten: Die meisten gehören zur Familie, es ist Ihr Personal, Bündel.«

»Ja«, bestätigte Bündel. »Es sind praktisch alle geblieben, als wir das Haus vermieteten. Und die meisten sind immer noch da – ein paar haben gewechselt.«

»Genau darauf will ich hinaus. Sie müssen die Leute überprüfen! Finden Sie heraus, welche neuen Dienstboten engagiert wurden!«

»Ein Diener ist neu. John heißt er.«

»Gut, stellen Sie Nachforschungen über ihn an. Und über die anderen, die erst seit kurzem da sind.«

»Ich vermute«, sagte Bündel zögernd, »daß es einer vom Personal war. Der Täter kann nicht gut einer der Gäste gewesen sein, nicht wahr?«

»Eigentlich nicht.«

»Wer war denn alles da, an jenem Wochenende?«

»Nun, die drei Mädchen – Nancy, Helen und Socks . . .«

»Socks Daventry? Die kenne ich!«

»Sie fand alles immer so subtil!«

»Das ist ganz bestimmt Socks Daventry. Subtil ist eines ihrer Lieblingswörter.«

»Außerdem Gerry Wade und ich. Dazu Bill Eversleigh und Ronny. Und natürlich Sir Oswald und Lady Coote. Und Pongo!«

»Wer ist Pongo?«

»Heißt eigentlich Bateman. Er ist der Sekretär vom alten Coote.

Ein würdevoller Typ, sehr gewissenhaft. Ich ging mit ihm zur Schule.«

»Scheint niemand besonders Verdächtiger drunter zu sein«, fand Loraine.

»Nein, wirklich nicht«, erklärte Bündel. »Wir müssen den Täter unter den Dienstboten suchen, wie Sie schon sagten. Übrigens glaube ich, daß der Wecker, der aus dem Fenster geworfen wurde, etwas mit der Sache zu tun hat.«

»Ein Wecker, der aus dem Fenster geworfen wurde?« wiederholte Jimmy erstaunt. Offenbar hörte er zum ersten Mal davon.

»Ich habe keine Ahnung, wo da ein Zusammenhang besteht«, meinte Bündel, »aber es ist sehr merkwürdig!«

»Ich erinnere mich«, sagte Jimmy nachdenklich. »Ich ging in das Zimmer, um ... um den armen alten Gerry noch einmal zu sehen, und da standen die Wecker auf dem Kaminsims. Ich bemerkte, daß es nur sieben waren, nicht acht.« Er schauderte plötzlich. »Die Wecker sind mir unheimlich. Manchmal nachts ...«

»Wenn es dunkel wäre, könnten Sie sie gar nicht sehen«, bemerkte Bündel realistisch. »Außer, sie hätten Leuchtzifferblätter ... oh!« Sie stieß einen kleinen Schrei aus. »Begreifen Sie denn nicht? *Seven Dials:* das heißt sieben Zifferblätter!«

Die anderen sahen sie zweifelnd an. »Das kann kein Zufall gewesen sein!« fuhr Bündel nachdrücklich fort.

Es entstand eine Pause.

»Vielleicht haben Sie recht«, meinte Jimmy Thesiger schließlich. »Es ... es ist verdammt merkwürdig.«

Bündel begann, ihn eifrig auszufragen. »Wer hat die Wecker gekauft?«

»Wir alle.«

»Wer ist auf die Idee gekommen?«

»Wir alle.«

»Unsinn, irgend jemand muß es vorgeschlagen haben!«

»Nein. Wir überlegten, wie wir Gerry aufwecken könnten, und Pongo sagte, mit einem Wecker. Da meinte jemand, ein einziger würde nicht genügen, und Bill Eversleigh, glaube ich, schlug vor, wir sollen ein Dutzend kaufen. Die Idee fanden wir großartig. Wir sausten los und kauften für jeden einen, dazu einen für Pongo und einen für Lady Coote – aus reiner Großzügigkeit.

Da war nichts Überlegtes dabei – es hat sich einfach so ergeben.«
Bündel schwieg. Sie war nicht überzeugt.
Jimmy fuhr fort, die Sache methodisch anzugehen: »Ich finde, über einige Punkte können wir uns sicher sein. Es gibt eine geheime Organisation, die vielleicht eine gewisse Ähnlichkeit mit der Mafia hat. Gerry Wade fand es heraus. Zuerst hielt er das Ganze für einen Scherz, er glaubte nicht, daß sie gefährlich sei. Später passierte irgend etwas, das ihn vom Gegenteil überzeugte. Vermutlich erzählte er Ronny Devereux davon. Jedenfalls wurde Gerry aus dem Weg geräumt. Ronny wurde mißtrauisch. Er muß so viel gewußt haben, daß er seinerseits auf irgendwelche Spuren stieß. Das Unglück dabei ist nur, daß wir völlig im dunkeln tappen – wir wissen nicht, was die beiden wußten.«
»Vielleicht ist das ein Vorteil«, meinte Loraine kühl. »So räumt man uns nicht aus dem Weg.«
»Sie wissen, daß Gerry Sie raushalten wollte. Glauben Sie nicht, daß es besser ...«
»Nein, das glaube ich nicht«, unterbrach ihn Loraine. »Fangen Sie nicht wieder damit an! Das ist reine Zeitverschwendung.«
Bei dem Wort »Zeit« wanderte Jimmys Blick zur Uhr. Er stieß einen erstaunten Ruf aus. Dann stand er auf und ging zur Tür.
»Stevens?«
»Ja, Sir?«
»Könnten Sie uns wohl einen kleinen Lunch servieren?«
»Ich habe schon damit gerechnet, Sir. Mrs. Stevens hat bereits Vorbereitungen getroffen.«
»Ein erstklassiger Mann«, sagte Jimmy, als er sich wieder setzte, und seufzte erleichtert. »Mit Hirn, wissen Sie! Er nimmt sogar Sprachenunterricht. Ich denke manchmal, das würde mir auch guttun.«
»Unsinn!« sagte Loraine.
Stevens öffnete die Tür und trug eine exquisite Mahlzeit auf: Omelett, Wachteln und Soufflé.
»Warum geht es Männern – als Junggesellen – so gut?« fragte Loraine theatralisch. »Warum werden sie von anderen Leuten soviel besser versorgt als von uns Frauen?«
»Oh, das stimmt nicht«, protestierte Jimmy. »Unmöglich! Ich

denke oft ...« Er stotterte und hielt inne. Wieder wurde Loraine rot.
Plötzlich stieß Bündel einen Schrei aus, und die beiden anderen sahen sie verblüfft an. »Idiot!« schrie sie. »Dummkopf! Ich meine natürlich mich. Ich wußte doch, daß ich etwas vergessen hatte!«
»Was?«
»Sie kennen doch Codders – George Lomax, meine ich!«
»Ich habe viel von ihm gehört«, sagte Jimmy. »Durch Bill und Ronny.«
»Codders gibt nächste Woche eine seiner langweiligen Partys – und er hat einen Drohbrief von *Seven Dials* bekommen!«
»Was?« schrie Jimmy aufgeregt und beugte sich vor. »Stimmt das tatsächlich?«
»Ja. Er erzählte es meinem Vater. Was hat das zu bedeuten?«
Jimmy lehnte sich wieder in seinem Sessel zurück. Er dachte rasch und gründlich nach. Schließlich sagte er kurz und präzise: »Auf dieser Party wird etwas passieren!«
»Genau das glaube ich auch«, meinte Bündel.
»Es paßt alles zusammen«, stellte Jimmy fest, fast träumerisch. Er wandte sich an Loraine. »Wie alt waren Sie, als der Krieg ausbrach?« fragte er unvermittelt.
»Neun, nein – acht.«
»Und Gerry, nehme ich an, war etwa zwanzig. Die meisten Zwanzigjährigen wurden eingezogen. Gerry nicht.«
»Nein«, sagte Loraine, nachdem sie ein paar Sekunden nachgedacht hatte. »Nein, Gerry war nicht Soldat. Den Grund kenne ich nicht.«
»Den kann ich Ihnen sagen oder zumindest vermuten. Er war von 1915 bis 1918 nicht in England. Ich habe mir einmal die Mühe gemacht, das herauszufinden. Und niemand scheint genau zu wissen, wo er sich aufhielt ... ich glaube, in Deutschland.«
Loraine sah Jimmy voll Bewunderung an. »Wie klug von Ihnen.«
»Er sprach gut Deutsch, nicht wahr?«
»Ja, wie ein Deutscher.«
»Ich bin ganz sicher, daß ich recht habe. Hören Sie zu! Gerry Wade arbeitete im Auswärtigen Amt. Er schien der gleiche liebenswerte Idiot zu sein – entschuldigen Sie den Ausdruck, aber

Sie wissen schon, was ich meine – wie Bill Eversleigh und Ronny Devereux. Eine rein dekorative Figur. In Wirklichkeit steckte viel mehr dahinter. Ich glaube, daß Gerry Wade ein ganz tüchtiger Bursche war. Unser Geheimdienst soll der beste der Welt sein. Ich vermute, daß Gerry eine Spitzenposition innehatte. Das würde alles erklären. Ich erinnere mich, daß ich an jenem Abend in *Chimneys* sagte, Gerry könne gar kein solcher Trottel sein, wie er vorgebe.«

»Und wenn Sie recht haben?« fragte Bündel mit ihrem Sinn fürs Praktische.

»Dann ist der Fall viel verwickelter, als wir annahmen. Jedenfalls, eins ist sicher: Von uns muß jemand zu dieser Party bei Lomax eingeladen werden.«

Bündel schnitt eine kleine Grimasse. »Ich kenne George gut – aber er mag mich nicht. Er würde mich niemals zu einer so ernsthaften Sache einladen. Aber vielleicht könnte ich ...« Sie überlegte einen Moment.

»Glauben Sie, daß ich mit Bills Hilfe etwas erreiche?« fragte Jimmy. »Als Codders rechte Hand wird er sicher dasein. Vielleicht kann er mich irgendwie reinschmuggeln.«

»Warum nicht?« rief Bündel. »Sie müssen Bill nur die richtigen Argumente liefern, die fallen ihm nämlich nicht von selbst ein.«

»Was schlagen Sie vor?«

»Ach, das ist ganz einfach. Bill beschreibt Sie als einen reichen jungen Mann – politisch interessiert, mit Ambitionen –, der ins Parlament möchte. Darauf wird George sofort reinfallen. Sie wissen doch, wie diese politischen Partys sind: Man hält immer Ausschau nach neuen jungen Talenten. Je reicher Bill Sie macht, desto mehr Chancen haben Sie!«

»Soll er mich nur für einen Rothschild ausgeben, ich habe nichts dagegen«, meinte Jimmy.

»Dann können wir diesen Punkt als erledigt betrachten. Ich gehe morgen abend mit Bill essen und werde mir von ihm eine Gästeliste besorgen. Das dürfte nützlich sein.«

»Es tut mir leid, daß Sie nicht selbst dabeisein können«, sagte Jimmy. »Andererseits ist es vielleicht auch ganz gut.«

»Ich würde da nicht so sicher sein«, meinte Bündel. »Codders haßt mich zwar wie die Pest – aber es gibt schließlich noch andere Wege.«

»Und was ist mit mir?« warf Loraine ein.
»Sie treten in diesem Akt noch nicht auf«, bestimmte Jimmy sofort. »Nach allem, was passiert ist, müssen wir eine Verbindung nach draußen haben, um . . .«
»Um was?« fragte Loraine.
Jimmy beschloß, ihr den Wind aus den Segeln zu nehmen, und wandte sich an Bündel. »Sie meinen doch auch«, sagte er, »daß Loraine wegbleiben sollte, oder?«
»Das wäre sicher besser!«
»Beim nächsten Mal«, meinte Jimmy freundlich.
»Und wenn es kein nächstes Mal gibt?«
»Das gibt es bestimmt, kein Zweifel!«
»Ich soll einfach zu Hause sitzen und warten!«
»Genau«, sagte Jimmy mit deutlich spürbarer Erleichterung. »Ich dachte mir gleich, daß Sie das einsehen würden.«
»Wissen Sie«, erklärte Bündel, »wenn wir uns alle drei eine Einladung besorgen, könnte das verdächtig wirken. Und bei Ihnen wäre es besonders schwierig, das begreifen Sie doch, nicht wahr?«
»Ja.«
»Dann ist alles klar – Sie unternehmen nichts«, sagte Jimmy.
»Ich unternehme nichts«, echote Loraine.
Bündel sah sie mißtrauisch an. Ihre Friedfertigkeit wirkte irgendwie unnatürlich. Loraines Augen waren blau und unschuldig und hielten Bündels Blick ohne das leiseste Zwinkern stand. Bündel war nur halb beruhigt. Sie fand Loraine Wades Nachgiebigkeit höchst verdächtig.

10

Nun muß gesagt werden, daß bei der eben geschilderten Unterhaltung jeder der drei Gesprächspartner seine wahren Motive in gewisser Weise für sich behielt.
Zum Beispiel darf bezweifelt werden, daß Loraine Wade den tatsächlichen Grund für ihren Besuch bei Jimmy Thesiger nannte.
Jimmy Thesiger wiederum hegte für die bevorstehende Party bei George Lomax eigene Pläne, die er zum Beispiel Bündel ge-

genüber nicht preisgeben wollte.
Und Bündel hatte in ihrem Kopf einen fertigen Plan, den sie sofort in die Tat umsetzen wollte, von welchem sie aber kein Wörtchen verlauten ließ.
Nachdem sie Jimmy Thesigers Wohnung verlassen hatte, fuhr sie zu Scotland Yard und fragte nach Superintendent Battle.
Superintendent Battle war ein ziemlich bedeutender Mann. Er bearbeitete fast ausschließlich Fälle von delikater politischer Natur. Wegen eines solchen Falles war er vor vier Jahren nach *Chimneys* gekommen, und Bündel baute darauf, daß er sich noch daran erinnerte.
Nach kurzer Wartezeit wurde sie durch mehrere Korridore zum Privatbüro des Superintendenten geführt. Er stand am Fenster, als sie eintrat, und starrte mit ausdrucksloser Miene auf ein paar Spatzen.
»Guten Tag, Lady Eileen«, begrüßte er sie. »Nehmen Sie doch bitte Platz!«
»Danke«, sagte Bündel. »Ich hatte schon Angst, Sie würden sich nicht mehr an mich erinnern.«
»Ich erinnere mich immer. Das gehört zu meinem Job.«
»Oh!« sagte Bündel etwas gedämpft.
»Und was kann ich für Sie tun?«
Bündel fiel gleich mit der Tür ins Haus. »Ich habe gehört, daß Scotland Yard Unterlagen über alle geheimen Organisationen Londons besitzt.«
»Wir bemühen uns, auf dem laufenden zu bleiben«, antwortete Battle vorsichtig.
»Vermutlich sind viele ganz harmlos.«
»Wir halten uns da an eine alte Regel: Je mehr sie reden, desto weniger unternehmen sie. Sie wären überrascht, wie genau das stimmt.«
»Ich habe auch gehört, daß Sie sie oft ruhig gewähren lassen?«
Battle nickte. »Warum soll sich ein Mann nicht ›Bruder der Freiheit‹ nennen, ein- oder zweimal wöchentlich in irgendeinem Keller seine anderen Brüder treffen und über Ströme von Blut reden dürfen? Das schadet weder ihm noch uns. Und wenn es tatsächlich einmal Ärger gibt, dann wissen wir, wo wir zupacken müssen.«

»Aber manchmal«, fragte Bündel, »könnte so eine Organisation auch gefährlicher sein, als man vermutet?«
»Sehr unwahrscheinlich.«
»Aber es könnte doch möglich sein.«
»Vielleicht«, gab Battle zu.
Es entstand eine kleine Pause. Dann sagte Bündel ruhig: »Würden Sie mir wohl eine Liste der Organisationen geben, die ihren Treffpunkt in *Seven Dials* haben?«
Es war eine von Superintendent Battles Stärken, daß er niemals irgendwelche Gefühlsregungen zeigte. Aber Bündel hätte schwören können, daß seine Lider kurz zuckten und er über ihre Bitte überrascht war. Als er antwortete, wirkte er hölzern wie eh und je. »Genau genommen, Lady Eileen, gibt es *Seven Dials* heute nicht mehr.«
»Nein?«
»Nein. Das Viertel wurde abgerissen und neu aufgebaut. Es war ziemlich heruntergekommen. Heute ist es eine ganz respektable Gegend. Keineswegs eine romantische Ecke, wo man nach seltsamen Geheimbünden sucht.«
»Oh!« Bündel war verblüfft.
»Aber es würde mich interessieren, wie Sie von *Seven Dials* erfahren haben, Lady Eileen.«
»Muß ich es Ihnen erzählen?«
»Nun, es würde uns einige Mühe sparen. Wir wüßten dann, wo wir stehen, wenn ich so sagen darf.«
Bündel zögerte einen Augenblick. »Gestern wurde ein Mann erschossen«, sagte sie langsam. »Ich dachte, ich hätte ihn überfahren ...«
»Mr. Ronald Devereux?«
»Sie wissen also Bescheid! Warum haben die Zeitungen nichts darüber gebracht?«
»Nun, wir dachten einfach, vierundzwanzig Stunden Zeit würden uns helfen – morgen wird es in den Zeitungen stehen.«
Bündel sah ihn erstaunt an. Was verbarg sich hinter diesem undurchdringlichen Gesicht? Hielt er Ronald Devereux' Tod für einen Unfall oder ein Verbrechen?
»Er erwähnte *Seven Dials*, bevor er starb«, sagte Bündel.
»Danke, das werde ich mir notieren.« Er schrieb ein paar Worte auf einen Zettel.

Bündel versuchte es von einer anderen Seite. »Soviel ich weiß, war Mr. Lomax gestern bei Ihnen, wegen eines Drohbriefes.«
»Stimmt.«
»Erwähnte er, daß er aus *Seven Dials* stammte?«
»*Seven Dials* stand im Briefkopf, soweit ich mich erinnere.«
Bündel hatte das Gefühl, an eine Wand zu reden.
»Wenn ich Ihnen einen Rat geben darf, Lady Eileen . . .«
»Ich weiß, was Sie sagen wollen.«
»Ich würde nach Hause fahren und – nun, nicht mehr an die Sache denken.«
»Es Ihnen überlassen?«
»Tja«, meinte Superintendent Battle, »wir sind schließlich Fachleute.«
»Und ich nur ein Amateur? Das stimmt zwar – aber Sie vergessen eins: Ich besitze vielleicht nicht Ihr Wissen und Ihre Klugheit, aber ich habe Ihnen gegenüber einen wesentlichen Vorteil – ich kann im stillen arbeiten.«
Sie hatte das Gefühl, daß der Superintendent ein wenig überrascht sei, als ob ihre Worte ihn tatsächlich getroffen hätten.
»Natürlich«, meinte Bündel, »wenn Sie mir keine Liste der Organisationen geben wollen . . .«
»Oh! Das habe ich nie behauptet!«
Er ging zur Tür, steckte seinen Kopf hinaus, rief etwas und kehrte dann zu seinem Stuhl zurück. Bündel fühlte sich unerklärlicherweise irgendwie genarrt. Die Bereitwilligkeit, mit der Battle ihrem Wunsch nachkam, machte sie mißtrauisch.
»Erinnern Sie sich an den Tod von Mr. Gerald Wade?« fragte sie unvermittelt.
»Das geschah in Ihrem Haus, nicht wahr? Überdosis eines Schlafmittels.«
»Seine Schwester sagt, daß er nie Schlafmittel nahm.«
»Ach! Sie wären erstaunt, wenn Sie wüßten, wovon Schwestern keine Ahnung haben!«
Bündel fühlte sich wieder genarrt. Schweigend saß sie da, bis ein Mann mit einem beschriebenen Blatt Papier hereinkam und es Battle reichte.
»Hier ist die Aufstellung«, sagte Battle, als der Mann das Zimmer verlassen hatte. »›Die Blutsbrüder von St. Sebastian‹, ›die Wolfshunde‹, ›die Friedensbrüder‹, ›der Klub der Kamera-

den‹, ›Die Freunde der Gewalt‹, ›die Kinder von Moskau‹, ›die roten Standartenträger‹, ›die Heringe‹, ›Verein der gefallenen Mädchen‹ ... und noch ein halbes Dutzend mehr.« Er reichte ihr die Liste mit einem gewissen Augenzwinkern.

»Sie geben sie mir nur deshalb«, sagte Bündel, »weil Sie wissen, daß sie mir nicht im geringsten weiterhelfen wird. Sie wollen, daß ich die Finger von der ganzen Sache lasse?«

»Es wäre mir lieber«, gestand Battle. »Wenn Sie herumschnüffeln, wird es eine Menge Ärger geben.«

»Weil Sie auf mich aufpassen müssen, meinen Sie?«

»Weil wir auf Sie aufpassen müssen, Lady Eileen.«

Bündel erhob sich. So lagen also die Dinge! Da erinnerte sie sich an eine bestimmte Bemerkung und unternahm einen letzten Vorstoß.

»Ich sagte vorhin, daß ein Amateur manchmal etwas unternehmen kann, das für einen Profi unmöglich ist. Sie haben mir nicht widersprochen. Weil Sie ein ehrlicher Mann sind, Superintendent Battle. Sie wußten, daß ich recht hatte!«

»Und weiter?«

»Damals in *Chimneys* durfte ich Ihnen helfen. Wollen Sie es mir jetzt nicht auch erlauben?«

Battle schien sich die Sache zu überlegen. Durch sein Schweigen ermutigt, fuhr Bündel fort. »Sie kennen mich doch, Superintendent Battle! Ich mische mich gern ein, ich bin einfach zu neugierig. Natürlich möchte ich Ihnen nicht ins Gehege kommen und Dinge tun, die in Ihren Aufgabenbereich gehören und die Sie viel besser erledigen können als ich. Aber wenn eine Chance für einen Amateur besteht, dann geben Sie sie mir!«

Wieder entstand eine Pause, dann meinte Superintendent Battle: »Sie hätten es nicht besser ausdrücken können, Lady Eileen. Aber ich muß Ihnen eines sagen: Was Sie da vorschlagen, ist gefährlich. Und wenn ich gefährlich sage, dann meine ich das auch so!«

»Das habe ich begriffen. Ich bin kein Idiot.«

»Ja«, antwortete Battle, »ich habe noch keine junge Dame getroffen, die das weniger war als Sie. Was ich für Sie tun kann, ist folgendes: Ich gebe Ihnen einen kleinen Wink. Denn von der Parole ›Sicherheit über alles‹ halte ich nichts. Meiner Meinung nach sollten Leute, die ihr halbes Leben Angst haben, überfahren zu werden, tatsächlich überfahren werden. Dann sind sie aus dem Weg. Sie taugen nichts!«

Diese bemerkenswerte Äußerung aus dem konventionellen Mund von Superintendent Battle verschlug Bündel vorübergehend die Sprache. »Was für einen Wink wollten Sie mir geben?« fragte sie schließlich.

»Sie kennen doch Mr. Eversleigh?«

»Bill? Natürlich, aber . . .«

»Ich glaube, daß Mr. Eversleigh Ihnen alles über *Seven Dials* erzählen kann.«

»Bill weiß Bescheid? Bill?«

»Das habe ich nicht gesagt. Keineswegs! Aber ich glaube, da Sie eine fixe junge Dame sind, werden Sie schon herausbekommen, was Sie wissen wollen. Und jetzt«, schloß Superintendent Battle bestimmt, »sage ich kein Wort mehr.«

11

Voller Spannung sah Bündel ihrer Verabredung mit Bill Eversleigh entgegen. Bill begrüßte sie in bester Laune. Er ist wirklich nett, dachte sie. Wie ein großer tolpatschiger Hund, der mit dem Schwanz wedelt, wenn er sich freut.

»Du siehst blendend aus, Bündel! Ich kann dir gar nicht sagen, wie ich mich freue, dich wiederzusehen. Ich habe Austern bestellt – du magst doch Austern? Und wie geht's sonst? Was hast du eigentlich so lange im Ausland getrieben? War's schön?«

»Nein, scheußlich! Einfach entsetzlich. Lauter bresthafte alte Obersten, die in der Sonne herumschleichen, und eifrige, gebildete alte Jungfern, die Bibliotheken und Kirchen stürmen.«

»Nichts geht über England!« rief Bill. »Ich hasse Reisen – außer in die Schweiz. Die Schweiz ist in Ordnung. Ich habe schon daran gedacht, Weihnachten dort zu verbringen. Warum kommst du nicht einfach mit?«

»Ich überleg's mir mal«, erwiderte Bündel. »Was hast du in der letzten Zeit so gemacht?«

Das war eine unvorsichtige Frage. Bündel hatte sie nur aus Höflichkeit gestellt, als Einleitung zu ihrem eigentlichen Gesprächsthema. Es schien jedoch genau die Eröffnung zu sein, auf die Bill gewartet hatte. »Das wollte ich dir gerade erzählen. Du hast doch Köpfchen, Bündel, und ich brauche deinen Rat! Kennst du das Musical *Damn your Eyes*?«

»Ja.«

»Na, dann will ich dir mal von der größten Gemeinheit aller Zeiten berichten. Mein Gott! Diese Theaterleute ... da gibt es ein Yankee-Mädchen – ein tolles Weib ...«

Bündels Mut sank. Bills Geschichten über die Schwierigkeiten mit seinen Freundinnen waren immer unendlich – sie dauerten und dauerten. Er war einfach nicht zu bremsen.

»Dieses Mädchen – sie heißt Babe St. Maur ...«

»Wie kommt sie denn zu dem Namen?« fragte Bündel spöttisch.

»Sie fand ihn im *Who is Who*. Hat das Buch aufgeschlagen und blind auf einen Namen getippt. Komisch, was? In Wirklichkeit heißt sie Goldschmidt oder Abrameier – ziemlich unmöglich.«

»Aha!«

»Also, Babe St. Maur ist wirklich nett. Sie ist eines der Mädchen, die die lebende Brücke bilden ...«

»Bill«, unterbrach Bündel ihn verzweifelt, »ich war gestern vormittag bei Jimmy Thesiger.«

»Der gute alte Jimmy! Also, wie gesagt, Babe ist wirklich nett. Und so begabt – einfach märchenhaft! Sie hatte keine große Rolle ...«

»Hast du Jimmy kürzlich gesehen?«

»Heute morgen. Wo war ich stehengeblieben? Ach ja, ich bin noch nicht beim Krach. Weißt du, es war Eifersucht, pure Eifersucht. Die andere sah nicht im entferntesten so gut aus wie Babe, und das wußte sie auch. Sie intrigierte hinter ihrem Rücken ...«

Bündel fügte sich in das Unvermeidliche und ließ die ganze Geschichte von den unglücklichen Umständen, die zu Babes völligem Verschwinden von der Bühne geführt hatten, über sich ergehen. Als Bill schließlich Luft holte und auf ihren mitfühlenden Kommentar wartete, sagte Bündel: »Du hast ganz recht, Bill, es ist eine Gemeinheit. Ihre Eifersucht muß ja ganz schön heftig gewesen sein ...«

»Das ganze Theaterleben besteht nur daraus.«

»Vermutlich. – Übrigens, hat Jimmy etwas gesagt, ob er nächste Woche zu Lomax' Party kommt?«
Zum erstenmal hörte Bill zu. »Er hat mir ein Loch in den Bauch geredet, was ich Codders alles erzählen soll. Daß er sich für die Konservativen aufstellen lassen will und so was. Aber du weißt, Bündel, wie gefährlich das ist.«
»Unsinn! Wenn George ihm wirklich auf die Schliche kommt, wird er bestimmt nicht dich dafür verantwortlich machen. Du bist eben auf ihn reingefallen, das ist alles.«
»Das ist keineswegs alles. Es ist zu gefährlich für Jimmy selbst. Bevor er weiß, wie ihm geschieht, steht er irgendwo in der Provinz, küßt Babys ab und hält Wahlreden. Du hast keine Ahnung, wie gründlich Codders ist – und wie energisch!«
»Das müssen wir eben riskieren. Jimmy kann ganz gut auf sich selbst aufpassen.«
»Du kennst Codders nicht«, wiederholte Bill warnend.
»Wer kommt denn alles? Ist etwas Besonderes los?«
»Nein. Mrs. Macatta kommt zum Beispiel.«
»Das Parlamentsmitglied?«
»Ja. Die sich immer lang und breit über Wohlfahrt, keimfreie Milch und Rettung verwahrloster Kinder ausläßt. Stell dir den armen Jimmy vor, wenn sie ihn erwischt!«
»Mach dir keine Sorgen um Jimmy. Weiter!«
»Dann noch irgendeine Ungarin, Gräfin Soundso, ein unaussprechlicher Name. Sie ist aber in Ordnung.« Er schluckte verlegen und zerkrümelte nervös sein Brot.
»Jung und hübsch?«
»Ja, ziemlich.«
»Ich wußte gar nicht, daß George etwas für weibliche Schönheit übrig hat.«
»Hat er auch nicht. Sie hat mit Säuglingsfütterung in Budapest zu tun, oder so ähnlich. Natürlich wollen sie und Mrs. Macatta sich kennenlernen.«
»Wer noch?«
»Sir Stanley Digby ...«
»Der Luftfahrtminister?«
»Ja. Und sein Sekretär, Terence O'Rourke. Ein toller Bursche übrigens, oder war es jedenfalls, als er noch flog. Dann noch ein ekelhafter deutscher Kerl. Eberhard heißt er. Ich weiß nicht, wer

er ist, aber alle machen ein Mordstheater um ihn. Ich bin schon zweimal abgeordnet worden, mit ihm zum Essen zu gehen, und ich kann dir sagen, es war kein Vergnügen! Kein Vergleich mit den Leuten von der Botschaft, die eigentlich alle recht akzeptabel sind. Ich glaube, er ist Erfinder ... Tja, das wären wohl alle. Und Sir Oswald Coote natürlich.«

»Und Lady Coote?«

»Ja, ich glaube, die kommt auch.«

Gedankenverloren saß Bündel ein paar Minuten da. Bills Aufzählung klang verheißungsvoll, aber sie konnte jetzt nicht alle Möglichkeiten überdenken. Sie mußte zum nächsten Punkt kommen.

»Bill«, begann sie, »was ist das für ein Wirbel um *Seven Dials?*«

Augenblicklich wurde Bill ziemlich verlegen. »Ich weiß nicht, was du meinst«, sagte er.

»Unsinn, man hat mir erzählt, daß du informiert bist.«

»Worüber?«

Das war ein knifflige Frage. Bündel wechselte ihre Taktik. »Ich verstehe nicht, warum du so geheimnisvoll tust«, beschwerte sie sich.

»Tu ich doch gar nicht! Es geht heute nur kein Mensch mehr hin. War mal Mode!«

Das klang verwirrend.

»Man ist gar nicht mehr auf dem laufenden, wenn man länger im Ausland war«, beklagte sie sich.

»Ach, da hast du nicht viel versäumt. Alle Leute gingen nur hin, um erzählen zu können, daß sie dort gewesen seien. Es war langweilig, wirklich, und, mein Gott, eines Tages hat man gebratenen Fisch einfach satt!«

»Wovon redest du eigentlich?«

»Vom *Seven Dials Club* natürlich.«

»Ich wußte nicht, daß er so heißt.«

»*Seven Dials* war früher mal eine Slumgegend in der Nähe der Tottenham Court Road. Alles wurde abgerissen und neu aufgebaut. Der *Seven Dials Club* hält noch die alte Tradition hoch: Bratfisch und Pommes frites. Schmuddeliger Laden, aber praktisch nach dem Theater.«

»Also ein Nachtklub mit Tanz und so weiter?«

»Genau. Schrecklich gemischtes Publikum. Nicht gerade fein. Künstler, weißt du, und alle möglichen merkwürdigen Damen, und ab und zu welche von unseren Leuten. Man erzählt sich da so einiges, aber ich glaube, das ist alles Unsinn, nur um die Bude interessant zu machen.«

»Schön«, sagte Bündel. »Wir gehen heute abend hin.«

»Nein, unmöglich!« protestierte Bill. Seine Verlegenheit war wieder da. »Ich sagte dir doch, es ist einfach ›out‹. Heute geht niemand mehr hin.«

»Wir schon.«

»Es würde dir bestimmt nicht gefallen!«

»Ich möchte wissen, was du dagegen hast. Was steckt dahinter?«

»Es ist eine lange Geschichte ... weißt du, einmal habe ich Babe St. Maur mitgenommen ...«

»Ach so! Schon wieder Babe St. Maur!«

»Warum nicht?«

»Ich wußte nicht, daß du wegen ihr ...« Bündel unterdrückte ein Gähnen.

»Wie gesagt, ich nahm Babe mal mit. Sie hatte sich Hummer eingebildet ... Ich trug also einen Hummer unter dem Arm ...«

Die Geschichte ging weiter. Als der Hummer schließlich im Kampf zwischen Bill und einem anderen zerrissen worden war, paßte Bündel wieder auf. »Ich verstehe«, sagte sie. »Es gab eine Rauferei?«

»Ja. Schließlich war es mein Hummer. Ich ...«

»Ja, ja, sicher«, stimmte Bündel hastig zu. »Aber heute ist das doch vergessen!«

»Wir könnten Schwierigkeiten mit der Polizei kriegen. Drüber ist ein Zimmer, wo sie Bakkarat spielen.«

»Dann kommt mein Vater und löst mich wieder aus!«

Bill zögerte zwar immer noch, aber Bündel hatte den größeren Dickschädel. Kurz darauf saßen sie in einem Taxi und fuhren Richtung *Seven Dials Club*.

Der Klub sah so aus, wie sie ihn sich vorgestellt hatte. Ein hohes Haus in einer schmalen Straße – Hunstanton Street vierzehn. Sie merkte sich die Nummer.

Ein Mann mit einem ihr bekannt vorkommenden Gesicht öff-

nete die Tür. Bündel bildete sich ein, daß er etwas zusammenzuckte, als er sie sah, aber dann begrüßte er Bill mit respektvollem Wiedererkennen. Er war ein großer Mann mit hellem Haar, einem weichlichen, blutleeren Gesicht und unruhigen Augen. Bündel fragte sich, wo sie ihn schon einmal gesehen hatte.
Bill hatte seine Fassung wiedergefunden und spielte den Kavalier. Sie tanzten im Keller, der völlig verraucht war, so daß man alles nur wie durch einen blauen Schleier sah. Der Geruch nach gebratenem Fisch war überwältigend.
An der Wand hing eine Reihe von Kohlezeichnungen, einige von beachtlicher Qualität. Das Publikum war äußerst gemischt. Stattliche Ausländer, wohlbeleibte Jüdinnen, flotte Herren und einige Damen des ältesten Gewerbes der Welt waren darunter. Bald führte Bill Bündel nach oben. Der Mann mit dem weichlichen Gesicht stand Wache und beobachtete wie ein Luchs alle, die in den Spielsalon gingen. Plötzlich erkannte Bündel ihn.
»Natürlich«, rief sie. »Wie dumm von mir! Das ist ja Alfred, der zweite Diener von *Chimneys*. Wie geht es Ihnen, Alfred?«
»Gut, danke, M'lady.«
»Seit wann sind Sie von *Chimneys* weg, Alfred?«
»Etwa einen Monat, M'lady. Ich erhielt die Gelegenheit, mich zu verbessern, und es wäre dumm gewesen, diese nicht zu nützen.«
»Vermutlich werden Sie hier sehr gut bezahlt.«
»Sehr gut, M'lady.«
Bündel betrat das Spielzimmer. Sie hatte das Gefühl, daß sich hier das wirkliche Leben des Klubs abspielte. Die Einsätze waren hoch, das sah sie sofort, und die Leute an den Tischen echt – adleräugig, ausgezehrt, das Spielfieber im Blut.
Sie und Bill blieben etwa eine halbe Stunde. Dann wurde Bill aufsässig. »Laß uns wieder tanzen, Bündel.«
Sie willigte ein. Hier oben gab es nichts Bemerkenswertes zu sehen. Sie gingen wieder hinunter, tanzten etwa eine halbe Stunde, aßen Fisch und Pommes frites, und dann erklärte Bündel, jetzt sei sie bereit, nach Hause zu fahren.
»Aber es ist doch noch so früh«, protestierte Bill.
»Nein, finde ich nicht. Wirklich nicht! Außerdem ist morgen ein langer Tag.«

»Was hast du denn vor?«
»Das hängt von verschiedenen Dingen ab«, antwortete sie geheimnisvoll. »Aber eins kann ich dir sagen, Bill, ich werde direkt auf mein Ziel lossteuern!«
»Das tust du immer«, meinte Mr. Eversleigh.

12

Sicher hatte Lady Eileen Brent ihr Temperament nicht von ihrem Vater geerbt, dessen auffallendste Charaktereigenschaft eine liebenswerte Trägheit war. Wie Bill Eversleigh sehr richtig bestätigt hatte, steuerte sie stets sofort auf ihr Ziel los.
Am nächsten Morgen erwachte sie voll Tatendrang. Glücklicherweise litt sie nicht wie Gerald Wade, Ronny Devereux oder Jimmy Thesiger an dem Unvermögen, morgens nicht aus dem Bett zu finden. Was das Aufstehen betraf, so hätte selbst Sir Oswald Coote nichts auszusetzen haben können. Bereits um halb neun Uhr war sie unterwegs.
Ihr Vater war über ihr Erscheinen milde erfreut. »Man weiß nie, wann du auftauchst«, sagte er. »Aber nun brauche ich dich nicht in London anzurufen. Oberst Melrose war gestern hier wegen der Untersuchung.«
Oberst Melrose war Chief Constable der Grafschaft und ein alter Freund von Lord Caterham.
»Du meinst, wegen Ronny Devereux? Wann findet sie statt?«
»Morgen um zwölf. Melrose wird dich noch anrufen. Da du die Leiche gefunden hast, wirst du als Zeugin auftreten müssen, aber er sagte, du solltest dich nicht aufregen.«
»Warum auch?«
»Nun ja, Melrose ist ein bißchen altmodisch.«
»Um zwölf Uhr! Gut. Ich werde dasein, falls ich noch lebe.«
»Hast du irgendeine Veranlassung, das Gegenteil anzunehmen?«
»Man kann nie wissen. Der Streß des modernen Lebens – wie die Zeitungen so schön schreiben.«
»Wobei mir einfällt, daß Lomax mich zu einer Party eingeladen hat. Natürlich habe ich abgelehnt.«

»Sehr vernünftig. Wir möchten doch nicht, daß du in irgendwelche seltsamen Geschichten verwickelt wirst!«
»Besteht denn Anlaß dazu?« fragte Lord Caterham mit plötzlich erwachendem Interesse.
»Na ja – Drohbriefe und solche Sachen.«
»Ob man George ermorden will?« überlegte Lord Caterham hoffnungsvoll. »Was meinst du – sollte ich doch hingehen?«
»Bezähme deine blutrünstigen Instinkte und bleib zu Hause«, sagte Bündel. »Jetzt muß ich mit Mrs. Howell reden.«
Mrs. Howell war die Haushälterin, jene würdige, ächzende Dame, vor der Lady Coote – im Gegensatz zu Bündel – solche Angst hatte. Übrigens wurde sie von ihr immer noch Miss Bündel genannt, ein Überbleibsel aus jenen Tagen, da Bündel als langbeiniges, lausbübisches Mädchen in *Chimneys* gewohnt und ihr Vater den Adelstitel noch nicht geerbt hatte.
»Und jetzt, Howelly«, sagte Bündel, »trinken wir eine Tasse Kakao zusammen, und Sie erzählen mir den neuesten Klatsch!«
Ohne große Schwierigkeiten holte sie aus Mrs. Howell heraus, was sie wissen wollte, und notierte sich in Gedanken: Zwei neue Spülmädchen aus dem Dorf, offenbar nicht sehr helle; ein neues drittes Hausmädchen, Nichte vom ersten Hausmädchen. Klingt in Ordnung. Howelly scheint die arme Lady Coote ganz schön schikaniert zu haben. Sicherlich hat sie's verdient!
»Ich hätte nie gedacht, daß ich den Tag erleben würde, an dem Fremde in *Chimneys* wohnen, Miss Bündel!« klagte Mrs. Howell.
»Man muß mit der Zeit gehen! Sie werden Glück haben, Howelly, wenn Sie nicht erleben müssen, wie *Chimneys* in schicke Wohnungen mit Parkbenutzung verwandelt wird.«
Mrs. Howell schauderte.
»Übrigens habe ich Sir Oswald Coote nie gesehen«, sagte Bündel.
»Ohne Zweifel ist Sir Oswald Coote ein sehr geschickter Geschäftsmann«, antwortete Mrs. Howell würdevoll.
Bündel begriff, daß Sir Oswald Coote beim Personal nicht besonders beliebt gewesen war.
»Natürlich war es Mr. Bateman, der sich um alles kümmerte«, fuhr die Haushälterin fort, »ein sehr tüchtiger junger Herr. Er

kannte sich aus.«
Bündel führte das Gespräch auf Gerald Wades Tod. Mrs. Howell war nur zu gern bereit, darüber zu sprechen, und voller Mitleidsbezeugungen für den armen jungen Herrn, aber Neues erfuhr Bündel nicht. Sie verabschiedete sich, ging nach unten und läutete nach Tredwell.
»Tredwell, wann hat Alfred uns verlassen?«
»Vor etwa einem Monat, M'lady.«
»Aus welchem Grund?«
»Es war sein eigener Wunsch. Er soll jetzt in London arbeiten. Ich war sehr zufrieden mit ihm, in jeder Beziehung. John, sein Nachfolger, wird Ihnen sicher gefallen. Er scheint sich in seinem Beruf auszukennen und gibt sich die größte Mühe.«
»Woher kommt er?«
»Er hatte ausgezeichnete Referenzen. Zuletzt war er bei Lord Mount Vernon.«
Bündel erinnerte sich, daß Lord Mount Vernon zur Zeit auf Großwildjagd in Ostafrika war. »Wie heißt er mit Nachnamen, Tredwell?«
»Bower, M'lady.«
Tredwell wartete noch ein oder zwei Minuten und verließ dann, als er sah, daß Bündel keine Fragen mehr stellen wollte, leise das Zimmer. Bündel blieb in Gedanken versunken zurück.
John hatte ihr bei ihrer Ankunft die Tür geöffnet, und sie hatte ihn genau beobachtet, ohne es sich anmerken zu lassen. Offenbar war er ein perfekter Diener, erfahren, mit ausdruckslosem Gesicht.
Aber diese Einzelheiten, fand sie, hatten nichts weiter zu bedeuten. Stirnrunzelnd saß sie vor dem Bogen Löschpapier, der vor ihr lag. Sie hielt einen Bleistift in der Hand und malte immer wieder den Namen Bower aufs Papier. Plötzlich fiel ihr etwas ein, sie hielt inne und starrte auf das Wort. Dann läutete sie noch einmal nach Tredwell.
»Tredwell, wie buchstabiert man Bower?«
»B-a-u-e-r, M'lady.«
»Das ist kein englischer Name!«
»Ich glaube, er stammt aus der Schweiz.«
»Ach so! Das war's, Tredwell, vielen Dank.«
Aus der Schweiz? Vielleicht aus Deutschland! Und er war vier-

zehn Tage vor Gerry Wades Tod nach *Chimneys* gekommen!
Bündel stand auf. Hier hatte sie erledigt, was sie erledigen konnte. Sie machte sich auf die Suche nach ihrem Vater. »Ich fahre wieder«, sagte sie. »Ich möchte Tante Marcia besuchen.«
»Marcia?« Lord Caterhams Stimme war voll Erstaunen. »Armes Kind, wie bist du denn darauf gekommen?«
»Nur so, ganz freiwillig.«
Lord Caterham sah sie verblüfft an. Daß irgend jemand den Wunsch verspürte, seine entsetzliche Schwägerin zu besuchen, erschien ihm kaum glaubhaft. Marcia, Marquise Caterham, die Witwe seines verstorbenen Bruders Henry, war eine sehr prominente Persönlichkeit. Lord Caterham mußte zugeben, daß sie Henry eine bewundernswürdige Frau gewesen war und er es ohne sie sicherlich nicht zum Außenminister gebracht hätte. Andererseits hatte er Henrys frühes Hinscheiden immer als gnädige Erlösung betrachtet. Ihm schien, als wagte Bündel sich leichtsinnig in die Höhle des Löwen.
»Womit verdient Sir Oswald Coote sein Geld?« fragte Bündel da.
»Er besitzt die größten Stahlwerke von ganz England. Natürlich schafft er das heute nicht mehr allein, es ist eine Aktiengesellschaft. Mich hat er zum Direktor oder so was ernannt. Das ist ein gutes Geschäft – nichts zu tun, als ein- oder zweimal im Jahr nach London in irgendein Hotel zu fahren und an einem Tisch zu sitzen, auf dem lauter schönes neues Löschpapier liegt. Dann hält Coote oder irgendein anderer cleverer Kerl eine Rede, in der es nur so von Zahlen wimmelt, aber man muß glücklicherweise nicht zuhören. Und ich kann dir sagen – meistens springt ein phantastisches Essen dabei raus.«
Da das Essen Bündel nicht besonders interessierte, war sie verschwunden, bevor Lord Caterham ganz ausgeredet hatte. Auf dem Weg nach London versuchte sie, die verschiedenen Einzelstücke zu einem befriedigenden Ganzen zusammenzufügen.
Soweit sie es überblicken konnte, paßten Stahl und Säuglingsfürsorge nicht so recht zusammen. Mrs. Macatta und die ungarische Gräfin konnten vergessen werden. Sie waren nur Tarnung. Nein, der Angelpunkt der ganzen Geschichte schien dieser unattraktive Mr. Eberhard zu sein. Offenbar nicht der Typ

Mann, den George Lomax normalerweise einladen würde. Bill hatte angedeutet, daß er Erfinder war. Dann waren da noch der Luftfahrtminister und Sir Oswald Coote, der in Stahl machte. Irgendwie schienen hier eher Zusammenhänge zu bestehen.
Da es sinnlos war, weitere Spekulationen anzustellen, ließ Bündel von dem Versuch ab und konzentrierte sich auf ihr kommendes Gespräch mit Lady Caterham.
Lady Caterham wohnte in einem großen düsteren Haus in einem der besseren Viertel von London. Drinnen roch es nach Bohnerwachs, Vogelfutter und angewelkten Blumen. Lady Caterham war eine große Frau – groß in jeder Beziehung. Ihre Proportionen waren majestätisch. Sie hatte eine große vorspringende Nase, trug ein goldgefaßtes Monokel, und auf ihrer Oberlippe sproß ein kaum wahrnehmbarer Schnurrbart.
Sie war sehr erstaunt über den Besuch ihrer Nichte und bot ihr eine schlaffe Wange, die Bündel pflichtschuldig küßte.
»Das ist aber eine Überraschung, Eileen«, meinte sie kühl.
»Wir sind erst vor kurzem von der Reise zurückgekommen, Tante Marcia.«
»Ich weiß. Wie geht es deinem Vater? Wie immer?«
Ihr Tonfall verriet Geringschätzung. Sie hatte keine hohe Meinung von Alistair Edward Brent, neunter Lord Caterham.
»Vater geht es sehr gut. Er ist in *Chimneys*.«
»Weißt du, Eileen, ich habe es nie geschätzt, daß man *Chimneys* vermietete. Der Ort ist in mancher Hinsicht eine Art historisches Monument. Es sollte nicht entweiht werden.«
»Zu Onkel Henrys Zeit muß es wundervoll gewesen sein«, sagte Bündel mit einem leichten Seufzen.
»Henry war sich seiner Verantwortung bewußt«, sagte seine Witwe.
»Wenn ich an die Leute denke, die dort verkehrten! Lauter europäische Staatsmänner!«
Lady Caterham seufzte. »Ich kann wirklich behaupten, daß dort mehr als einmal Geschichte gemacht wurde. Wenn dein Vater nur . . .«
»Politiker langweilen ihn«, sagte Bündel, »obwohl sie das Interessanteste sind, was es gibt, finde ich.«
Sie sprach diese für sie absolut unwahre Behauptung aus, ohne rot zu werden. Ihre Tante sah sie mit einigem Erstaunen an.

»Es freut mich, daß du so denkst. Ich glaubte immer, daß du nur auf der Jagd nach dem Vergnügen bist, wie das heute so modern ist.«
»Das ist vorbei.«
»Bei deiner Herkunft und einer klugen Eheschließung könntest du eine der führenden Politikerinnen von heute werden.«
Bündel verspürte eine leichte Beunruhigung. Einen Augenblick lang befürchtete sie, daß ihre Tante sofort einen passenden Mann herbeizaubern würde. »Aber ich fühle mich so unmündig. Ich weiß so wenig.«
»Dem kann abgeholfen werden. Ich habe viele Bücher, die ich dir gern leihe.«
»Danke, Tante Marcia«, entgegnete Bündel und wechselte hastig auf ihr zweites Gesprächsthema über. »Ich habe mich gefragt, ob du wohl Mrs. Macatta kennst, Tante Marcia?«
»Natürlich! Eine bewundernswerte Frau mit einem brillanten Verstand. Im allgemeinen halte ich nichts von Frauen im Parlament. Sie können ihren Einfluß auf eine weiblichere Art geltend machen.« Sie hielt inne, zweifelsohne um sich daran zu erinnern, wie sie ihren widerstrebenden Mann in die politische Arena geschoben und ein sagenhafter Erfolg ihre und seine Bemühungen gekrönt hatte. »Aber die Zeiten ändern sich. Und die Arbeit, die Mrs. Macatta tut, ist von nationaler Bedeutung und äußerster Wichtigkeit für alle Frauen. Es ist, so darf man wohl sagen, eine sehr weibliche Tätigkeit.«
Bündel seufzte. »Nächste Woche ist sie auf einer Party bei George Lomax. Er hat Vater eingeladen, der natürlich ablehnte, aber er dachte gar nicht daran, mich zu fragen. Hält mich wohl für zu dämlich.«
Lady Caterham fand, daß sich ihre Nichte tatsächlich beträchtlich gebessert hatte: Ob sie eine unglückliche Liebe hinter sich hatte? Eine unglückliche Liebesaffäre war oft von hohem Vorteil für junge Mädchen. Dann nahmen sie das Leben ernster.
»Anscheinend hat George Lomax noch nicht gemerkt, daß du – sagen wir – erwachsen geworden bist! Meine liebe Eileen, ich werde ein paar Worte bei ihm einlegen.«
»Er mag mich nicht. Er würde mich niemals einladen.«
»Laß mich das nur machen! Ich kannte George Lomax schon, als

er noch so klein war.« Sie deutete eine ganz unmögliche Größe an. »Er wird mir nur zu gern einen Gefallen tun. Und jetzt werde ich für dich ein paar Bücher auswählen«, sagte Lady Caterham und stand auf.

Eine Viertelstunde später fuhr Bündel mit einem Armvoll entsetzlich trocken aussehender Literatur in ihre Stadtwohnung in der Brook Street zurück.

Als nächstes rief sie Jimmy Thesiger an. Seine ersten Worte waren voller Triumph. »Ich hab's geschafft«, sagte er. »Hatte ziemlich viel Mühe mit Bill. Aber dann ging es doch in seinen Dickschädel, daß ich ein Lamm unter Wölfen bin. Jetzt habe ich einen Haufen Bücher hier, die ich durchackern muß. Haben Sie je vom Grenzstreit in Santa Fé gehört?«

»Nie.«

»Der macht mir besondere Schwierigkeiten. Ist schon Jahre her und war entsetzlich kompliziert. Ich mache ihn zu meinem Spezialgebiet. Heutzutage muß man sich spezialisieren.«

»Ich habe auch lauter solches Zeug. Tante Marcia hat mir die Bücher gegeben, die Schwägerin meines Vaters. Sie wird mir eine Einladung zu George Lomax' Party verschaffen.«

»Was? Das ist ja fabelhaft!« Es entstand eine Pause, und dann sagte Jimmy: »Ich glaube, das erzählen wir Loraine besser nicht.«

»Vielleicht.«

»Ich meine, man kann das Mädchen nicht in sein Verderben rennen lassen.«

Bündel fand, daß Mr. Thesiger etwas taktlos war. Die Aussicht, daß *sie* in ihr Verderben rannte, schien ihn nicht im geringsten zu bekümmern.

»Kommen Sie morgen zur Leichenschau?«

»Ja. Sie?«

»Ja. Es steht übrigens in der Spätausgabe. Irgendwo in einer Ecke. Merkwürdig – ich hätte gedacht, daß sie es ganz groß ausspielen.«

»Ja – das hätte ich auch geglaubt.«

»Und jetzt«, meinte Jimmy, »muß ich mich weiter in mein Spezialgebiet vertiefen. Ich bin gerade an dem Punkt, wo Bolivien uns eine Note schickt.«

»Ich werde mich wohl auch dranmachen.«

»Werden Sie den ganzen Abend darüber brüten?«
»Ich glaube schon. Sie?«
»Wahrscheinlich. Gute Nacht!«
Sie waren beide schamlose Lügner. Jimmy Thesiger wußte sehr genau, daß er Loraine Wade zum Essen eingeladen hatte.
Und was Lady Eileen Brent betraf, so zog sie einen unscheinbaren Rock und eine unscheinbare Bluse an, verließ ihre Wohnung und überlegte, ob sie lieber mit dem Bus oder der U-Bahn zum *Seven Dials Club* fahren sollte.

13

Gegen sechs Uhr kam Bündel in der Hunstanton Street vierzehn an. Um diese Zeit war der *Seven Dials Club*, wie sie vermutet hatte, wie ausgestorben. Ihr Plan war einfach. Sie wollte den ehemaligen Diener Alfred abfangen, weil sie davon überzeugt war, daß, wenn sie ihn erst einmal erwischte, der Rest nicht schwierig sei.
Nur über eines war sie sich nicht sicher: Sie wußte nicht, wie viele Leute im Klubhaus wohnten, denn natürlich sollte möglichst niemand von ihrer Anwesenheit erfahren.
Während sie noch überlegte, welchen Weg sie am besten einschlagen sollte, wurde ihr Problem auf sehr einfache Weise gelöst. Die Tür von Nummer vierzehn öffnete sich, und Alfred kam heraus.
»Guten Abend, Alfred!« rief Bündel fröhlich.
Alfred zuckte zusammen. »Oh! Guten Abend, M'lady. Ich ... ich habe Sie im ersten Moment gar nicht erkannt.«
»Ich wollte ein bißchen mit Ihnen plaudern, Alfred. Wo können wir das am besten tun?«
»Nun ... ich weiß nicht ...«
Sie unterbrach ihn. »Wer ist im Klub?«
»Zur Zeit niemand, M'lady.«
»Dann gehen wir hinein.«
Alfred öffnete die Tür, und Bündel trat ein. Alfred folgte ihr verwirrt und etwas unsicher. »Ich nehme an, Sie wissen«, begann sie knapp, »daß Ihre Arbeit hier gegen die Gesetze verstößt?«

Alfred trat verlegen von einem Fuß auf den anderen. »Das stimmt. Wir sind auch schon zweimal durchsucht worden. Aber man hat nie etwas Verdächtiges gefunden, dank Mr. Mosgorovskys Umsicht.«

»Ich rede nicht nur vom Spielsalon. Da steckt noch mehr dahinter – vermutlich viel mehr, als Sie ahnen. Ich möchte Ihnen eine direkte Frage stellen, Alfred, und bitte sagen Sie die Wahrheit! Wieviel hat man Ihnen gezahlt, damit Sie *Chimneys* verließen?«

Alfred sah an der Wandleiste entlang, als ob er von dort eine Inspiration erwarte, schluckte und ging dann den unvermeidlichen Weg eines schwachen Willens, der auf einen starken trifft.

»Es war so, M'lady. Mr. Mosgorovsky kam an einem der Besuchstage mit einer Besichtigungsgruppe nach *Chimneys*. Da Mr. Tredwell sich nicht wohl fühlte, fiel es mir zu, die Gruppe zu führen. Mr. Mosgorovsky war ... er bot mir hundert Pfund, wenn ich in seinem Klub arbeitete. Er wollte jemand haben, der den Umgang mit den besten Familien gewohnt sei – um dem Lokal Würde zu verleihen, wie er sich ausdrückte. Nun, es schien mir, das Glück versuchen zu wollen, wenn ich es ablehnte – abgesehen davon, daß ich hier dreimal soviel verdiene.«

»Hundert Pfund! Das ist eine Menge. Hat man Ihnen erzählt, wer Ihre Stelle in *Chimneys* einnehmen sollte?«

»Ich hatte ein wenig Bedenken, Mylady, sofort zu gehen. Aber Mr. Mosgorovsky sagte, daß er einen jungen Mann kenne, der in guter Stellung gewesen und bereit sei, mich sofort abzulösen.«

Bündel nickte. Ihre Vermutungen hatten sich bestätigt, und der *modus operandi* war fast genauso, wie sie es sich gedacht hatte. Sie bohrte weiter. »Wer ist Mr. Mosgorovsky?«

»Der Gentleman, der den Klub leitet. Ein Russe.«

Bündel genügten diese Informationen für den Augenblick, sie wandte sich einem anderen Thema zu. »Hundert Pfund ist eine große Summe, Alfred!«

»Mehr, als ich je bekommen habe, Mylady«, gestand Alfred mit entwaffnender Offenheit.

»Hatten Sie nie den Verdacht, daß da etwas faul ist?«

»Faul, Mylady?«
»Ja. Ich rede jetzt nicht vom Spielsalon. Ich meine etwas viel Ernsteres. Sie wollen doch nicht zu strafbaren Handlungen mißbraucht werden, Alfred, oder?«
»Mein Gott, Mylady!«
»Ich war kürzlich bei Scotland Yard«, sagte Bündel eindringlich. »Und da habe ich einige sehr merkwürdige Dinge gehört. Ich möchte, daß Sie mir helfen, Alfred, und wenn Sie das tun, dann – nun, wenn die Sache auffliegt, dann werde ich ein gutes Wort für Sie einlegen.«
»Ich werde tun, was in meinen Kräften steht, Mylady.«
»Zuerst möchte ich mir den Laden hier einmal gründlich ansehen.«
Begleitet von dem erschreckten Alfred führte sie ihre sehr gründliche Inspektion durch. Nichts Verdächtiges fiel ihr auf, bis sie in den Spielsalon kam. Dort bemerkte sie in einer Ecke eine unauffällige Tür. Sie war verschlossen.
»Das ist der Fluchtweg, Mylady«, erklärte Alfred. »Dahinter befindet sich ein Raum mit einer Tür, die in das benachbarte Treppenhaus führt. So verschwinden die Leute, wenn eine Razzia ist.«
»Aber weiß denn die Polizei nichts davon?«
»Es ist eine versteckte Tür, Mylady. Sie sieht wie ein Bücherschrank aus.«
Bündel wurde immer aufgeregter. »Da muß ich hinein«, sagte sie.
Alfred schüttelte den Kopf. »Das können Sie nicht, Mylady. Den Schlüssel hat Mr. Mosgorovsky.«
»Na und? Es gibt noch mehr Schlüssel!«
Sie stellte fest, daß es ein einfaches Schloß war, das sich leicht öffnen ließ. Alfred wurde losgeschickt, um Schlüssel zu besorgen. Der vierte, den Bündel probierte, paßte.
Es war ein kleines, schäbiges Zimmer. In der Mitte stand ein langer Tisch mit Stühlen. Sonst war der Raum unmöbliert. Nur zwei Bücherschränke waren zu beiden Seiten des Kamins eingebaut. Alfred deutete auf den einen: »Das ist sie.«
Bündel versuchte, die Bücherschranktür zu öffnen, aber sie war verschlossen. Daß dieses Schloß sehr kompliziert war, sah sie sofort. Ein Sicherheitsschloß.

»Sehr einfallsreich«, erklärte Alfred. »Sieht ganz normal aus. Dahinter sind ein paar Fächer mit Büchern darauf, wissen Sie. Nie würde jemand vermuten, daß man nur rechts leicht antippen muß, und das ganze Ding schwingt auf.«
Bündel hatte sich umgedreht und betrachtete nachdenklich den Raum. Als erstes fiel ihr auf, daß die Tür, durch die sie hereingekommen waren, sorgfältig mit grünem Tuch verkleidet war. Sie mußte ziemlich schalldicht sein. Dann wanderte ihr Blick über die Stühle. Es waren sieben, drei an jeder Längsseite des Tisches, ein etwas prächtigerer an der Stirnseite.
Bündels Augen weiteten sich. Sie hatte gefunden, was sie suchte! Dies war der Treffpunkt des Geheimbundes, perfekt geplant! Alles wirkte so unschuldsvoll – man konnte den Raum vom Spielsalon aus betreten oder durch das Treppenhaus und den Wandschrank –, und jede Geheimnistuerei, jede Vorsichtsmaßregel konnte durch den Spielsalon nebenan erklärt werden.
Während ihr diese Gedanken durch den Kopf schossen, fuhr sie mit dem Finger spielerisch über den Kaminsims. Alfred sah es und mißdeutete ihre Geste.
»Sie werden keinen Schmutz finden, Mylady«, sagte er. »Mr. Mosgorovsky hat das Zimmer heute morgen reinigen lassen. Ich selbst tat es unter seiner Aufsicht.«
Sie dachte scharf nach. »Heute morgen?«
»Manchmal muß es sein. Obwohl der Raum, wenn man so sagen darf, nicht benützt wird.« Im nächsten Augenblick bekam er einen Heidenschreck.
»Alfred«, schrie Bündel, »Sie müssen mir einen Platz suchen, wo ich mich verstecken kann.«
Alfred sah sie verzweifelt an. »Aber das ist unmöglich, Mylady. Sie werden mich nur in entsetzliche Schwierigkeiten bringen. Ich verliere meinen Job!«
»Den sind Sie sowieso los, wenn Sie ins Gefängnis kommen«, meinte Bündel unfreundlich.
»Aber hier gibt es kein Versteck«, jammerte Alfred. »Überzeugen Sie sich selbst, Mylady!«
Bündel mußte zugeben, daß an diesem Argument etwas Wahres war. Noch nie hatte ein Zimmer weniger Möglichkeiten geboten, sich zu verbergen, als dieses. Die schmutzigen Rouleaus

waren vor den Fenstern heruntergelassen, es gab keine Vorhänge. Das äußere Fensterbrett war etwa zehn Zentimeter breit, wie sie feststellte. Im Zimmer standen nur der Tisch, die Stühle und die Schränke.

Am zweiten Schrank steckte der Schlüssel. Bündel schloß auf. Die Regale waren voll mit Gläsern und Geschirr.

»Überflüssiges Zeug, das wir nicht benutzen«, erklärte Alfred. »Sie sehen selbst, daß sich hier nicht einmal eine Katze verstecken könnte.«

Bündel untersuchte bereits die Regale. »Miese Arbeit. Haben Sie einen anderen Schrank, wo Sie das Geschirr verstauen können? Ja? Gut. Dann bringen Sie alles nach unten. Beeilen Sie sich – wir dürfen keine Zeit verlieren!«

»Unmöglich, Mylady! Es ist schon spät. Jeden Augenblick wird der Koch kommen.«

»Mr. Mosgorovsky taucht doch sicher erst später auf, oder?«

»Nie vor Mitternacht.«

»Dann los!«

Händeringend verschwand Alfred. Kurz darauf kam er mit einem Tablett zurück und begann mit überraschender Energie zu arbeiten. Er hatte begriffen, daß seine Proteste nutzlos waren.

Wie Bündel schon festgestellt hatte, konnte man die Bretter leicht herausnehmen. Sie stellte sie senkrecht an die Schrankwand und kletterte hinein.

»Hm«, meinte sie. »Ziemlich eng. Schließen Sie die Tür bitte vorsichtig, Alfred – so ist es gut! Ja, das läßt sich machen. Jetzt brauche ich einen Bohrer.«

»Ich weiß nicht ...«

»Unsinn. Sie werden doch einen Bohrer haben! Wenn nicht, ziehen Sie eben los und kaufen einen!«

Alfred verschwand und kehrte nach kurzer Zeit mit einer Sammlung ganz brauchbarer Werkzeuge zurück. Bündel fand, was sie suchte, und bohrte ein kleines Loch in die Schrankwand, in Höhe ihres rechten Auges.

»Mein Gott, Mylady! Man wird Sie finden!« rief Alfred.

»Man wird die Tür nicht aufmachen können«, erklärte Bündel. »Weil Sie nämlich abschließen und den Schlüssel verstecken.«

»Und wenn Mr. Mosgorovsky danach fragt?«

»Dann ist er eben verlorengegangen. Kein Mensch wird sich um den Schrank kümmern – er ist nur dazu da, um von dem anderen abzulenken. Los, los, Alfred! Es kann jederzeit jemand kommen. Schließen Sie mich ein und nehmen Sie den Schlüssel an sich! Wenn alle gegangen sind, lassen Sie mich wieder raus.«

Sie hatte keine Angst, daß Alfred die Nerven verlieren und sie verraten könnte. Sie wußte, daß sein Selbsterhaltungstrieb stärker war. Jahrelange Übung würde ihm helfen, seine persönlichen Gefühle hinter der Maske des perfekten Dieners zu verbergen.

Nur eines beunruhigte sie. Die Folgerung, die sie daraus gezogen hatte, daß das Zimmer heute morgen geputzt worden war, konnte falsch sein. Bündel seufzte in ihrem engen Schrank. Die Aussicht, hier lange Stunden für nichts und wieder nichts zu verbringen, war nicht sehr verlockend.

14

Über die nächsten leidvollen vier Stunden können wir hinweggehen. Bündel fand ihre Lage ziemlich beengt. Sie hatte angenommen, daß das Treffen – falls überhaupt eines stattfand – zu einer Zeit abgehalten werden würde, wo der Klub in vollem Betrieb war, also irgendwann zwischen Mitternacht und zwei Uhr morgens.

Als sie gerade dachte, es müsse mindestens sechs Uhr morgens sein, traf ein sehnlichst erwartetes Geräusch an ihr Ohr: Eine Tür wurde aufgeschlossen.

Gleich darauf machte jemand Licht. Das Stimmengewirr, das für zwei oder drei Sekunden an ihre Ohren gedrungen war wie das Rauschen des Meeres, brach so plötzlich ab, wie es begonnen hatte. Bündel hörte, wie irgendwo ein Riegel vorgeschoben wurde. Es war also jemand aus dem Spielsalon hereingekommen.

Nach einem Augenblick trat der Eindringling in ihr Gesichtsfeld – oder in das, was sie durch das kleine Loch sehen konnte. Es war ein großer Mann, breitschultrig und furchteinflößend, mit einem langen schwarzen Bart. Bündel erinnerte sich, daß sie ihn

in der vergangenen Nacht an einem der Bakkarattische gesehen hatte.
Das also war Alfreds geheimnisvoller russischer Gentleman, der Eigentümer des Klubs, der fragwürdige Mr. Mosgorovsky. Bündels Herz schlug schneller.
Ein paar Minuten blieb der Russe vor dem Tisch stehen und strich sich über seinen Bart. Dann zog er eine Uhr aus der Tasche und warf einen Blick drauf. Befriedigt nickte er. Wieder glitt seine Hand in die Tasche. Bündel konnte nicht sehen, was er hervorholte, weil er aus ihrem Blickfeld verschwand. Als er wieder erschien, hätte sie vor Überraschung fast geschrien.
Sein Gesicht war von einer Maske verdeckt, aber es war keineswegs eine gewöhnliche Maske, sondern nur ein Stück Stoff, das wie ein Vorhang vor dem Gesicht hing und zwei Schlitze für die Augen hatte. Ein Zifferblatt war aufgemalt. Die Zeiger standen auf sechs.
Die *Seven Dials* — die sieben Zifferblätter, überlegte Bündel.
In diesem Augenblick hörte sie ein Geräusch – siebenmaliges gedämpftes Klopfen. Mosgorovsky ging – wie Bündel vermutete – zum anderen Schrank. Sie vernahm ein scharfes Klicken und Begrüßungsworte in einer ihr fremden Sprache. Dann sah sie die Neuankömmlinge.
Sie trugen auch Uhrenmasken, aber die Zeiger zeigten andere Zeiten – fünf Uhr, vier Uhr. Beide Männer waren im Abendanzug. Der eine war ein eleganter, schlanker Mann. Die Grazie, mit der er sich bewegte, wirkte weniger englisch als ausländisch. Der andere Mann war dürr und ging etwas gebückt. Sein Anzug saß leidlich, und Bündel erriet seine Nationalität schon, bevor er den Mund aufmachte.
»Ich nehme an, daß wir die ersten sind.« Eine volle, angenehme Stimme, amerikanischer Tonfall mit leicht irischem Akzent.
Der elegante Mann sagte in gutem, etwas steifem Englisch: »Es war gar nicht so leicht, heute abend wegzukommen. Die Dinge entwickelten sich nicht immer günstig. Ich bin nicht, wie Nummer vier, Herr meiner Zeit.«
Bündel versuchte, seine Nationalität zu erraten. Bevor er gesprochen hatte, dachte sie, daß er Franzose sei, aber sein Akzent war nicht französisch. Vielleicht Österreicher oder Ungar – oder Russe?

Der Amerikaner ging auf die andere Seite des Tisches, und Bündel hörte, wie er einen Stuhl hervorzog. »Ein Uhr war ein großer Erfolg«, sagte er. »Ich gratuliere Ihnen, daß Sie dieses Risiko gewagt haben.«
Fünf Uhr zuckte die Achseln. »Wer nichts wagt . . .« Er ließ den Satz unbeendet. Wieder ertönten sieben Klopfzeichen. Mosgorovsky ging zur Tür.
Bündel konnte niemand sehen, weil die ganze Gesellschaft aus ihrem Blickfeld verschwunden war, aber dann hörte sie die erhobene Stimme des Bärtigen: »Fangen wir an?«
Er kam um den Tisch herum und nahm neben dem Lehnstuhl an der Stirnseite Platz. Er sah direkt zu Bündels Schrank. Der elegante fünf Uhr setzte sich neben ihn. Den dritten Stuhl an dieser Seite konnte Bündel nicht sehen, aber der Amerikaner, Nummer vier, passierte kurz ihr Blickfeld, bevor er sich setzte.
An der Seite des Tisches, die ihr am nächsten war, konnte sie nur zwei Stühle sehen. Dann ging einer der Neuankömmlinge an ihrem Schrank vorbei und setzte sich Mosgorovsky gegenüber. Wer immer dort saß, kehrte Bündel natürlich den Rücken zu – und genau dieser Rücken war es, den sie voll Interesse anstarrte. Es war der tiefdekolletierte Rücken einer schönen Frau.
Die Frau sprach zuerst. Ihre Stimme klang musikalisch, ausländisch – verführerisch. Sie blickte auf den leeren Stuhl an der Stirnseite des Tisches.
»Wir werden Nummer sieben heute abend wieder nicht sehen?« fragte sie. »Sagen Sie mir, meine Freunde, werden wir ihn je zu Gesicht bekommen?«
»Das ist gut«, sagte der Amerikaner. »Verdammt gut! Ich glaube allmählich, daß Nummer sieben gar nicht existiert!«
»Ich würde Ihnen raten, nicht so zu denken, mein Lieber«, sagte der Russe freundlich.
Es entstand eine Pause, eine unangenehme Pause, das fühlte Bündel. Sie starrte immer noch fasziniert auf den wunderschönen Rücken vor sich. Unter dem rechten Schulterblatt saß ein kleiner dunkler Leberfleck, der die Weißheit der Haut betonte.
Die Stimme des Russen, der anscheinend den Vorsitz führte, riß sie aus ihren Gedanken. »Wollen wir jetzt weitermachen? Erst

zu unserem abwesenden Freund Nummer zwei!« Er vollführte mit den Händen eine merkwürdige Geste in Richtung auf den an den Tisch gelehnten Stuhl, die alle anderen augenblicklich nachmachten. »Ich wünschte, Nummer zwei könnte heute abend hiersein«, fuhr er fort. »Es sind so viele Dinge zu erledigen. Unerwartete Schwierigkeiten sind aufgetreten.«
»Haben Sie seinen Bericht erhalten?« Das war der Amerikaner.
»Bis jetzt noch nicht.« Es entstand eine Pause. »Ich verstehe es gar nicht.«
»Sie meinen, er könnte vielleicht – vom rechten Weg abgekommen sein?«
»Das wäre eine – Möglichkeit.«
»Mit anderen Worten«, sagte fünf Uhr. »Gefahr im Verzug.«
Der Russe nickte heftig. »Ja. Allmählich wird zu viel über uns bekannt – über dieses Lokal. Ich kenne mehrere Leute, die etwas vermuten.« Kühl fügte er hinzu. »Sie müssen zum Schweigen gebracht werden.«
Bündel fühlte, wie ihr ein kalter Schauer über den Rücken lief. Wenn man sie fand, wurde sie dann auch zum Schweigen gebracht? Plötzlich ließ ein Wort sie aufhorchen.
»Über *Chimneys* ist nichts Genaueres zu erfahren gewesen?«
Mosgorovsky schüttelte den Kopf. »Nichts.«
Plötzlich beugte sich Nummer fünf vor. »Ich stimme mit Anna überein: Wo ist unser Präsident – Nummer sieben? Er hat unseren Klub gegründet. Warum sehen wir ihn nie?«
»Nummer sieben«, erklärte der Russe, »hat seine eigenen Arbeitsmethoden.«
»Das behaupten Sie immer!«
»Ich sage noch etwas mehr: Mir tut jeder leid, der sich gegen ihn stellt.« Verlegenes Schweigen entstand. »Wir müssen weitermachen«, sagte Mosgorovsky dann ruhig. »Nummer drei, haben Sie die Baupläne von *Wyvern Abbey*?«
Bündel spitzte die Ohren. Bis jetzt hatte sie Nummer drei weder gesehen noch gehört. Als er sprach, erkannte sie, daß er Engländer war. »Ich habe sie hier, Sir.«
Papiere wurden über den Tisch geschoben. Alle beugten sich vor. Mosgorovsky hob die Hand. »Und die Gästeliste?«
»Hier.«

Der Russe las vor: »Sir Stanley Digby, Mr. Terence O'Rourke. Sir Oswald und Lady Coote. Mr. Bateman. Gräfin Anna Radzky. Mrs. Macatta. Mr. James Thesiger...« Er hielt inne und fragte scharf: »Wer ist James Thesiger?«
Der Amerikaner lachte. »Um den brauchen Sie sich keine Sorgen zu machen. Der übliche junge Trottel.«
Der Russe las weiter. »Herr Eberhard und Mr. Eversleigh. Das sind alle.«
»Wirklich?« flüsterte Bündel. »Und was ist mit dieser entzückenden jungen Dame, Lady Eileen Brent?«
»Na, da scheint kein beunruhigender Gast dabei zu sein«, sagte der Russe. »Ich nehme an, daß über den Wert von Eberhards Erfindung kein Zweifel besteht?«
Drei Uhr erwiderte auf typisch englisch-lakonische Art: »Nein, nicht der geringste.«
»Wirtschaftlich bedeutet sie Millionengewinne«, sagte der Russe. »Und auf der internationalen Bühne – nun, wir kennen ja die Habgier der Nationen nur zu gut.« Bündel hatte das Gefühl, daß er unter seiner Maske unangenehm lächelte. »Ja«, fuhr er fort, »eine Goldmine.«
»Ein paar Leben wert«, sagte Nummer fünf zynisch.
»Aber Sie wissen, wie Erfinder sind«, meinte der Amerikaner. »Manchmal hauen solche Pläne nicht hin.«
»Ein Mann wie Sir Oswald Coote dürfte keinen Mißgriff getan haben«, sagte Mosgorovsky.
»Als Flieger weiß ich«, sagte Nummer fünf, »daß diese Sache sehr gut durchführbar ist. Seit Jahren ist sie im Gespräch – aber es bedurfte eines Genies wie Eberhard, um sie zu verwirklichen.«
»Nun«, sagte Mosgorovsky, »ich finde nicht, daß wir dieses Thema weiterdiskutieren müssen. Sie alle haben die Pläne gesehen. Ich glaube nicht, daß unser Angriffsschema verbessert werden kann. Übrigens habe ich etwas von einem Brief läuten hören, den Wade geschrieben hat und der unsere Organisation erwähnt. Wer hat ihn gefunden?«
»Lord Caterhams Tochter – Lady Eileen Brent.«
»Bauer hätte da besser aufpassen müssen«, meinte Mosgorovsky. »An wen war denn der Brief gerichtet?«
»An seine Schwester, glaube ich«, sagte Nummer drei.

»Die Untersuchung über Devereux ist morgen. Ich nehme an, daß Vorbereitungen getroffen worden sind?«
»Gerüchte über junge Leute aus der Gegend, die mit Gewehren herumgespielt haben, sind überall verbreitet worden«, erklärte der Amerikaner.
»Das geht dann wohl in Ordnung. Ich glaube, es gibt nichts mehr zu besprechen. Ich finde, wir sollten ein Hoch ausbringen auf unsere liebe Nummer eins und ihr alles Gute zu der Rolle wünschen, die sie spielen muß.«
»Hurra!« rief Nummer fünf. »Hoch Anna!«
Ein Uhr erwiderte diese Huldigung mit einer typisch fremdländischen Geste. Dann stand sie auf, die anderen taten das gleiche. Zum ersten Mal konnte Bündel einen Blick auf Nummer drei werfen – ein großer, schwerknochiger Mann.
Dann verließ die Gesellschaft das Zimmer durch die Geheimtür. Mosgorovsky schloß ab. Er wartete noch ein paar Minuten, dann hörte Bündel, wie er den Riegel an der anderen Tür zurückschob und hinausging.
Erst zwei Stunden später kam ein bleicher und verängstigter Alfred, um Bündel zu befreien.

15

Gegen sechs Uhr morgens kam Bündel nach Hause. Um halb zehn war sie wieder auf den Beinen und angezogen und rief Jimmy Thesiger an.
Die Promptheit, mit der er sich meldete, überraschte sie, bis er ihr erklärte, daß er zur vorgerichtlichen Untersuchung gehen wolle.
»Ich auch«, sagte Bündel. »Und ich habe Ihnen eine Menge zu erzählen.«
»Kann ich Sie nicht abholen, und Sie berichten mir unterwegs?«
»Gut. Aber kalkulieren Sie ein bißchen mehr Zeit ein, weil Sie mich nach *Chimneys* bringen müssen. Der Inspektor holt mich von dort ab.«
»Warum?«
»Weil er ein freundlicher Mann ist«, antwortete Bündel.
»Bin ich auch«, meinte Jimmy. »Sehr freundlich sogar.«

»Ach Sie ... Sie sind ja ein Trottel«, meinte Bündel. »Das hörte ich gestern abend jemanden sagen.«
»Wen?«
Sie zögerte. Dann meinte sie:
»Um genau zu sein – einen russischen Juden. Nein, der war es nicht. Es war ...«
Beleidigter Protest unterbrach sie: »Mag sein, daß ich ein Trottel bin, aber das geht niemanden etwas an. Was haben Sie gestern abend gemacht, Bündel?«
»Das werde ich Ihnen nachher erzählen! Bis gleich!«
Sie legte auf und überließ Jimmy seinen Vermutungen. Er hatte höchsten Respekt vor Bündels geistigen Fähigkeiten, allerdings war dieser Respekt nicht mit wärmeren Gefühlen für sie vermischt.
Sie hat was vor, überlegte er, als er hastig einen Schluck Kaffee trank, sie hat was vor, da gibt's gar keinen Zweifel!
Zwanzig Minuten später hielt ein kleiner Zweisitzer vor dem Haus in der Brook Street. Bündel hatte schon auf ihn gewartet. Jimmy war kein besonders guter Beobachter, aber er bemerkte, daß sie schwarze Ringe unter den Augen und allem Anschein nach eine lange Nacht hinter sich hatte.
»Nun denn«, sagte er, als sie durch die Vororte fuhren, »auf welch dunklen Pfaden sind Sie gewandert?«
»Das werde ich Ihnen erzählen«, antwortete Bündel.
Es wurde eine lange Geschichte, und Jimmy hatte Mühe, sich aufs Fahren zu konzentrieren. Als Bündel geendet hatte, seufzte er und sagte: »Sie wollen mich nicht reinlegen?«
»Wie meinen Sie das?«
»Tut mir leid«, entschuldigte er sich. »Aber es kommt mir vor, als hätte ich das alles schon mal erlebt – im Traum, verstehen Sie?«
»Ja!« sagte Bündel mitfühlend.
»Einfach unmöglich«, spann Jimmy seinen Gedanken laut weiter. »Die schöne fremde Abenteuerin, die internationale Gangsterbande, der geheimnisvolle Nummer sieben – so was habe ich hundertmal in Büchern gelesen.«
»Noch lange kein Grund, warum es sich nicht in Wirklichkeit ereignen sollte.«
»Nein, vermutlich nicht.«

»Ich glaube jetzt tatsächlich, daß Romane sich die Wirklichkeit zum Vorbild nehmen. Ich meine, wenn solche Sachen nicht passieren würden, käme doch kein Mensch drauf.«
»Da ist was dran. Trotzdem muß ich mich dauernd kneifen, um zu sehen, ob ich wach bin.«
»So ging es mir auch.«
Jimmy seufzte tief. »Zählen wir zusammen: Ein Russe, ein Amerikaner, ein Engländer, ein Österreicher oder Ungar – und die Dame, die jeder Nation angehören könnte, zum Beispiel der russischen oder polnischen – eine nette Versammlung.«
»Und ein Deutscher«, warf Bündel ein. »Sie haben den Deutschen vergessen.«
»Sie glauben . . .?«
»Die abwesende Nummer zwei. Nummer zwei ist Bauer – unser Diener. Von ihm erwarteten sie einen Bericht, der nicht eintraf –, obwohl ich nicht begreife, was das für ein Bericht über *Chimneys* sein könnte.«
»Er hat bestimmt etwas mit Gerry Wades Tod zu tun.«
»Sie bemängelten, daß er den Brief nicht gefunden hatte.«
»Das macht Ihre Erzählung völlig glaubwürdig. Verzeihen Sie mir meine anfänglichen Zweifel, Bündel – aber es ist wirklich eine merkwürdige Geschichte. Sie sagten, die Leute wissen auch, daß ich von Lomax nach *Wyvern Abbey* eingeladen wurde?«
»Ja, bei dieser Gelegenheit sagte der Amerikaner – es war nicht der Russe –, daß man sich wegen Ihnen keine Sorgen machen müsse – Sie seien nur der übliche Trottel.«
»Aha!« Jimmy trat aufs Gaspedal, so daß der Wagen einen Satz machte. »Ich bin sehr froh, daß Sie mir das erzählen. Mein persönliches Interesse an der Geschichte wächst beträchtlich.« Er schwieg ein paar Minuten, dann fragte er: »Sagten Sie nicht, daß der Name des deutschen Erfinders Eberhard sei?«
»Ja. Warum?«
»Warten Sie. Eberhard . . . ja, so hieß er.«
»Erzählen Sie!«
»Eberhard ist der Mann, der ein neues Stahlproduktionsverfahren entdeckte. Ich kann die Details nicht genau erklären, weil mir das technische Wissen fehlt, aber ich kenne das Resultat: Stahl kann so gehärtet werden, daß nun ein Draht die gleiche Last aushält wie früher ein dickes Kabel. Eberhard hatte mit

Flugzeugen zu tun, er wollte das Gewicht des Flugzeugs verringern – was das ganze Flugwesen revolutionieren würde, die Kosten meine ich. Angeblich bot er seine Erfindung der deutschen Regierung an, aber die lehnte ab. Sie wiesen ihm einen Irrtum nach – aber sie machten das sehr häßlich. Eberhard setzte sich hin und behob ihn – was immer es auch gewesen sein mag. Aber sie hatten ihn einfach beleidigt, und er schwor, daß er ihnen die Patente nicht geben würde. Ich hatte die Geschichte immer für Unsinn gehalten, aber jetzt – sieht alles natürlich ganz anders aus.«

»Richtig«, meinte Bündel eifrig. »Sie müssen recht haben, Jimmy! Eberhard hat seine Erfindung unserer Regierung angeboten. Sie haben angenommen oder werden es tun. Sir Oswald Coote soll als Experte gehört werden. Bei Lomax wird eine inoffizielle Konferenz stattfinden, mit Sir Oswald, George Lomax, dem Luftfahrtminister und Eberhard. Eberhard wird die Pläne mitbringen ... und die *Seven Dials* wollen sie stehlen. Ich erinnere mich, daß der Russe sagte, sie würden Millionen einbringen.«

»Durchaus glaubwürdig«, meinte Jimmy.

»Und daß die Erfindung schon ein paar Leben wert sei – so drückte sich ein anderer aus.«

»Offenbar«, murmelte Jimmy mit düsterer Miene. »Wenn man an diese verdammte Untersuchung heute denkt. Sind Sie wirklich sicher, Bündel, daß Ronny nichts weiter gesagt hat?«

»Ja, nur die paar Worte: ›*Seven Dials*. Sagen Sie ... Jimmy Thesiger.‹ Das war alles, was er noch rausbrachte, der arme Kerl.«

»Ich wünschte, ich wüßte, was er wußte«, meinte Jimmy. »Für mich steht fest, daß der Diener Bauer für Gerrys Tod verantwortlich ist. Ach, Bündel ...«

»Ja?«

»Ich bin etwas beunruhigt. Wer wird der nächste sein? Diese Sache ist wirklich nichts für Damen!«

Bündel lächelte gegen ihren Willen. Es hatte lange gedauert, bis Jimmy Thesiger sie zur selben Kategorie Damen rechnete wie Loraine Wade.

»Es ist viel wahrscheinlicher, daß Sie eher dran sind«, bemerkte sie freundlich.

»Hört, hört! Aber wir wär's zur Abwechslung mal mit ein paar Toten auf der gegnerischen Seite? Ich bin heute morgen ziemlich blutrünstig. Würden Sie einen von den Typen wiedererkennen, Bündel?«
Sie zögerte. »Ich glaube, Nummer fünf. Er lispelte ein bißchen.«
»Was ist mit dem Engländer?«
»Den habe ich nicht deutlich gesehen – nur einmal ganz kurz. Außer daß er groß ist, war nichts Auffälliges an ihm.«
»Dann diese Frau«, fuhr Jimmy fort. »Bei ihr dürfte eine Identifizierung leichter sein, aber ihr werden Sie nicht so schnell begegnen. Vermutlich erledigt sie die Schmutzarbeit, geht mit liebestollen Ministern aus und entlockt ihnen Staatsgeheimnisse, wenn sie ein paar Gläser getrunken haben. Jedenfalls wird das in Büchern so gemacht. In Wirklichkeit trinkt der einzige Minister, den ich kenne, nur heißes Wasser mit Zitrone!«
»Nehmen wir zum Beispiel George Lomax! Könnten Sie sich vorstellen, daß er sich in ein Liebesabenteuer mit einer schönen Ausländerin einläßt?« fragte Bündel lachend.
Jimmy stimmte ihr zu. »Und jetzt zu Nummer sieben. Sie haben keine Ahnung, wer er sein könnte?«
»Nicht die geringste.«
»Im Roman wäre er bestimmt eine sehr bekannte Persönlichkeit. Wie steht's mit George Lomax selbst?«
»In einem Roman wäre so etwas perfekt. Aber wenn man Codders kennt ...« Sie schüttelte sich plötzlich vor Lachen. »Codders, der große Chef einer kriminellen Bande! Wäre das nicht wundervoll?«
Jimmy fand das auch. Ihre Unterhaltung hatte lange gedauert. Ein- oder zweimal war Jimmy unwillkürlich langsamer gefahren. Als sie in *Chimneys* ankamen, wartete Oberst Melrose schon auf sie. Jimmy wurde ihm vorgestellt, und sie fuhren alle drei zur Untersuchung.
Wie Oberst Melrose prophezeit hatte, verlief die Sache ganz unkompliziert. Bündel sagte als Zeugin aus. Der Arzt ebenfalls. Verschiedene Leute bestätigten, daß in der Gegend häufig geschossen würde. Das Urteil lautete auf »Tod durch Unglücksfall«.
Als alles vorüber war, bot Oberst Melrose Bündel an, sie nach

Chimneys zurückzubringen. Jimmy Thesiger fuhr nach London zurück:

Trotz seiner leichtlebigen Art hatte ihn Bündels Geschichte beunruhigt. Er dachte an Loraine. War sie in Gefahr?

Nach kurzem Zögern ging er zum Telefon und rief sie an. »Ich bin es: Jimmy! Ich dachte, das Ergebnis der Untersuchung würde dich interessieren: Tod durch Unglücksfall.«

»Aber ...«

»Ja, ich glaube auch, daß mehr dahintersteckt. Der Coroner ist irgendwie geimpft worden. Jemand will die Sache vertuschen. Ich meine nur, Loraine ...«

»Ja?«

»Hör zu: Die ganze Angelegenheit ist höchst merkwürdig. Du bist vorsichtig, nicht wahr? Mir zuliebe.«

Plötzlich klang ihre Stimme sehr ängstlich: »Jimmy ... dann ist es doch gefährlich ... für *dich*.«

Er lachte. »Mach dir keine Sorgen! Ich bin die bekannte Katze mit den neun Leben. Wiedersehen!« Er hängte ein und blieb ein paar Minuten gedankenverloren am Telefon stehen. Dann klingelte er nach Stevens. »Glauben Sie, daß Sie mir eine Waffe besorgen können, Stevens?«

»Eine Waffe, Sir?« Stevens' Gesicht verriet dank langjähriger Übung nicht die leiseste Spur von Überraschung. »Was soll es für eine Waffe sein?«

»Man drückt auf den Abzug, und das Ding schießt, bis man wieder losläßt.«

»Also eine Pistole, Sir!«

»Genau«, sagte Jimmy, »eine Pistole! In amerikanischen Geschichten zieht der Held immer eine Waffe aus seiner Hüfttasche.«

Stevens gestattete sich ein Lächeln. »Die meisten amerikanischen Gentlemen, die ich kenne, Sir, tragen etwas ganz anderes in der Hüfttasche«, bemerkte er.

Jimmy Thesiger lachte.

16

Bündel kam am Freitag nachmittag gerade zur Teezeit in George Lomax' Landhaus *Wyvern Abbey* an. Er begrüßte sie mit übertriebener Höflichkeit.
»Meine liebe Eileen«, flötete er, »ich kann Ihnen gar nicht sagen, wie sehr ich mich freue, Sie zu sehen! Sie müssen mir verzeihen, daß ich Sie nicht eingeladen hatte, aber um ehrlich zu sein, hätte ich mir nicht träumen lassen, daß eine solche Party Sie interessieren würde. Ich war sowohl überrascht als auch entzückt, als Lady Caterham mir von Ihrem Interesse für ... äh ... Politik erzählte.«
»Ich wollte so gern kommen«, erklärte Bündel schlicht.
»Mrs. Macatta wird erst mit dem späteren Zug eintreffen. Sie hat gestern abend in Manchester gesprochen. Kennen Sie Thesiger? Ein noch junger Mann, aber mit einem bemerkenswerten Verständnis für Außenpolitik.«
»Ich kenne ihn.« Bündel schüttelte Jimmy feierlich die Hand. Wie sie bemerkte, hatte er sein Haar in der Mitte gescheitelt, um seinem Gesicht mehr Würde zu verleihen.
»Hören Sie«, flüsterte Jimmy hastig, als George sich einen Moment abwandte. »Seien Sie nicht böse, aber ich habe Bill von unserem kleinen Trick erzählt.«
»Bill?«
»Na ja«, meinte Jimmy, »Bill gehört schließlich auch zu uns. Ronny und Gerry waren auch seine Freunde.«
»Ja, ich weiß.«
»Sie halten es für schlecht?«
»Bill ist in Ordnung. Bloß ... er ist ein solcher Tolpatsch.«
»Aber Sie vergessen eins – Bill hat kräftige Fäuste. Und ich habe das Gefühl, daß wir kräftige Fäuste bald gut brauchen können.«
»Vielleicht. Wie hat er es aufgenommen?«
»Er hat sich an den Kopf gegriffen, aber die Tatsachen sprachen schließlich für sich.«
Plötzlich tauchte George Lomax wieder auf. »Ich möchte Ihnen ein paar Leute vorstellen, Eileen«, sagte er. »Sir Stanley Digby – Lady Eileen Brent. Mr. O'Rourke.«
Der Luftfahrtminister war ein kleiner runder Mann mit einem

freundlichen Lächeln. Mr. O'Rourke, groß und jung, mit fröhlichen blauen Augen und einem typisch irischen Gesicht, begrüßte Bündel voll Begeisterung. »Und ich dachte schon, es würde eine langweilige politische Party werden«, murmelte er leise.

»Vorsicht!« warnte Bündel. »Ich bin politisch – hochpolitisch sogar!«

»Sir Oswald und Lady Coote kennen Sie ja«, fuhr Lomax fort.

»Wir sind uns nie begegnet«, sagte Bündel lächelnd. Innerlich lobte sie die Begabung ihres Vaters, Leute zu beschreiben.

Nach der etwas wehleidigen Begrüßung wandte sich Lady Coote an Jimmy Thesiger und schien bei seinem Anblick ein gewisses Vergnügen zu empfinden. Trotz seiner verwerflichen Angewohnheit, zu spät zum Frühstück zu kommen, hatte sie eine gewisse Schwäche für diesen liebenswerten, rosagesichtigen jungen Mann. Seine unverwüstliche Gutmütigkeit faszinierte sie.

»Mr. Bateman«, sagte George Lomax kurz, wie jemand, der schnell zu anderen, besseren Themen kommen wollte. Ein ernsthafter blasser Mann verbeugte sich.

»Und jetzt«, fuhr Lomax fort, »möchte ich Sie Gräfin Radzky vorstellen.«

Gräfin Radzky hatte sich mit Mr. Bateman unterhalten. Sie saß auf einem Sofa, die Beine gewagt übereinandergeschlagen, und rauchte eine Zigarette, die in einer unglaublich langen, türkisverzierten Zigarettenspitze steckte.

Bündel fand, daß sie eine der schönsten Frauen war, die sie je getroffen hatte. Ihre Augen waren groß und blau, ihr Haar kohlschwarz, ihre Haut schimmerte matt.

»Das ist Mrs. Macatta, nicht wahr?« fragte sie.

Als George dies verneinte und Bündel vorstellte, nickte sie nur kurz und desinteressiert und nahm sofort ihre Unterhaltung mit dem ernsthaften Mr. Bateman wieder auf.

Bündel hörte Jimmy flüstern: »Pongo ist ganz hingerissen von der schönen Slawin. Trinken wir eine Tasse Tee?«

Erneut gerieten sie in die Nähe von Sir Oswald Coote. »Hübsches Plätzchen, das Sie da haben, dieses *Chimneys*«, bemerkte der große Mann.

»Es freut mich, daß es Ihnen dort gefallen hat«, sagte Bündel.

»Braucht nur neue Installationen«, meinte Sir Oswald, »müßte modernisiert werden, wissen Sie! Ich habe Herzog Altons Haus gemietet. Für drei Jahre. Damit ich mich in Ruhe nach etwas Eigenem umsehen kann. Ihr Vater will nicht zufällig verkaufen?«

Bündel fühlte, wie ihr die Luft wegblieb. Sie erlebte alptraumartig ein England voll ungezählter Cootes in ungezählten *Chimneys* – alle Häuser, versteht sich, mit brandneuen Wasserleitungen.

Plötzlich verspürte sie eine heftige Abneigung gegen ihn, die, wie sie sich sagte, einfach absurd war. Wenn man Lord Caterham mit Sir Oswald Coote verglich, gab es keinen Zweifel, wer letztlich gewinnen würde. Sir Oswald war eine bezwingende Persönlichkeit, die alle anderen Menschen blaß und fade erscheinen ließ. Er war, wie Lord Caterham richtig bemerkt hatte, eine menschliche Dampfwalze. Und doch war Sir Oswald Coote in gewisser Weise auch ein dummer Mann. Abgesehen von seinem Fachwissen und seiner unerhörten Energie war er vermutlich sehr ungebildet. Hunderte von kleinen Freuden des Lebens, die ihr Vater genoß, waren für ihn ein Buch mit sieben Siegeln.

Während dieser Überlegungen hörte Bündel nicht auf, amüsant zu plaudern. Herr Eberhard, so hatte sie erfahren, war angekommen, lag aber mit nervösen Kopfschmerzen darnieder. Dies erzählte Mr. O'Rourke, der es fertiggebracht hatte, sich an ihre Seite zu schlängeln.

Im ganzen gesehen befand sich Bündel in angenehmer, erwartungsvoller Stimmung, mit leicht nervösem Einschlag, wenn sie an die Ankunft von Mrs. Macatta dachte.

Ihren ersten Schock erlitt sie, als sie herunterkam – in ein züchtiges schwarzes Spitzenkleid gehüllt – und durch die Halle ging. Ein Diener stand dort – zumindest ein Mann, der wie ein Diener gekleidet war. »Superintendent Battle«, flüsterte sie atemlos.

»Ganz recht, Lady Eileen!«

»Sind Sie hier, um ... um ...«

»Die Dinge im Auge zu behalten.«

»Ich verstehe.«

»Der Drohbrief, wissen Sie! Mr. Lomax ruhte nicht eher, bis ich selbst kam.«

»Aber ...«, begann Bündel und hielt dann inne. Sie wollte dem Superintendenten lieber nicht verraten, daß seine Verkleidung nicht sehr wirkungsvoll war. Er roch förmlich nach Polizist!
»Glauben Sie«, fragte der Superintendent unerschütterlich, »daß man mich erkennt?«
»Ich fürchte ... ja ...«
Etwas, das man für ein Lächeln hätte halten können, huschte über Battles hölzerne Züge. »Und dann sind sie auf der Hut, was? Aber warum auch nicht, Lady Eileen?«
»Warum auch nicht?« echote Bündel.
Superintendent Battle nickte bedächtig. »Wir wollen keinen Ärger – nur eventuellen langfingrigen Herrschaften zeigen, daß wir auf der Hut sind, wenn ich diesen Ausdruck noch einmal benützen darf.«
Bündel überlegte, wie viele Gäste Battle wohl erkannt hatten oder erkennen würden. Im Wohnzimmer stand George Lomax mit gerunzelter Stirn und hielt ein orangefarbenes Kuvert in der Hand.
»Sehr ärgerlich«, sagte er. »Ein Telegramm von Mrs. Macatta. Sie kann nicht kommen, ihre Kinder haben Mumps.«
Bündels Herz hüpfte.
»Das tut mir vor allem wegen Ihnen leid, Lady Eileen«, meinte Lomax freundlich. »Ich weiß, wie begierig Sie darauf waren, sie kennenzulernen. Und auch die Gräfin wird schwer enttäuscht sein.«
»Auch ein Trost«, stimmte Lomax ihr zu. »Doch ich glaube nicht, daß die Krankheit so einfach übertragen wird. Trotzdem, Mrs. Macatta würde bestimmt nie solch ein Risiko eingehen. Sie ist eine Frau mit Prinzipien. In diesen Tagen der nationalen Unsicherheit müssen wir alle in Rechnung stellen ...« Gerade als er anfangen wollte, eine Rede zu halten, riß er sich zusammen und machte es kurz. »Darüber ein andermal«, meinte er. »Glücklicherweise eilt es ja in Ihrem Fall nicht. Aber die Gräfin, mein Gott, sie ist nur kurz zu Besuch hier.«
»Sie ist Ungarin, nicht wahr?« erkundigte sich Bündel, die die Gräfin sehr interessierte.
»Ja. Sie haben sicher von der Jungungarischen Partei gehört. Die Gräfin ist Vorsitzende. Eine sehr wohlhabende Frau, junge Witwe, hat ihr Geld und ihre Fähigkeiten in den Dienst der

Öffentlichkeit gestellt. Vor allem widmet sie sich dem Problem der Kindersterblichkeit, die unter den gegenwärtigen Zuständen in Ungarn entsetzlich groß ist. Aber da ist ja Herr Eberhard!«

Der deutsche Erfinder war jünger, als Bündel ihn sich vorgestellt hatte, vermutlich nicht älter als dreiunddreißig oder vierunddreißig Jahre. Er war dünn und klapprig und sah blutleer und schwächlich aus.

Verlegen unterhielt er sich mit Bündel in einem steifen Englisch, und beide begrüßten die Unterbrechung durch den fröhlichen Mr. O'Rourke. Gleichzeitig kam Bill geschäftig wie ein großer Neufundländer herein und lief sofort zu Bündel. Er sah überrascht und ziemlich beunruhigt aus.

»Tag, Bündel! Ich hörte schon, daß du hier seist. Mußte den ganzen Nachmittag schuften, sonst hätte ich dich sicher längst entdeckt.«

»Wichtige Staatsgeschäfte?« fragte O'Rourke.

Bill stöhnte. »Codders ist einfach unmöglich. Von morgens bis abends nichts als Hetze! Alles, was man tut, ist falsch, und was man nicht tut, hätte man tun sollen.«

»Klingt wie aus dem Gebetbuch«, bemerkte Jimmy, der gerade auftauchte.

Bill sah ihn vorwurfsvoll an. »Keiner ahnt«, sagte er pathetisch, »was ich am Hals habe.«

»Wie die Gräfin etwa?« fragte Jimmy. »Das muß für einen Frauenfeind wie dich ein harter Job sein.«

»Was soll das heißen?« fragte Bündel.

»Nach dem Tee«, erklärte Jimmy grinsend, »bat die Gräfin Bill, ihr dies alte interessante Haus zu zeigen.«

Bündel fühlte leichtes Unbehagen in sich aufsteigen. Sie kannte Bills Empfänglichkeit für weiblichen Charme nur zu gut. In den Händen einer Frau wie der Gräfin würde er Wachs sein. Sie fragte sich erneut, ob es sehr klug von Jimmy Thesiger gewesen war, Bill in ihre Pläne einzuweihen.

»Die Gräfin«, erklärte Bill fest, »ist eine sehr charmante Frau. Und unglaublich intelligent. Ihr hättet sie sehen sollen! Was die alles gefragt hat!«

»Was denn zum Beispiel?« fragte Bündel.

Bill wich aus. »Über die Geschichte des Hauses und die alten

Möbel. Und ... alles mögliche!«
In diesem Augenblick trat die Gräfin ein. Sie schien ein wenig außer Atem zu sein. Ihr schwarzes enges Samtkleid stand ihr glänzend. Bündel bemerkte, wie Bill sich augenblicklich in ihre unmittelbare Nähe begab. Der ernsthafte bebrillte Mr. Bateman schloß sich ihm an.
»Bill und Pongo hat's bös erwischt«, stellte Jimmy Thesiger mit einem Lachen fest.
Bündel war sich gar nicht so sicher, daß es da etwas zum Lachen gab.

17

George Lomax hielt nichts von den technischen Errungenschaften der Neuzeit. Sein Landhaus besaß keine so moderne Einrichtung wie etwa eine Zentralheizung. Als die Damen nach dem Essen ins Wohnzimmer kamen, entsprach die Temperatur daher beklagenswerterweise nicht dem Wärmebedürfnis, das man in einem modernen Abendkleid hat. Das Feuer, das in dem hübschen Kamin brannte, wirkte wie ein Magnet. Die drei Frauen drängten sich davor.
»Brrr«, machte die Gräfin.
»Die Tage werden kühler«, meinte Lady Coote und zog eine großblumige Scheußlichkeit von Schal enger um ihre breiten Schultern.
»Warum, um Himmels willen, läßt George nicht anständig heizen?« fragte Bündel.
»Ihr Engländer heizt eure Häuser nie anständig«, meinte die Gräfin. Sie holte ihre lange Zigarettenspitze hervor und begann zu rauchen.
»Der Kamin ist altmodisch«, stellte Lady Coote fest. »Die Hitze geht in den Schornstein statt ins Zimmer.«
Es entstand eine Pause. Die Gräfin langweilte sich ganz offen. Die Unterhaltung wurde schwierig.
»Es ist doch komisch«, brach Lady Coote das Schweigen, »daß Mrs. Macattas Kinder Mumps haben. Ich meine, natürlich ist es nicht komisch ...«
»Was ist Mumps?« fragte die Gräfin.

Bündel und Lady Coote begannen gleichzeitig, es ihr zu erklären. Schließlich schafften sie es.
»Ungarische Kinder haben so was doch sicher auch, oder?« fragte Lady Coote.
»Wie bitte?« fragte die Gräfin zurück.
»Ungarische Kinder haben doch sicher auch Mumps?«
»Das weiß ich nicht. Wie sollte ich?«
Lady Coote sah sie etwas überrascht an. »Aber Sie arbeiten doch ...«
»Ach, deshalb!« Die Gräfin setzte sich aufrechter, nahm die Zigarettenspitze aus dem Mund und begann hastig zu sprechen: »Ich werde Ihnen ein paar entsetzliche Dinge erzählen«, fing sie an, »die ich selbst erlebt habe. Sie würden es sonst nie glauben!« Und sie hielt, was sie versprochen hatte. Sie redete fließend und entwarf sehr eindrucksvolle Bilder. Unglaubliche Szenen von Hungersnöten und anderem Elend entstanden vor dem inneren Auge ihrer Zuhörerinnen. Sie wirkte sehr dramatisch, aber Bündel erinnerte sie an eine Schallplatte: Man stellte sie an, und sie legte los. Gleich würde sie ebenso plötzlich wieder aufhören.
Lady Coote war tief beeindruckt – das war ganz offensichtlich. Jetzt schaltete sie sich mit einem eigenen Bericht ein. »Eine meiner Cousinen hatte drei Kinder, die verbrannt sind. Schrecklich, nicht?«
Die Gräfin beachtete sie nicht. Sie redete und redete. Schließlich brach sie ebenso abrupt ab, wie sie begonnen hatte. »So«, sagte sie. »Jetzt habe ich Ihnen alles erzählt. Wir haben Geld – aber keine Organisation. Und Organisation ist das, was wir brauchen.«
Lady Coote seufzte. »Ich habe meinen Mann oft sagen hören, daß man nichts ohne Methode erreicht. Er verdankt seinen eigenen Erfolg ausschließlich dieser Einstellung. Er erklärt, daß er ohne Zielstrebigkeit nichts geworden wäre.«
Wieder seufzte sie. Flüchtig erschien die Vision eines Sir Oswald Coote, der nichts geworden war, vor ihrem inneren Auge. Ein Sir Oswald, der noch alle Eigenschaften des heiteren jungen Mannes aus dem Fahrradgeschäft besaß. Nur für eine Sekunde kam ihr der Gedanke, daß ihr Leben vielleicht viel angenehmer gewesen wäre, wenn Sir Oswald Coote weniger methodisch ver-

fahren hätte. In einer recht verständlichen Gedankenassoziation wandte sie sich an Bündel. »Lady Eileen«, sagte sie, »mögen Sie eigentlich Ihren Obergärtner?«

»MacDonald?« Bündel zögerte. »Man kann MacDonald nicht mögen«, erklärte sie entschuldigend. »Aber er ist ein erstklassiger Gärtner.«

»Oh, das weiß ich!«

»Er ist in Ordnung, wenn man ihm die Zähne zeigt.«

»Vermutlich!« Neidisch sah Lady Coote Bündel an. Offenbar verstand sie es, MacDonald richtig zu behandeln.

»Einen gepflegten Garten würde ich einfach anbeten!« meinte die Gräfin verträumt.

Bündel wunderte sich, aber in diesem Augenblick wurden sie unterbrochen. Jimmy Thesiger kam herein und wandte sich mit fremder, gehetzter Stimme direkt an sie. »Kommen Sie jetzt mit und sehen Sie sich die Zeichnungen an? Man wartet schon!«

Bündel verließ hastig das Zimmer, Jimmy dicht hinter ihr. »Was für Zeichnungen?« fragte sie, als die Wohnzimmertür ins Schloß fiel.

»Gibt keine. Ich sollte Sie nur holen. Kommen Sie, Bill wartet auf uns.«

Bill ging in der Bibliothek auf und ab, offensichtlich sehr erregt. »Also«, platzte er heraus, »ich mag das nicht!«

»Was magst du nicht?«

»Daß du darin verwickelt bist. Zehn zu eins wird es Aufregung geben und dann ...« Er sah sie so unglücklich an, daß Bündel ein warmes Gefühl durchrieselte. »Man sollte sie raushalten, nicht wahr, Jimmy?« fügte er hinzu.

»Das habe ich ihr auch geraten«, erklärte Jimmy.

Bündel drehte sich zu Jimmy um. »Was haben Sie ihm erzählt?«

»Alles!«

»Richtig verstehen kann ich es immer noch nicht«, gestand Bill. »Du hast dich im *Seven Dials Club* versteckt!« Er sah sie besorgt an. »Ich wiederhole, Bündel: Mir paßt es nicht.«

»Was?«

»Daß du solche Geschichten machst.«

»Es ist herrlich aufregend!«

»Ja ... ja, schon! Aber es kann auch verdammt gefährlich werden. Denk an den armen Ronny!«
»Es hat keinen Zweck, mich von der Sache abbringen zu wollen.«
»Ich weiß, daß man mit dir Pferde stehlen kann, Bündel, aber ...«
»Laß die Komplimente! Schmieden wir lieber Pläne.«
Zu ihrer Erleichterung ging Bill auf den Vorschlag ein. »Mit deiner Vermutung hattest du recht, Bündel«, sagte er. »Eberhard hat irgendwelche Formeln mitgebracht, beziehungsweise jetzt hat Coote sie. Das Zeug ist in seinem Werk getestet worden – natürlich ganz geheim. Eberhard war dabei. Nun sitzen sie im Arbeitszimmer und kommen, wie man so schön sagt, zum Wesentlichen.«
»Hm«, meinte Jimmy. »Eins ist klar: Wenn, wie ich vermute, Sir Stanley die Pläne mitnehmen will, dann muß es heute nacht passieren – wenn überhaupt.«
»Das glaube ich auch.«
»Gar kein Zweifel. Das schränkt die Möglichkeiten hübsch ein. Erste Frage: Wo liegen die Pläne kommende Nacht? In Eberhards Zimmer oder bei Sir Oswald Coote?«
»Ganz falsch. Ich habe erfahren, daß sie heute abend dem Luftfahrtminister übergeben werden, damit er sie morgen nach London mitnimmt. In diesem Fall verwahrt sie O'Rourke, sein Sekretär. Ganz bestimmt!«
»Da bleibt nur eine Möglichkeit. Wenn wir der Meinung sind, daß irgend jemand die Papiere klauen will, müssen wir Wache schieben, Bill.«
Bündel öffnete den Mund, um zu protestieren, schloß ihn aber wieder.
»Übrigens«, fuhr Jimmy fort, »habe ich vorhin unseren alten Freund Battle von Scotland Yard gesehen.«
»Sehr gut aufgepaßt, Watson«, lobte Bill.
»Ich fürchte, daß wir ihm ein bißchen ins Gehege kommen.«
»Kann man nichts machen. Nicht, wenn wir die Sache durchziehen wollen.«
»Gut. Wir teilen also die Nacht in zwei Wachen?«
Wieder öffnete Bündel den Mund, und wieder schloß sie ihn, ohne etwas zu sagen.

»In Ordnung. Wer übernimmt die erste?«
»Sollen wir knobeln?«
»Können wir.«
»Okay. Hier ist eine Münze. Bei Kopf hast du die erste, ich die zweite. Bei Schrift umgekehrt!« Bill nickte. Die Münze wirbelte durch die Luft. Jimmy bückte sich. »Schrift!«
»Verdammt! Da kriegst du die erste Wache, in der es vermutlich passiert.«
»Das kann man nie wissen. Verbrecher sind sehr unzuverlässig. Wann soll ich dich wecken? Um halb vier?«
»Das wäre, glaube ich, gerecht.«
Jetzt endlich protestierte Bündel: »Was ist mit mir?«
»Nichts. Du gehst zu Bett und schläfst.«
»Ach! Das ist aber nicht sehr aufregend.«
»Man kann nie wissen«, meinte Jimmy freundlich. »Vielleicht werden Sie im Schlaf ermordet, während Bill und ich davonkommen.«
»Das wäre eine Möglichkeit. Wissen Sie, Jimmy, diese ungarische Gräfin gefällt mir nicht. Ich traue ihr nicht.«
»Unsinn«, rief Bill hitzig. »Sie ist absolut über jeden Verdacht erhaben.«
»Wie willst du das wissen?« fragte Bündel.
»Das weiß ich eben. Schließlich haben die Leute von der ungarischen Botschaft für sie gebürgt.«
»Ach so«, meinte Bündel, erstaunt über seine leidenschaftliche Reaktion.
»Ihr Frauen seid doch alle gleich«, grollte Bill. »Nur weil sie eine verdammt gutaussehende Person ist . . .«
Bündel kannte dieses unsachliche männliche Argument zur Genüge. »Na, dann lauf doch und flüstere ihr was Hübsches ins rosarote Ohr! Ich verschwinde ins Bett. Im Wohnzimmer habe ich mich eben zu Tode gelangweilt, dahin geh ich nicht mehr.« Sie verließ das Zimmer.
Bill sah Jimmy an. »Die gute, alte Bündel. Ich hatte schon Angst, daß sie Schwierigkeiten machen würde. Du weißt, wie scharf sie drauf ist, überall dabeizusein. Ich finde, sie hat es großartig aufgenommen.«
»Es hat mich verblüfft.«
»Sie hat eben gesunden Menschenverstand. Sie weiß, wenn et-

was unmöglich ist. Sag mal, sollten wir uns nicht um Waffen kümmern? Die Leute haben gewöhnlich welche, wenn sie auf Verbrecherjagd gehen.«
»Ich habe eine Automatik«, erklärte Jimmy mit sichtlichem Stolz. »Sie sieht ziemlich mörderisch aus. Ich leihe sie dir, wenn es soweit ist.«
Bill sah ihn voller Respekt und Neid an. »Wieso hast du daran gedacht?«
»Ist mir einfach eingefallen.«
»Hoffentlich schießen wir nicht auf den Falschen.«
»Das wäre allerdings fatal.«

18

Hier muß sich unser Bericht in drei getrennte und selbständige Blöcke teilen. Die Nacht sollte sich als sehr ereignisreich erweisen, und jede der drei in die Handlung verwickelten Personen sah die Geschehnisse von ihrem eigenen Standpunkt aus.
Wir wollen mit dem jungen Jimmy Thesiger beginnen, und zwar in dem Augenblick, als er seinem Mitverschwörer Bill endgültig eine gute Nacht wünschte.
»Vergiß nicht«, sagte Bill, »halb vier! Das heißt, wenn du dann noch am Leben bist«, fügte er freundlicherweise hinzu.
»Ich bin vielleicht ein Trottel«, sagte Jimmy mit bitterer Erinnerung an die Bemerkung, die Bündel ihm hinterbracht hatte, »aber ich bin noch lange nicht so blöde, wie ich vielleicht aussehe!«
»Das hast du von Gerry Wade auch gesagt«, meinte Bill langsam. »Erinnerst du dich? Und genau in der Nacht ...«
»Halt den Mund, du verdammter Idiot!« sagte Jimmy. »Hast du denn kein Taktgefühl?«
»Selbstverständlich. Ich gehöre zum Diplomatennachwuchs. Alle Diplomaten haben Takt.«
»Aha! Dann dauert's aber noch, bis du dich zum Schmetterling entpuppst.«
»Ich kann mich über Bündel immer noch nicht beruhigen«, sagte Bill, abrupt das Thema wechselnd. »Ich hätte wetten mögen, daß sie Schwierigkeiten macht. Aber sie hat viel dazugelernt.«

»Das hat dein Chef auch gefunden«, sagte Jimmy. »Er meinte, er sei angenehm überrascht.«
»Bündel hat ein bißchen dick aufgetragen. Aber Codders ist ein solcher Esel, der schluckt alles. Also, eine schöne gute Nacht! Du wirst Mühe haben, mich zu wecken, wenn es soweit ist – aber gib nicht auf!«
»Es wäre nicht sehr klug, wenn du Gerry Wades Beispiel folgtest«, bemerkte Jimmy maliziös.
Bill sah ihn vorwurfsvoll an. »Warum, zum Teufel, machst du harmlose Leute nervös?«
»Ich zahl dir nur mit gleicher Münze heim«, erwiderte Jimmy. »Hau ab!«
Aber Bill blieb noch. Er stand unentschlossen da und trat von einem Fuß auf den anderen. »Hör mal!« sagte er.
»Ja?«
»Ich meine bloß ... du paßt anständig auf, ja? Es sieht zwar alles relativ einfach aus, aber wenn ich an den armen Gerry denke ... und an den armen alten Ronny ...«
Jimmy blickte ihn empört an. »Ich sehe schon, ich muß dir Leopold zeigen.« Er ließ seine Hand in die Tasche des dunkelblauen Anzugs gleiten und brachte etwas zum Vorschein, das er Bill vor die Nase hielt. »Eine echte Automatik«, sagte er mit bescheidenem Stolz.
»Nein, so was!« Bill war zweifellos beeindruckt.
»Stevens, mein Butler, hat sie besorgt. Garantiert einfach und sauber in der Anwendung. Man drückt auf den Abzug, und Leopold erledigt den Rest.«
»Aha! Jimmy ...«
»Ja?«
»Schieß nicht auf den erstbesten! Wäre peinlich, wenn du den alten Digby tötest, während er schlafwandelt.«
»Schon gut. Natürlich muß sich Leopold auch bezahlt machen, jetzt, wo ich ihn für teures Geld gekauft habe, aber ich werde meine blutrünstigen Instinkte soweit wie möglich drosseln.«
»Na schön, gute Nacht«, sagte Bill wohl zum vierzehntenmal. Diesmal verschwand er wirklich.
Jimmy blieb allein zurück. Er begann mit der Wache.
Sir Stanley Digby schlief im äußersten Westflügel. An der einen Seite des Raums schloß sich ein Badezimmer an, auf der ande-

ren ein kleineres Zimmer, in dem Mr. Terence O'Rourke untergebracht war. Die Türen dieser drei Räume führten auf einen kleinen Korridor. Jimmy hatte leichtes Spiel. Ein Stuhl, unauffällig in den Schatten eines riesigen Wäscheschrankes gerückt, genau da, wo der kleine Korridor in den Hauptflur mündete, war ein hervorragender Beobachtungsposten. Es führte kein anderer Weg in den Westflügel, und jeder, der ihn betrat oder von ihm kam, mußte unbedingt gesehen werden. Eine Lampe brannte noch.

Jimmy machte es sich gemütlich, schlug die Beine übereinander und wartete. Leopold lag schußbereit auf seinen Knien.

Er sah auf die Uhr. Zwanzig Minuten vor eins – erst eine Stunde, seit alle Gäste ins Bett gegangen waren. Kein Laut unterbrach die Stille, außer einem fernen Ticken.

Irgendwie gefiel Jimmy dieses Ticken nicht. Es rief Erinnerungen wach: Gerald Wade – und die sieben Uhren auf dem Kaminsims ... wer hatte sie hingestellt und warum? Er schauderte.

Ein außergewöhnliches Mädchen, diese Bündel! Unerhört, daß sie die Nerven gehabt hatte, sich im *Seven Dials Club* zu verstecken. Warum war er nicht auf diese Idee gekommen? Vermutlich, weil es einfach ein zu phantastischer Einfall war.

Nummer sieben! Wer, zum Teufel, konnte Nummer sieben sein? Schlich er etwa in diesem Augenblick hier im Haus herum? Als Diener verkleidet? Nein, undenkbar! Sicherlich war es auch kein Gast. Unmöglich! Aber die ganze Geschichte war unmöglich!

Jimmy gähnte. Merkwürdiges Gefühl, müde und gleichzeitig hellwach zu sein. Und dann hielt er plötzlich den Atem an und beugte sich lauschend vor. Da war ein Geräusch ...

Drei Minuten vergingen ... da war es wieder! Das Knarren einer Diele ... es kam von unten. Ein leises geheimnisvolles Knarren. Irgend jemand schlich durchs Haus!

Lautlos sprang Jimmy auf. Unhörbar lief er zur Treppe. Alles schien völlig ruhig zu sein. Und doch war er sicher, daß er diesen einen unterdrückten Laut gehört hatte, es war keine Einbildung gewesen.

Vorsichtig schlich er die Treppe hinunter, Leopold fest in der rechten Hand. Nicht ein Laut in der riesigen Halle! Wenn seine

Annahme stimmte, daß das Knarren von direkt unter ihm gekommen war, dann mußte jemand in der Bibliothek sein.
Jimmy stahl sich zur Tür, lauschte, stürzte hinein und machte Licht. Kein Mensch!
Die Bibliothek war ein großer Raum mit drei Fenstertüren zur Terrasse. Die mittlere Tür war nicht verriegelt. Er öffnete sie, trat auf die Terrasse und sah von einem Ende zum anderen. Nichts!
Einen Augenblick blieb er gedankenverloren stehen. Dann kehrte er in die Bibliothek zurück, schloß die Tür zur Halle ab und steckte den Schlüssel ein. Er löschte das Licht. Eine Zeitlang wartete er, dann huschte er zur offenen Terrassentür zurück, Leopold schußbereit in der Rechten.
Lief da nicht jemand über die Terrasse? Nein, reine Einbildung. Er packte Leopold fester ...
In der Ferne schlug eine Standuhr zweimal.

19

Bündel war ein erfinderisches Mädchen, und sie besaß Phantasie. Sie hatte vorausgesehen, daß Bill oder Jimmy Einwände gegen ihre aktive Teilnahme an den möglichen Geschehnissen der Nacht erheben würden. Darüber zu streiten wäre nur Zeitverlust gewesen. Bündel hatte ihre eigenen Pläne und die entsprechenden Vorbereitungen getroffen. Der Blick aus dem Fenster ihres Zimmers kurz vor dem Abendessen war höchst befriedigend gewesen. Die Wände des alten Landhauses überwucherte ein kräftiger Efeu, dessen Ranken sehr solide aussahen. Sie würden ihren turnerischen Fähigkeiten keine Schwierigkeiten entgegensetzen.
An den von Bill und Jimmy getroffenen Maßnahmen konnte sie keinen Fehler entdecken, aber sie fand, daß sie nicht weit genug reichten. Sie äußerte keine Kritik, denn um diese Seite der Angelegenheit wollte sie sich selbst kümmern. Kurz gesagt, während Bill und Jimmy sich mit dem Hausinneren befaßten, wollte Bündel ihre Aktivität nach draußen verlegen.
Ihre friedliche Einwilligung in die zahme Rolle, die man ihr zugewiesen hatte, machte ihr ungeheuren Spaß, wobei sie etwas

verächtlich fand, wie leicht sich die beiden Männer täuschen ließen. Zwar hatte Bill noch nie durch geistige Fähigkeiten brilliert, aber andererseits kannte er doch seine Bündel – oder sollte sie kennen. Auch Jimmy Thesiger hätte es trotz ihrer kurzen Bekanntschaft eigentlich besser wissen müssen als sich einzubilden, daß man sie so leicht loswerden könnte.

In ihrem Zimmer machte sich Bündel augenblicklich an die Arbeit. Sie zog ihr Abendkleid aus und die paar Winzigkeiten, die sie daruntertrug, und begann sozusagen ganz von vorn. Sie hatte ihr Mädchen nicht mitgebracht und auch selbst gepackt. Sonst hätte sich die Französin sicher gewundert, warum Bündel außer Reithosen keine anderen zum Reiten erforderlichen Dinge mitgenommen hatte.

Ausgestattet mit Reithosen, Schuhen mit Gummisohlen und einem dunklen Pullover war Bündel zum Kampf gerüstet. Sie sah auf die Uhr. Es war erst halb eins, noch viel zu früh. Was auch immer geschehen mochte, es würde erst später passieren. Man mußte den Hausbewohnern Zeit zum Einschlafen lassen. Bündel hatte den Beginn ihrer Operation für halb zwei Uhr geplant.

Sie löschte das Licht, setzte sich ans Fenster und wartete. Pünktlich zur festgesetzten Zeit stand sie auf, öffnete das Fenster und schwang ihre Beine über das Fensterbrett. Die Nacht war herrlich, still und kalt. Die Sterne leuchteten, aber es schien kein Mond.

Der Abstieg fiel ihr sehr leicht. Als Kinder hatten Bündel und ihre beiden Schwestern den Park von *Chimneys* unsicher gemacht und konnten klettern wie die Katzen. Bündel landete auf einem Blumenbeet, etwas atemlos, aber abgesehen von ein paar Kratzern unversehrt.

Sie blieb einen Moment stehen, um sich zu orientieren. Die Räume, die der Luftfahrtminister und sein Sekretär bewohnten, lagen im Westflügel, also auf der anderen Seite. Eine Terrasse führte an der Süd- und Westfront des Hauses entlang und endete an der Mauer des Obstgartens.

Bündel trat aus dem Blumenbeet und schlich zu der Hausecke an der Südseite, wo die Terrasse begann. Leise huschte sie im Schatten des Hauses bis zur nächsten Ecke. Da bekam sie einen großen Schreck. Ein Mann stand dort, mit der klaren Absicht,

ihr den Weg zu verstellen.
Im nächsten Moment hatte sie ihn erkannt. »Superintendent Battle! Haben Sie mich erschreckt!«
»Deswegen bin ich hier«, sagte Battle freundlich.
Bündel betrachtete ihn. Wieder fiel ihr auf, wie wenig er sich tarnte. Er war groß und kräftig und nicht zu übersehen. Irgendwie wirkte er sehr englisch. Aber eines wußte Bündel ganz sicher: Superintendent Battle war nicht dumm.
»Was tun Sie nun wirklich hier?« fragte sie.
»Ich passe auf, daß niemand herumläuft, der es nicht sollte.«
»Ach!«
»Wie Sie zum Beispiel, Lady Eileen! Ich kann mir nicht vorstellen, daß Sie um diese Zeit spazierengehen.«
»Heißt das, daß ich kehrtmachen soll?«
Battle nickte anerkennend. »Sie kapieren schnell, Lady Eileen! Kamen Sie durch das Fenster oder durch die Tür?«
»Durchs Fenster. Es ist ganz einfach, am Efeu hinunterzuklettern.«
Gedankenvoll sah Battle an ihm hinauf. »Ja, das finde ich auch.«
»Und ich soll wirklich verschwinden? Das paßt mir gar nicht! Ich wollte zur Westterrasse.«
»Vielleicht sind Sie nicht die einzige«, gab Battle zu bedenken.
»*Sie* kann man jedenfalls nicht übersehen«, konterte Bündel etwas spitz.
Der Superintendent schien nicht böse zu sein. »Das hoffe ich. Keinen Ärger, das ist mein Motto. Und wenn Sie jetzt entschuldigen, Lady Eileen, ich glaube, es ist an der Zeit, daß Sie umkehren.«
Die Bestimmtheit seiner Worte ließ keinen Widerspruch zu. Ziemlich niedergeschlagen machte Bündel sich auf den Rückweg. Als sie halb den Efeu hinaufgeklettert war, fiel ihr plötzlich etwas ein. Vor Verblüffung hätte sie beinahe losgelassen und wäre hinuntergestürzt. Angenommen, Superintendent Battle verdächtigte *sie?*
Sein Benehmen war etwas seltsam gewesen ... ja, so seltsam, daß man durchaus zu dieser Vermutung kommen konnte. Sie mußte lachen, als sie vom Fensterbrett ins Zimmer sprang. Sehr

komisch, daß der alte Superintendent sie verdächtigte!
Obwohl sie seinen Anweisungen gefolgt und in ihr Zimmer zurückgekehrt war, hatte sie nicht die Absicht, ins Bett zu gehen und zu schlafen. Sie glaubte auch nicht, daß Battle dies wirklich erwartete. Er war nicht der Mann, der Unmögliches verlangte. Einfach zu schlafen, während vielleicht etwas Aufregendes passierte, war für Bündel schlicht undenkbar.
Sie sah auf ihre Uhr: zehn vor zwei. Nach einem Moment der Unentschlossenheit öffnete sie leise die Tür. Kein Laut. Alles war still und friedlich. Vorsichtig schlich sie hinaus.
Einmal blieb sie stehen, weil sie das Gefühl hatte, daß irgendwo eine Diele knarrte, aber sie schien sich geirrt zu haben. Dann war sie auf dem Hauptflur zum Westflügel und kam zu der Stelle, an der der kleine Korridor abzweigte. Sie lugte um die Ecke – und erstarrte vor Überraschung.
Der Beobachtungsposten war verwaist. Jimmy war nicht da. Bündel war völlig verwirrt. Was war geschehen? Warum hatte er seinen Posten verlassen? In diesem Augenblick hörte sie eine Uhr zweimal schlagen.
Sie stand noch da und überlegte, was sie tun sollte, als ihr Herz plötzlich einen Satz machte. Die Klinke von Terence O'Rourkes Tür bewegte sich! Aber die Tür ging nicht auf. Statt dessen kehrte der Griff wieder in seine ursprüngliche Lage zurück. Was sollte das bedeuten?
Bündel faßte einen Entschluß. Aus irgendeinem unbekannten Grund hatte Jimmy seinen Posten verlassen. Sie mußte zu Bill.
Schnell und lautlos huschte sie den gleichen Weg, den sie gekommen war, zurück. Völlig unzeremoniell drang sie in Bills Zimmer ein. »Bill, wach auf! Wach auf!« flüsterte sie beschwörend, aber es kam keine Antwort. Ungeduldig knipste sie das Licht an: Das Zimmer war leer, in dem Bett hatte niemand geschlafen!
Plötzlich hielt Bündel den Atem an. Dies war gar nicht Bills Zimmer! Das duftige Negligé, der weibliche Krimskrams auf dem Toilettentisch, das nachlässig über einen Stuhl geworfene schwarze Samtkleid – natürlich, sie hatte in ihrer Hast die Türen verwechselt! Dies war das Zimmer der Gräfin Radzky!
Aber wo, ja, wo war die Gräfin?

Gerade, als Bündel sich diese Frage stellte, war es mit der Stille der Nacht plötzlich vorbei, und zwar auf ganz eindeutige Weise.

Der Krach kam aus dem Parterre. Im nächsten Augenblick sauste Bündel aus dem Zimmer und die Treppe hinunter. Der Lärm ertönte aus der Bibliothek – als würden alle Stühle umgeworfen.

Bündel rüttelte an der Tür. Vergeblich. Sie war abgeschlossen. Aber sie konnte ganz deutlich hören, daß dahinter ein Kampf stattfand – Keuchen und Schnaufen verrieten es, männliche Flüche und das gelegentliche Rumpeln, wenn irgendein kleineres Möbelstück in den Weg der Kämpfenden geriet.

Und dann waren unheilvoll und deutlich kurz hintereinander zwei Schüsse zu hören. Mit der Stille der Nacht war es endgültig aus.

20

Loraine Wade setzte sich in ihrem Bett auf und knipste die Nachttischlampe an. Es war genau zehn Minuten vor ein Uhr. Sie war früh zur Ruhe gegangen – um halb zehn –, und da sie die nützliche Eigenschaft besaß, genau dann aufzuwachen, wenn sie wollte, hatte sie sorglos ein paar Stunden schlafen können.

Einer der beiden Hunde, die vor ihrem Bett lagen, hob seinen Kopf und sah sie fragend an.

»Ruhig, Lurcher«, befahl Loraine. Gehorsam legte das große Tier seinen Kopf zwischen die Pfoten und beäugte sie nur wachsam durch seine struppigen Wimpern.

Bündel hatte zwar einmal Loraine Wades Sanftmut mißtraut, aber dieser kurze Augenblick des Mißtrauens war rasch verflogen. Loraine hatte so vernünftig gewirkt, so bereit, sich aus der Sache herauszuhalten ... Wenn man jedoch das Gesicht des Mädchens genauer betrachtete, erkannte man, daß sie ein energisches kleines Kinn und einen entschlossen wirkenden Mund besaß.

Loraine stand auf, kleidete sich an und verstaute eine Taschenlampe in der Tasche ihrer Tweedjacke. Dann zog sie die Schublade ihres Frisiertisches auf und nahm eine kleine Pistole mit Elfenbeingriff heraus, die fast wie ein Spielzeug wirkte. Sie hatte sie am vergangenen Tag bei Harrods gekauft und war sehr stolz auf sie.

Als sie sich noch einmal prüfend im Zimmer umblickte, ob sie auch nichts vergessen habe, erhob sich der große Hund und kam schwanzwedelnd auf sie zu. Mit flehenden Hundeaugen sah er sie an.

Loraine schüttelte den Kopf. »Nein, Lurcher! Du mußt hierbleiben. Frauchen kann dich nicht brauchen. Sei schön brav und mach Platz!« Sie küßte ihn auf den Kopf und glitt lautlos aus dem Zimmer.

Leise schlüpfte sie durch einen Seitenausgang ins Freie und lief zur Garage, wo ihr kleiner Zweisitzer stand. Vor der Garage war ein kurzer Abhang. Sie ließ den Wagen hinunterrollen und ließ den Motor erst an, als sie ein Stück vom Haus entfernt war. Dann sah sie auf ihre Armbanduhr und trat aufs Gaspedal.

Einige Zeit später ließ sie den Wagen an einer Stelle stehen, die sie tags zuvor sorgfältig ausgesucht hatte. Dort war eine Hecke mit einem Loch, durch das sie hindurchkriechen konnte. Ein paar Minuten später stand Loraine leicht verdreckt im Park von *Wyvern Abbey.*

So geräuschlos wie möglich schlich sie auf das efeuumrankte Haus zu. In der Ferne schlug eine Uhr zweimal.

Loraines Herz klopfte rascher, als sie zur Terrasse kam. Niemand war zu sehen – nirgends ein Zeichen von Leben. Alles schien friedlich und ruhig zu sein. Sie blickte sich um.

Plötzlich, ohne die geringste Vorwarnung, fiel etwas von oben und landete vor ihren Füßen. Loraine bückte sich. Es war ein lose in braunes Papier gewickeltes Päckchen. Loraine hob es auf und blickte am Haus hoch.

Über ihrem Kopf stand ein Fenster offen, und gerade als sie hinaufsah, schwang ein Mann seine Beine hinaus und begann, am Efeu hinunterzuklettern.

Loraine wartete nicht länger. So schnell sie konnte, rannte sie davon, das Päckchen fest an sich gepreßt.

Hinter ihr waren plötzlich Kampfgeräusche zu hören. Eine heisere Stimme rief: »Loslassen!« Eine andere, die sie gut kannte,

protestierte: »Nein, jetzt, da ich weiß ...«
Blindlings stürzte Loraine um die Ecke der Terrasse, direkt in die Arme eines großen kräftigen Mannes.
»Schau, schau«, sagte Superintendent Battle freundlich.
Loraine rang nach Worten. »Schnell ... schnell!« rief sie, »Sie bringen sich um! Beeilen Sie sich doch!«
Ein Schuß fiel – und dann ein zweiter.
Superintendent Battle lief los. Loraine folgte ihm. Sie rannten um die Ecke zurück zu den Terrassentüren der Bibliothek. Eine von ihnen war offen.
Battle blieb stehen und knipste seine Taschenlampe an. Loraine blickte ihm über die Schulter und stieß einen kleinen Schrei aus. Auf der Türschwelle lag Jimmy Thesiger in etwas, das wie eine Blutlache aussah. Sein rechter Arm war merkwürdig verdreht.
»Er ist tot«, wimmerte Loraine. »Oh, Jimmy – Jimmy! Er ist tot!«
»Na, na«, sagte Superintendent Battle. »Lassen Sie das! Der junge Mann ist nicht tot, da möchte ich wetten. Suchen Sie den Lichtschalter und machen Sie Licht!«
Loraine gehorchte. Sie stolperte durch das dunkle Zimmer, fand den Schalter und knipste. Helligkeit durchflutete den Raum.
Superintendent Battle stieß einen erleichterten Seufzer aus. »Alles halb so schlimm! Er ist nur am rechten Arm getroffen und durch den Blutverlust ohnmächtig geworden.«
Draußen in der Halle wurden fragende, fordernde Stimmen laut. Jemand schlug aufgeregt gegen die Tür. Loraine sah sie zweifelnd an. »Soll ich ...«
»Das hat Zeit«, meinte Battle. »Wir lassen sie gleich rein. Helfen Sie mir lieber!« Er hatte ein großes weißes Taschentuch hervorgezogen und verband sorgfältig Jimmys verletzten Arm. »Er kommt schon wieder auf die Beine. Machen Sie sich keine Sorgen! Die jungen Leute heutzutage haben so viele Leben wie die Katzen. Er ist auch nicht wegen des Blutverlusts ohnmächtig geworden. Er muß sich beim Sturz den Kopf angeschlagen haben.«
Draußen wurde das Klopfen immer heftiger. Laut und bestimmt ertönte George Lomax' Stimme: »Wer ist da drinnen? Aufmachen! Sofort aufmachen!«
Superintendent Battle seufzte. »Ich fürchte, das müssen wir wohl. Schade!«

Sein Blick huschte durch den Raum und nahm die ganze Szene in sich auf. Neben Jimmy lag eine Automatik. Behutsam hob Battle sie auf und untersuchte sie. Er grunzte etwas und legte sie auf einen Tisch. Dann ging er zur Tür und schloß auf.
Die Leute fielen fast übereinander herein. Alle redeten gleichzeitig. Lomax hatte es beinahe die Sprache verschlagen. Er stotterte vor Aufregung: »Was ... bedeutet das alles? Ach, Sie sind es, Superintendent. Was ... was ist geschehen? Ich frage Sie: Was ist geschehen?«
»Entsetzlich, der alte Jimmy!« rief Bill Eversleigh und starrte auf die Gestalt am Boden.
Lady Coote, in einen purpurroten Morgenrock gekleidet, rief: »Der arme Junge!« und schwebte an Superintendent Battle vorbei, um sich in mütterlicher Pose über den bewußtlosen Jimmy zu beugen.
»Loraine!« schrie Bündel erstaunt.
»Gott im Himmel!« sagte Herr Eberhard.
»Was soll das alles?« fragte Sir Stanley Digby in das allgemeine Durcheinander.
Ein Hausmädchen rief: »Das viele Blut«! und heulte vor Aufregung.
Der Butler sagte mit sehr viel mehr Mut in der Stimme als noch vor ein paar Minuten: »Jetzt reicht's!« und scheuchte einen Diener fort.
»Sollen wir die Leute wegschicken, Mr. Lomax?« fragte der eifrige Mr. Bateman.
Dann holten alle erst einmal Luft.
»Unglaublich!« meinte George Lomax. »Battle, was ist nun tatsächlich geschehen?« Battle sah ihn kurz an, und Lomax faßte sich etwas. »Bitte!« sagte er und machte einen Schritt auf die Tür zu. »Bitte, gehen Sie wieder zu Bett! Es hat einen ... äh ...«
»... einen kleinen Unfall gegeben«, ergänzte Superintendent Battle leichthin.
»Einen ... äh ... Unfall gegeben«, wiederholte Lomax. »Ich wäre Ihnen sehr dankbar, wenn Sie alle wieder auf Ihre Zimmer gingen.«
Keiner schien Lust dazu zu haben.
»Lady Coote, bitte ...«

»Der arme Junge«, schluchzte Lady Coote mütterlich. Nur widerwillig erhob sie sich von ihren Knien.
In diesem Augenblick öffnete Jimmy die Augen und setzte sich auf. »Hallo!« sagte er mit belegter Stimme. »Was ist denn passiert?« Dann kehrte seine Erinnerung zurück. »Haben Sie ihn erwischt?« rief er.
»Wen?«
»Den Mann! Er kletterte am Efeu runter. Ich stand bei der Terrassentür und habe ihn mir geschnappt. Es begann eine endlose Prügelei ...«
»Ein widerlicher gemeiner Einbrecher«, schimpfte Lady Coote. »Mein armer Junge!«
Jimmy sah sich suchend um. »Ich fürchte ... ich glaube ... wir haben ein ziemliches Durcheinander angerichtet. Der Kerl war stark wie ein Stier ...«
Der Zustand, in dem sich die Bibliothek befand, bestätigte seine Aussagen. Alles, was zerbrechlich war, war zerbrochen.
»Und was passierte dann?«
Aber Jimmy schien immer noch nach etwas zu suchen. »Wo ist Leopold? Der Stolz aller Waffen?«
Battle deutete auf den Tisch. »Ist das Ihre, Mr. Thesiger?«
»Genau. Das ist Leopold. Wie viele Schüsse sind losgegangen?«
»Einer.«
Jimmy blickte Superintendent Battle verdutzt an. »Das enttäuscht mich aber«, murmelte er. »Da habe ich wohl was nicht richtig gemacht. Sonst hätte Leopold unentwegt feuern müssen.«
»Wer hat zuerst geschossen?«
»Ich, fürchte ich«, antwortete Jimmy. »Es war so: Der Mann riß sich plötzlich los und rannte zur Terrassentür. Da drückte ich ab. In der Tür drehte der Kerl sich um und schoß und ... nun, und da wurde ich vermutlich ohnmächtig.« Er rieb sich kläglich den Kopf.
An diesem Punkt wurde Sir Stanley Digby plötzlich munter: »Er kletterte am Efeu herunter, sagen Sie? Mein Gott, Lomax! Sie haben sie doch nicht etwa erwischt?« Er rannte aus dem Zimmer. Unerklärlicherweise sprach während seiner Abwesenheit keiner ein Wort. Nach ein paar Minuten kehrte Sir Stanley

wieder zurück. Sein rundes, pausbäckiges Gesicht war fahl.
»Mein Gott, Battle«, sagte er, »Sie haben sie! O'Rourke schläft wie ein Murmeltier – Schlafmittel, nehme ich an. Ich kriege ihn nicht wach. Und die Papiere sind verschwunden.«

21

»Du lieber Gott!« flüsterte Herr Eberhard kreidebleich.
Lomax drehte sich mit würdevollem Vorwurf zu Battle um. »Ist das wahr, Battle? Ich hatte alles Ihnen überlassen!«
Der Superintendent bewahrte seine unerschütterliche Ruhe. »Die besten von uns erleiden manchmal Niederlagen«, bemerkte er ruhig.
»Wollen Sie damit sagen ... glauben Sie wirklich ... die Papiere sind weg?«
Zum allgemeinen Erstaunen schüttelte Superintendent Battle den Kopf. »Nein, nein, Mr. Lomax, es ist nicht so schlimm, wie Sie denken! Alles in Ordnung. Aber das ist nicht mein Verdienst. Sie müssen sich bei dieser jungen Dame hier bedanken.«
Er deutete auf Loraine, die ihn überrascht anstarrte. Battle trat auf sie zu und nahm ihr das braune Päckchen ab, das sie immer noch umklammert hielt.
»Ich glaube, Mr. Lomax«, sagte er, »daß Sie das Gesuchte hier drin finden werden.«
Sir Stanley Digby reagierte schneller als Lomax, entriß Loraine das Päckchen, öffnete es und untersuchte hastig seinen Inhalt. Dann stieß er einen Seufzer der Erleichterung aus. Herr Eberhard stürzte sich auf das Kind seines Geistes, drückte es ans Herz und sprudelte unverständliche Sätze hervor.
Sir Stanley wandte sich an Loraine und schüttelte ihr warm die Hand. »Meine liebe junge Dame«, sagte er, »wir sind Ihnen zu unendlichem Dank verpflichtet.«
»Das stimmt«, mischte sich Lomax ein. »Obwohl ...« Er hielt verwirrt inne und starrte die junge Dame an, die ihm völlig unbekannt war. Loraine blickte beschwörend zu Jimmy, der ihr zu Hilfe kam.
»Das ist Miss Wade«, sagte Jimmy. »Gerald Wades Schwester.«

»Tatsächlich?« George Lomax schüttelte ihr freundlich die Hand. »Meine liebe Miss Wade, ich möchte Ihnen meinen tiefen Dank für das aussprechen, was Sie getan haben. Ich muß gestehen, daß ich nicht ganz sicher bin ...«
Er machte eine Pause, und vier der anwesenden Personen im Raum wußten, daß die Erklärung schwierig sein würde. Der Superintendent rettete die Situation.
»Damit wollen wir uns jetzt nicht weiter aufhalten«, schlug er taktvoll vor.
Der eifrige Mr. Bateman lenkte ebenfalls ab: »Sollte nicht jemand nach Mr. O'Rourke sehen?« fragte er. »Glauben Sie nicht, Sir, man müßte einen Arzt holen?«
»Natürlich«, antwortete Lomax. »Natürlich! Sehr nachlässig von uns, daß wir nicht früher daran gedacht haben.« Er sah Bill Eversleigh an. »Rufen Sie Mr. Cartwright an! Bitten Sie ihn herzukommen. Aber deuten Sie an, daß ... äh ... die Sache vertraulich ist!« Bill verschwand, um seinen Auftrag zu erledigen.
»Ich werde mit Ihnen hinaufgehen, Digby«, sagte Lomax. »Vielleicht können wir etwas tun, bis der Arzt kommt.«
Hilflos sah er Mr. Bateman an. Tüchtigkeit bricht sich immer Bahn. So war es eigentlich Pongo, der die Situation beherrschte.
»Soll ich mit hinaufkommen, Sir?«
Erleichtert nahm Lomax dieses Angebot an. Hier, das fühlte er, war jemand, auf den er sich stützen konnte. Auf Mr. Batemans absolute Zuverlässigkeit konnte man immer bauen, das spürte jeder, der ihn kennenlernte, sofort.
Die drei Gentlemen verließen gemeinsam die Bibliothek. Lady Coote flüsterte in melodischen tiefen Tönen: »Der arme Junge. Vielleicht könnte ich etwas für ihn tun ...«, und eilte hinter ihnen hinaus.
»Eine sehr mütterliche Frau«, stellte der Superintendent fest. »Eine sehr mütterliche Frau. Ich frage mich ...«
Drei Paar Augen richteten sich forschend auf ihn.
»... wo eigentlich Sir Oswald Coote steckt.«
»Oh!« stieß Loraine hervor, »er wird doch nicht ermordet worden sein?«
Battle schüttelte den Kopf und sah sie mißbilligend an. »Kein Grund zu einer so dramatischen Befürchtung. Nein. Ich glaube

eher ...« Er hielt inne und lauschte.
Da hörten auch die anderen, was seine scharfen Ohren schon vor ihnen vernommen hatten. Schritte näherten sich über die Terrasse. Sie hatten nichts Verstohlenes an sich. Im nächsten Moment stand eine bullige Gestalt in der Tür, die sich prüfend umblickte und auf merkwürdige Weise der Situation Herr zu sein schien.
Langsam sah Sir Oswald – denn er war es – von einem zum anderen. Seine scharfen Augen nahmen alle Details wahr: Jimmys bandagierten Arm, Bündels etwas merkwürdige Aufmachung und Loraine, die ihm völlig fremd war. Dann blieb sein Blick an Superintendent Battle hängen. »Was ist hier vorgefallen, Superintendent?« fragte er.
»Versuchter Raub, Sir.«
»Wieso versucht?«
»Dank dieser jungen Dame, Miss Wade, gelang es den Dieben nicht, mit der Beute zu entfliehen.«
»Aha!« machte Sir Oswald und beendete damit seine diesbezügliche Untersuchung. »Nun, Superintendent, verraten Sie mir bitte, was ist das?« Behutsam hielt er eine kleine Mauser-Pistole am Griff hoch.
»Wo haben Sie sie gefunden, Sir?«
»Draußen auf dem Rasen. Vermutlich warf einer der Diebe sie auf der Flucht weg. Ich habe sie sehr vorsichtig angefaßt, da ich mir dachte, Sie möchten sie vielleicht auf Fingerabdrücke untersuchen.«
»Sie denken einfach an alles«, lobte Battle. Er nahm ihm die Pistole ab und legte sie auf den Tisch neben Jimmys Pistole.
»Jetzt bitte die Einzelheiten«, meinte Sir Oswald.
Superintendent Battle gab einen kurzen Bericht. Nachdenklich runzelte Sir Oswald die Stirn.
»Ich verstehe«, sagte er scharf. »Nachdem der Dieb Mr. Thesiger kampfunfähig geschossen hatte, floh er und warf dabei die Pistole weg. Ich begreife nicht, warum ihn niemand verfolgt hat.«
»Wir erfuhren erst von Mr. Thesiger, daß es überhaupt jemand zu verfolgen gab«, bemerkte Battle trocken.
»Sie haben ihn ... äh ... nicht gesehen, als Sie um die Terrassenecke bogen?«

»Nein, ich muß ihn um ein paar Sekunden verfehlt haben. Es scheint kein Mond, und sobald er von der Terrasse herunter war, war er nicht mehr zu erkennen. Er muß sofort verschwunden sein, als er den Schuß abgefeuert hatte.«
»Hm«, meinte Sir Oswald. »Trotzdem hätte man eine Suchaktion veranstalten sollen. Warum ...«
»Drei meiner Leute sind über den Park verteilt«, unterbrach ihn der Superintendent ruhig.
»Oh!« Das schien Sir Oswald ziemlich zu erstaunen.
»Sie waren angewiesen, jeden festzuhalten, der versuchen sollte, ihn zu verlassen.«
»Trotzdem – haben sie es nicht getan?«
»Trotzdem haben sie es nicht getan«, stimmte Battle ernst zu. Sir Oswald sah ihn an, als ob diese Worte ihn irgendwie erstaunten. Schneidend fragte er: »Erzählen Sie mir alles, was Sie wissen, Superintendent?«
»Alles, was ich *weiß* ... Sir Oswald. Was ich denke, ist eine andere Sache. Kann sein, daß ich einige sehr merkwürdige Gedanken habe ... aber bis man seine Vermutungen nicht bestätigt erhält, hat es keinen Sinn, darüber zu reden.«
»Trotzdem würde ich gern wissen, was Sie denken, Superintendent Battle.«
»Erstens, Sir, finde ich, daß hier viel zuviel Efeu wächst ... entschuldigen Sie, Sir, Sie haben ein paar Blätter auf Ihrer Jacke ... Das kompliziert die Dinge.«
Sir Oswald starrte ihn an, aber seine Antwort – falls er hätte antworten wollen – wurde durch das Eintreten von Rupert Bateman unterbrochen.
»Ach, da sind Sie ja, Sir Oswald! Lady Coote entdeckte gerade, daß Sie fehlen, und beharrt darauf, daß Sie von den Dieben ermordet worden seien. Es wäre besser, Sir, wenn Sie sofort zu ihr gingen.«
»Maria ist eine unglaublich dumme Person«, meinte Sir Oswald. »Warum sollte ich ermordet werden?« Zusammen mit seinem Sekretär verließ er den Raum.
»Ein sehr tüchtiger junger Mann«, sagte Battle, während er ihnen nachsah. »Wie heißt er – Bateman?«
Jimmy nickte. »Rupert Bateman. Allgemein unter dem Namen Pongo bekannt. Ich war mit ihm zusammen in der Schule.«

»Tatsächlich? Das ist ja interessant, Mr. Thesiger. Was hielten Sie denn damals von ihm?«
»Ach, eigentlich war er schon immer ein Esel.«
»Das hätte ich nun nicht gedacht.«
»Sie wissen schon, wie ich das meine. Natürlich ist er eigentlich kein Esel. Jede Menge Hirn und ein großer Streber. Aber todernst. Nicht die Spur von Humor!«
»Aha! Wie bedauerlich. Leute, die keinen Humor haben, geraten leicht in Gefahr, sich zu ernst zu nehmen – und das bringt Unglück.«
»Ich kann mir nicht vorstellen, daß Pongo in Schwierigkeiten gerät. Er hat es doch schon weit gebracht – sitzt beim alten Coote schön im trocknen und scheint einen feinen Dauerjob zu haben.«
»Superintendent Battle«, mischte sich da Bündel ein.
»Ja, Lady Eileen?«
»Finden Sie es nicht merkwürdig, daß Sir Oswald gar nicht gesagt hat, warum er mitten in der Nacht im Garten rumspazierte?«
»Aber! Sir Oswald ist ein bedeutender Mann – und ein bedeutender Mann weiß, daß es besser ist, Erklärungen erst dann abzugeben, wenn man danach gefragt wird. Sich schon vorher in sie zu stürzen ist immer ein Zeichen von Schwäche. Sir Oswald weiß das genausogut wie ich. Freiwillig gibt er keine Erklärungen ab oder entschuldigt sich. Im Gegenteil – er kommt herein und schiebt *mir* den Schwarzen Peter zu. Er ist ein großer Mann, dieser Sir Oswald.«
In den Worten des Superintendenten schwang so viel warme Bewunderung mit, daß Bündel das Thema nicht weiter verfolgte.
»Und jetzt«, meinte Battle und sah sich augenzwinkernd um, »jetzt, da wir alle so friedlich hier versammelt sind, möchte ich doch gern erfahren, wieso Miss Wade genau im richtigen Moment die Szene betrat.«
»Sie sollte sich schämen«, warf Jimmy ein. »Uns so reinzulegen!«
»Warum wolltet ihr mich auch als einzige ausschließen?« rief Loraine leidenschaftlich. »Damit war ich nie einverstanden – niemals, schon vom ersten Tag an nicht, als Sie mir in Ihrer

Wohnung erklärten, daß ich mich da schön raushalten solle. Ich habe nicht protestiert, aber schon damals stand mein Entschluß fest!«

»Das hatte ich fast vermutet«, sagte Bündel. »Sie waren so erstaunlich fügsam. Ich hätte wissen müssen, daß Sie was ausheckten.«

»Ich hielt Sie für bemerkenswert vernünftig«, meinte Jimmy.

»Ach, Jimmy, es war so leicht, Sie zu täuschen!«

»Besten Dank für diese lieben Worte.«

»Als Sie anriefen und sagten, daß es eventuell gefährlich werden könne, war ich fester entschlossen denn je«, fuhr Loraine fort. »Ich ging zu Harrods und kaufte eine Pistole. Hier ist sie.« Sie zog eine zierliche Waffe aus der Tasche.

Superintendent Battle nahm sie ihr ab und untersuchte sie. »Ein ziemlich tödliches Spielzeug, Miss Wade«, sagte er. »Haben Sie denn viel ... äh ... Erfahrung damit?«

»Gar keine. Aber ich dachte, daß sie mir ein Gefühl der Sicherheit verleihen würde.«

»Wirklich?«

»Mein Plan war, herzukommen und festzustellen, was passierte. Ich ließ den Wagen an der Straße stehen, kletterte durch ein Loch in der Hecke und schlich hierher zur Terrasse. Gerade, als ich mich umsah, fiel etwas direkt vor meine Füße! Ich hob es auf. Es war ein Päckchen. Dann wollte ich feststellen, woher es gekommen war, und sah am Haus hoch. Da entdeckte ich einen Mann, der am Efeu runterkletterte, und rannte davon.«

»So war es also«, sagte Battle. »Nun, Miss Wade, können Sie uns den Mann beschreiben?«

Das Mädchen schüttelte den Kopf. »Es war zu dunkel, um viel sehen zu können. Ich glaube, er war groß – aber das ist auch schon alles.«

»Und Sie, Mr. Thesiger«, damit wandte Battle sich an Jimmy. »Sie haben mit dem Mann gekämpft – können Sie mir irgend etwas über ihn verraten?«

»Ein ziemlich kräftiger Typ – mehr weiß ich nicht. Er krächzte irgendwas. So was wie ›laß mich los, Kerl!‹«

»Ein ungebildeter Mann also?«

»Ja, ich glaube schon. Er sprach jedenfalls so.«

»Das mit dem Päckchen verstehe ich nicht«, sagte Loraine.

»Nun«, erwiderte Battle, »ich habe da eine Theorie! Das Päckchen, Miss Wade, wurde absichtlich zu Ihnen hinuntergeworfen – wenigstens glaube ich das.«
»Zu mir?«
»Oder besser, zu der Person, für die der Dieb Sie hielt.«
»Jetzt wird's kompliziert«, meinte Jimmy.
»Haben Sie beim Betreten dieses Zimmers Licht gemacht, Mr. Thesiger?«
»Ja.«
»Aber es war niemand im Raum?«
»Nein, niemand.«
»Doch vorher glaubten Sie, Geräusche gehört zu haben?«
»Ja.«
»Und dann, als Sie die Terrassentüren überprüft hatten, schalteten Sie das Licht wieder aus und schlossen die Tür zur Halle ab?«
Jimmy nickte.
Langsam blickte Battle sich um. Sein Blick blieb an einem großen Wandschirm aus spanischem Leder hängen. Plötzlich lief er mit großen Schritten darauf zu und sah hinter ihn. Er stieß einen kurzen scharfen Ruf aus.
In tiefer Ohnmacht lag Gräfin Radzky zusammengekrümmt auf dem Boden.

22

Die Gräfin erlangte ihr Bewußtsein auf völlig andere Weise wieder als Jimmy Thesiger. Es dauerte länger und vollzog sich ungleich kunstvoller.
Kunstvoll – das Wort stammte von Bündel. Sie hatte eifrig Anweisungen gegeben – und auf der Anwendung von kaltem Wasser bestanden –, und die Gräfin hatte sofort reagiert, eine weiße Hand verwirrt auf die Stirn gelegt und schwach etwas gemurmelt.
An diesem Punkt stürzte Bill herein, der pflichtgemäß telefoniert und einen Arzt gerufen hatte. In Bündels Augen benahm er sich sofort ganz idiotisch. Mit angstvollem und besorgtem Gesicht beugte er sich über die Gräfin und überschüttete sie mit

einer Flut äußerst dümmlicher Bemerkungen. »Gräfin, es ist alles halb so schlimm! Wirklich! Versuchen Sie nicht zu sprechen! Das wäre schlecht für Sie. Bleiben Sie schön ruhig liegen. Sie werden gleich wieder in Ordnung sein. Sagen Sie kein Wort, bis Sie sich besser fühlen! Lassen Sie sich Zeit! Bleiben Sie schön liegen, und schließen Sie die Augen! In ein paar Minuten wird Ihnen alles wieder einfallen. Trinken Sie einen Schluck Wasser. Und etwas Kognak. Das brauchen Sie jetzt. Glaubst du nicht, Bündel, daß du ein bißchen Kognak ...«
»Um Gottes willen, Bill, laß sie doch in Ruhe!« unterbrach Bündel ihn wütend. »Es wird ihr gleich besser gehen.« Und mit geübter Hand spritzte sie noch etwas kaltes Wasser auf das exquisite Make-up der Gräfin.
Die Gräfin zuckte zusammen und setzte sich auf. Sie wirkte entschieden wacher. »Oh!« hauchte sie. »Hier bin ich! Hier bin ich!«
»Lassen Sie sich Zeit«, beschwor Bill sie. »Reden Sie nicht, bevor Sie sich nicht ganz in Ordnung fühlen.«
Die Gräfin zog die Falten ihres sehr durchsichtigen Negligés enger um sich. »Es fällt mir wieder ein«, murmelte sie. »Ja, es fällt mir wieder ein.« Sie betrachtete die kleine Gruppe, die sich um sie versammelt hatte. Anscheinend berührte sie irgend etwas in den aufmerksamen Blicken unangenehm. Aber wie dem auch sei, sie lächelte nur ein Gesicht an, das genau die gegenteiligen Gefühle verriet. »Ah, mein großer Engländer«, flüsterte sie, »keine Angst. Es ist alles in Ordnung!«
»Wirklich?« fragte Bill besorgt.
»Wirklich. Wir Ungarn haben Nerven wie Drahtseile.«
Ungeheure Erleichterung zeichnete sich kurz auf Bills Gesicht ab. Dann machte sich ein derart alberner Ausdruck dort breit, daß Bündel ihm am liebsten einen Tritt versetzt hätte.
»Noch etwas Wasser?« fragte Bündel kühl.
Die Gräfin wollte kein Wasser mehr. Jimmy, der gegenüber einer Schönen in Not freundlicher war, schlug einen Cocktail vor. Auf diesen Vorschlag reagierte die Gräfin mit großer Begeisterung. Als sie ihn getrunken hatte, sah sie sich noch einmal um, diesmal lebhafter. »Erzählen Sie mir, was passiert ist«, bat sie hastig.
»Wir hofften, daß Sie uns da helfen könnten«, meinte Superintendent Battle.

Die Gräfin sah ihn scharf an. Sie schien den großen, ruhigen Mann zum erstenmal richtig zu bemerken.
»Ich lief in Ihr Zimmer«, warf Bündel ein. »Das Bett war unbenützt, Sie waren nicht da!« Sie schwieg und sah die Gräfin vorwurfsvoll an.
Die Gräfin schloß die Augen und nickte langsam. »Ja, ja, jetzt fällt mir alles wieder ein! Oh, wie entsetzlich!« Sie schauderte. »Soll ich es Ihnen erzählen?«
»Bitte«, forderte Superintendent Battle sie auf, und im selben Moment sagte Bill: »Nicht, wenn Sie nicht mögen.«
Die Gräfin sah von einem zu anderen, aber Superintendent Battles ruhiger, gebieterischer Blick siegte. »Ich konnte nicht schlafen«, begann sie. »Das Haus – es bedrückte mich so. Es herrschte eine so gespannte Stimmung. In der Verfassung, in der ich mich befand, hatte es keinen Sinn, ins Bett zu gehen. Ich lief in meinem Zimmer auf und ab. Ich las. Aber die Bücher, die ich fand, interessierten mich nicht besonders. Ich dachte, daß ich hier unten eine fesselndere Lektüre finden würde.«
»Sehr verständlich«, warf Bill ein.
»So etwas passiert häufig«, bemerkte Battle.
»Als mir der Gedanke kam, verließ ich mein Zimmer und ging nach unten. Im Haus war es sehr still ...«
»Entschuldigen Sie«, unterbrach der Superintendent, »aber können Sie mir sagen, wann das ungefähr war?«
»Ich weiß nie, wie spät es ist«, antwortete die Gräfin hoheitsvoll. »Im Haus war es sehr still. Ich lief die Treppe hinunter ... ganz leise ...«
»Ganz leise?«
»Natürlich. Ich wollte niemanden wecken. Ich betrat die Bibliothek, ging in diese Ecke und suchte nach einem passenden Buch.«
»Sie hatten Licht gemacht?«
»Nein. Ich hatte meine kleine Taschenlampe mitgenommen. So durchforschte ich die Regale.«
»Aha!« sagte der Superintendent.
»Plötzlich«, fuhr die Gräfin dramatisch fort, »hörte ich etwas, ein leises Geräusch. Schleichende Schritte. Ich knipste meine Taschenlampe aus und lauschte. Die Schritte näherten sich – entsetzliche, verstohlene Schritte! Ich verkroch mich hinter der Spa-

nischen Wand. Im nächsten Moment ging die Tür auf, und das Licht wurde angeschaltet. Der Mann – der Dieb war im Zimmer!«

»Ja, aber . . .«, begann Mr. Thesiger.

Ein großer Fuß trat auf den seinen, und Jimmy begriff, daß der Superintendent ihm einen Wink geben wollte. Er schwieg.

»Ich wäre vor Angst fast gestorben«, fuhr die Gräfin fort. »Ich versuchte, nicht zu atmen. Der Mann wartete eine Minute. Dann, immer mit diesem entsetzlichen Schleichen . . .«

Wieder öffnete Jimmy den Mund, um zu protestieren, und wieder schloß er ihn.

». . . ging er zur Terrassentür und spähte hinaus. Nach ein oder zwei Minuten lief er wieder durchs Zimmer, löschte das Licht und schloß die Tür zur Halle ab. Ich war vor Schreck wie gelähmt. Er war noch immer da! Schlich verstohlen hin und her! Entsetzlich! Angenommen, er stieß im Dunkeln auf mich! Im nächsten Augenblick hörte ich ihn wieder an der Terrassentür. Dann Stille. Ich hoffte, daß er vielleicht hinausgegangen sei. Als die Zeit verstrich und ich nichts weiter hörte, war ich fast sicher, daß er verschwunden sei. Ich wollte gerade meine Taschenlampe wieder anknipsen, als – *prestissimo* – alles begann.«

»Ja?«

»Ach – es war entsetzlich! Ich werde es nie vergessen, niemals! Zwei Männer versuchten, sich umzubringen. Es war grauenvoll! Sie rollten im Zimmer umher, Möbelstücke flogen in alle Richtungen. Ich glaubte auch, eine Frau schreien zu hören – aber nicht im Zimmer, sondern irgendwo draußen. Der Verbrecher hatte eine heisere Stimme und krächzte mehr, als daß er sprach. Immer wieder rief er: ›Laß mich los – laß mich los!‹ Der andere war ein Gentleman. Er sprach mit kultivierter Stimme.«

Jimmy sah dankbar aus.

»Er fluchte . . . hauptsächlich«, fuhr die Gräfin fort.

»Einwandfrei ein Gentleman«, bestätigte Battle.

»Und dann«, schloß die Gräfin, »ein Blitz und ein Schuß. Die Kugel traf das Bücherbrett neben mir. Ich . . . ich glaube, ich wurde ohnmächtig.«

Sie sah zu Bill auf. Er nahm ihre Hand und streichelte sie. »Sie Ärmste«, flötete er. »Wie entsetzlich!«

Idiot, dachte Bündel.

Mit schnellen, geräuschlosen Schritten trat Superintendent Battle zum Bücherregal etwas rechts von der Spanischen Wand. Suchend bückte er sich. Plötzlich beugte er sich vor und hob etwas auf.
»Das war keine Kugel, Gräfin«, meinte er. »Sondern nur die Hülse. Wo standen Sie, als Sie schossen, Mr. Thesiger?«
Jimmy bezog in der Nähe der Terrassentür Posten. »Ungefähr hier.«
Superintendent Battle stellte sich neben ihn. »Stimmt«, sagte er. »Eine leere Hülse würde etwa dorthinfliegen. Es ist eine 45er. Kein Wunder, daß die Gräfin sie in der Dunkelheit für eine Kugel hielt. Sie traf etwa eine Handbreit neben ihr das Bücherregal. Das Geschoß selbst durchschlug den Fensterrahmen – wir werden es morgen draußen finden –, falls Ihr Angreifer es nicht mit sich herumträgt!«
Jimmy schüttelte bedauernd den Kopf. »Ich fürchte, Leopold hat sich nicht mit Ruhm bekleckert«, bemerkte er niedergeschlagen.
Die Gräfin sah ihn mit schmeichelnder Aufmerksamkeit an. »Ihr Arm! Er ist verbunden! Waren Sie es etwa ...?«
Jimmy verbeugte sich. »Ich bin erfreut, daß die kultivierte Stimme mir gehört. Ich kann Ihnen versichern, daß ich solche Ausdrücke niemals verwende, wenn ich weiß, daß eine Dame in der Nähe ist.«
»Ich habe ohnehin nicht alles verstanden. Obwohl ich als Kind eine englische Erzieherin hatte ...«
»Eine solche Ausdrucksweise lernt man gewöhnlich nicht von einer Erzieherin. Sie mußten sicher nur ›die Schreibfeder des Onkels‹ oder ›der Regenschirm der Nichte des Gärtners‹ übersetzen und solches Zeug.«
»Aber was ist passiert?« fragte die Gräfin. »Das möchte ich nun wirklich wissen!«
Es entstand eine Pause. Alle sahen den Superintendenten an. »Ganz einfach«, erklärte dieser milde. »Versuchter Raub. Sir Stanley Digby wurden irgendwelche politischen Papiere gestohlen. Beinah wären die Diebe damit entkommen, aber dank dieser jungen Dame«, er deutete auf Loraine, »gelang es ihnen nicht.«
Die Gräfin bedachte das Mädchen mit einem flüchtigen Blick – einem sehr merkwürdigen Blick. »Tatsächlich?« meinte sie kühl.

»Ein sehr glückliches Zusammentreffen, daß sie zufällig auftauchte«, meinte der Superintendent lächelnd.
Die Gräfin seufzte und schloß wieder halb die Augen. »Seltsam, aber ich fühle mich immer noch sehr schwach.«
»Das ist doch verständlich!« rief Bill. »Ich bringe Sie auf Ihr Zimmer! Bündel wird Ihnen helfen.«
»Sehr liebenswürdig von Lady Eileen«, sagte die Gräfin, »aber ich wäre lieber allein. Es geht mir wirklich schon wieder besser. Vielleicht helfen Sie mir nur die Treppe hinauf?«
Sie erhob sich, nahm dankbar Bills Arm und verließ, sich auf ihn stützend, die Bibliothek. Bündel folgte ihnen bis in die Halle hinaus. Während sie noch dastand und die schlanke Gestalt der Gräfin bewunderte, wie sie mit Bills Hilfe entschwebte, erstarrte sie plötzlich. Das Negligé der Gräfin war – wie bereits erwähnt – sehr dünn – nur ein Hauch aus orangefarbenem Chiffon. Darunter zeichnete sich direkt unter dem rechten Schulterblatt ein kleiner Leberfleck ab. Bündel sah ihn ganz deutlich.
Mit einem unterdrückten Schrei drehte sie sich zu Superintendent Battle um, der gerade aus der Tür zur Bibliothek trat. Jimmy und Loraine standen schon in der Halle.
»So«, begann Battle, »die Terrassentür ist abgeschlossen, draußen steht ein Mann Wache. Diese Tür werde ich auch abschließen und den Schlüssel einstecken. Morgen werden wir den Tathergang rekonstruieren ... was ist denn, Lady Eileen?«
»Ich muß Sie sprechen, Superintendent Battle, sofort!«
»Warum? Ich ...«
Plötzlich tauchte George Lomax auf, Dr. Cartwright an seiner Seite. »Da sind Sie ja, Battle! Es wird Sie erleichtern zu erfahren, daß O'Rourke nichts Ernsthaftes fehlt.«
»Daran habe ich nie gezweifelt«, erwiderte Battle.
»Ich habe ihm eine Spritze gegeben«, sagte der Arzt. »Morgen früh wird er aufwachen wie immer. Vielleicht mit ein bißchen Kopfschmerzen, vielleicht auch nicht. Und jetzt, junger Mann, wollen wir mal die Schußwunde an Ihrem Arm untersuchen.«
»Kommen Sie, Schwester«, sagte Jimmy zu Loraine. »Kommen Sie und halten Sie den Spucknapf oder meine Hand. Sehen Sie einen starken Mann leiden!«
Jimmy, Loraine und der Arzt gingen zusammen weg. Bündel

warf beschwörende Blicke in Battles Richtung, der von George Lomax festgenagelt wurde. Der Superintendent wartete geduldig, bis sich in Lomax' Redefluß eine kleine Stockung zeigte, und nützte sie geschickt aus. »Könnte ich mit Sir Stanley irgendwo ein privates Wort wechseln? Vielleicht im Arbeitszimmer?«

»Aber sicher«, stimmte Lomax zu. »Sicher. Ich hole ihn gleich.« Er eilte die Treppe wieder hinauf.

Battle zog Bündel schnell ins Wohnzimmer und schloß die Tür. »Nun, Lady Eileen, was gibt's?«

»Es ist eine sehr lange und komplizierte Geschichte.«

So knapp sie konnte, berichtete Bündel von ihrem Aufenthalt im *Seven Dials Club* und ihren dortigen Abenteuern. Als sie geendet hatte, holte der Superintendent tief Luft. Ausnahmsweise war sein hölzerner Gesichtsausdruck einmal verschwunden. »Bemerkenswert«, sagte er, »bemerkenswert! Das hätte ich nicht für möglich gehalten, Lady Eileen!«

»Aber Sie haben mir doch den Tip gegeben, Superintendent Battle! Sie rieten mir, Bill Eversleigh zu fragen.«

»Sehr gefährlich, Leuten wie Ihnen einen Rat zu geben, Lady Eileen! Ich hätte mir nicht träumen lassen, daß Sie so weit gehen würden.«

»Ist ja nichts passiert, Superintendent! Schließlich liege ich nicht als Leiche auf Ihrer Schwelle.«

»Noch nicht!« Grübelnd stand er da und überlegte. »Wieso Mr. Thesiger Sie einer solchen Gefahr ausgesetzt hat, begreife ich nicht«, meinte er dann.

»Er hat es erst nachher erfahren. Ich bin doch kein Idiot, Superintendent! Außerdem hat er alle Hände voll zu tun, sich um Miss Wade zu kümmern.«

»Tatsächlich?« sagte der Superintendent. »Aha!« Er zwinkerte ihr freundlich zu. »Dann werde ich wohl Mr. Eversleigh einweihen müssen, damit er sich ein bißchen um Sie kümmert, Lady Eileen!«

»Bill!« rief Bündel voller Verachtung. »Aber Sie haben das Ende meiner Geschichte noch nicht gehört, Superintendent. Die Frau, die ich dort sah, Anna! Nummer eins . . . Es ist die Gräfin Radzky!« Hastig erzählte sie ihm, wie sie sie am Leberfleck wiedererkannt hatte.

Zu ihrer Überraschung sprang der Superintendent nicht so recht drauf an. »Auf einen Leberfleck kann man nicht allzuviel geben, Lady Eileen! Es ist durchaus möglich, daß zwei Frauen an der gleichen Stelle einen haben. Bedenken Sie, daß Gräfin Radzky in Ungarn eine sehr bekannte Frau ist.«
»Dann ist sie nicht die echte Gräfin. Ich bin überzeugt, daß die Gräfin hier die gleiche Person ist, die ich im *Seven Dials Club* sah. Noch etwas. Als wir sie heute abend fanden ... ich glaube gar nicht, daß sie da ohnmächtig war.«
»Das möchte ich nicht behaupten, Lady Eileen. Die Hülse, die neben ihr gegen das Bücherregal flog, hätte jede Frau zu Tode erschreckt.«
»Aber was wollte sie dort überhaupt? Gewöhnlich sucht man nicht mit einer Taschenlampe nach einem Buch!«
Battle kratzte sich an der Wange. Offenbar wollte er nicht antworten. Unruhig ging er im Zimmer auf und ab, als ob er einen Entschluß fassen müsse. Schließlich blieb er stehen. »Hören Sie, Lady Eileen, ich glaube Ihnen ja! Das Benehmen der Gräfin ist wirklich verdächtig. Das weiß ich auch. Sogar sehr verdächtig. Aber wir müssen vorsichtig sein. Es darf keinen Ärger mit der Botschaft geben. Solange wir nicht ganz sicher sind ...«
»Verstehe. Und wenn Sie es wären ...«
»Dann gibt es noch ein Problem. Während des Krieges herrschte große Aufregung wegen der deutschen Spione, die angeblich in unserem Land herumliefen. Übereifrige Leute schrieben deswegen einen Haufen Leserbriefe an die Zeitungen. Wir ließen uns nicht davon beeindrucken. Beschimpfungen konnten uns nichts anhaben. Wir störten die kleinen Fische nicht auf. Und warum wohl? Weil wir früher oder später den großen Fang machen und den Mann an der Spitze erwischen wollten.«
»Was meinen Sie damit?«
»Das tut nichts zur Sache, Lady Eileen. Aber vergessen Sie eines nicht: Ich bin über die Gräfin genau im Bilde. Und ich möchte, daß sie nicht behelligt wird.« Er schwieg einen Augenblick. »Und nun«, fügte er bedauernd hinzu, »muß ich mir eine Ausrede für Sir Stanley Digby einfallen lassen.«

23

Es war zehn Uhr morgens. Strahlend hell schien die Sonne durch die Terrassentür in die Bibliothek, wo Superintendent Battle seit sechs Uhr an der Arbeit war. Auf seine Bitte hin waren George Lomax, Sir Oswald Coote und Jimmy Thesiger gerade bei ihm erschienen, nachdem sie ihre Müdigkeit mit einem kräftigen Frühstück bekämpft hatten. Jimmys Arm steckte in einer Schlinge, die einzige Erinnerung an den Kampf der vergangenen Nacht.

Der Superintendent betrachtete die drei Gentlemen wohlwollend wie ein freundlicher Museumsdirektor, der kleine Jungen durch eine Ausstellung führt. Auf dem Tisch neben ihm lagen verschiedene, säuberlich etikettierte Gegenstände. Jimmy entdeckte Leopold sofort.

»Ach, Superintendent«, sagte George Lomax, »ich bin neugierig, wie weit Sie gekommen sind. Haben Sie den Mann?«

»Das wird wohl noch etwas dauern«, erwiderte der Superintendent leichthin. Sein Versagen in diesem Punkt schien ihn nicht weiter zu beunruhigen.

Lomax wirkte nicht gerade erfreut.

»Ich habe alles genau rekonstruiert«, fuhr der Superintendent fort und nahm zwei Gegenstände vom Tisch. »Hier sind die beiden Kugeln. Die größere ist eine 45er. Sie stammt aus Mr. Thesigers Pistole und streifte den Fensterrahmen. Ich fand sie in dem Zedernstamm dort draußen. Dieser kleine Bursche wurde aus einer 25er Mauser abgefeuert. Er durchschlug Mr. Thesigers Arm und blieb in dem Sessel hier stecken. Was die Pistole selbst anbelangt ...«

»Ja?« fragte Sir Oswald eifrig. »Irgendwelche Fingerabdrücke?«

Battle schüttelte den Kopf. »Der Mann, der sie in der Hand hatte, trug Handschuhe«, erwiderte er langsam.

»Ein Jammer«, meinte Sir Oswald.

»Jeder Verbrecher, der sein Geschäft versteht, trägt Handschuhe. Stimmt es, Sir Oswald, daß Sie diese Pistole etwa zwanzig Schritte von der Terrasse entfernt fanden?«

Sir Oswald trat an die Tür. »Ja, ziemlich genau zwanzig Schritte, würde ich sagen.«

»Ich möchte Ihnen keinen Vorwurf machen, Sir, aber es wäre

besser gewesen, wenn Sie sie liegengelassen hätten.«
»Tut mir leid«, entschuldigte sich Sir Oswald steif.
»Ach, es macht nichts! Es ist mir gelungen, die Vorgänge zu rekonstruieren. Wissen Sie, es gab ja Ihre Fußspuren, die aus dem Garten kamen und zu der Stelle führten, wo Sie offensichtlich stehengeblieben waren und sich gebückt hatten. Dann das verräterische flachgedrückte Gras! Übrigens, was ist Ihre Theorie über die Pistole, die Sie dort fanden?«
»Ich nehme an, daß der Mann sie auf der Flucht fallen ließ.«
Battle schüttelte den Kopf. »Nein, Sir Oswald! Dagegen sprechen zwei Punkte: Erstens einmal gab es nur Ihre Fußspuren auf dem Rasen – nur Ihre.«
»Verstehe«, sagte Sir Oswald nachdenklich.
»Wissen Sie das genau, Battle?« warf Lomax ein.
»Ziemlich genau, Sir. Außerdem stellten wir nur noch Fußspuren viel weiter links fest, und das sind die von Miss Wade.« Battle machte eine Pause und fuhr fort. »Dann ist da noch das flachgedrückte Gras. Die Pistole muß mit Wucht auf dem Boden gelandet sein. Alles deutet darauf hin, daß sie geworfen wurde.«
»Warum auch nicht?« fragte Sir Oswald. »Angenommen, der Mann floh auf dem linken Gartenweg. Dort hätte er keine Fußspuren hinterlassen, von dort aus hätte er die Pistole mitten auf den Rasen schleudern können, was, Lomax?«
Lomax nickte zustimmend.
»Es ist richtig, daß der Weg keine Abdrücke aufnimmt«, sagte Battle, »aber die Art, wie das Gras plattgedrückt wurde und in welche Richtung, läßt darauf schließen, daß die Pistole nicht von dort aus geworfen wurde. Ich bin überzeugt, daß dies von der Terrasse aus geschah.«
»Gut möglich«, meinte Sir Oswald. »Spielt es eine Rolle, Superintendent?«
»Ja, eben, Battle«, mischte sich Lomax ein, »ist das wirklich von . . . von Bedeutung?«
»Vielleicht nicht, Mr. Lomax. Aber wir wollen doch genau sein! Würde einer der Gentlemen jetzt die Pistole nehmen und sie werfen? Sie, Sir Oswald? Sehr liebenswürdig. Stellen Sie sich hier an die Tür!«
Sir Oswald kam dem Wunsch nach und beförderte die Pistole

mit einem kräftigen Schwung durch die Luft. Jimmy trat gespannt näher. Der Superintendent sprang wie ein gutdressierter Apportierhund los. Grinsend kehrte er zurück.

»Stimmt, Sir! Genau die gleiche Art von Vertiefung im Boden. Obwohl Sie sie, nebenbei bemerkt, gut zehn Schritte weiter schleuderten. Doch Sie sind ein sehr kräftiger Mann, nicht wahr, Sir Oswald? Entschuldigen Sie, aber ich glaube, da ist jemand an der Tür.«

Der Superintendent mußte wesentlich schärfere Ohren besitzen als die anderen Anwesenden. Denn niemand hatte auch nur einen Ton gehört. Battle hatte recht. Draußen stand Lady Coote, ein Glas Medizin in der Hand.

»Deine Arznei, Oswald«, sagte sie und trat ins Zimmer. »Du hast vergessen, sie nach dem Frühstück einzunehmen.«

»Ich bin sehr beschäftigt, Maria«, erwiderte Sir Oswald. »Ich will meine Medizin jetzt nicht trinken.«

»Wenn ich nicht wäre, würdest du sie nie einnehmen«, sagte Lady Coote würdevoll und kam näher. »Sei kein Dickkopf! Du trinkst sie jetzt sofort!« Fügsam trank der große Stahlmagnat das Glas leer.

Lady Coote lächelte traurig und freundlich in die Runde. »Störe ich? Sie sind sicher sehr beschäftigt? Entsetzlich, diese Revolver! Häßlich und laut und mörderisch! Wenn ich nur daran denke, daß der Einbrecher dich letzte Nacht hätte erschießen können!«

»Sie müssen sich sehr aufgeregt haben, als Sie merkten, daß Ihr Mann nicht da war, Lady Coote«, meinte Battle.

»Zuerst ist es mir nicht aufgefallen«, bekannte Lady Coote. »Dieser arme Junge hier ...«, sie deutete auf Jimmy, »mit seiner Schußwunde ... alles war so schrecklich und aufregend! Erst als Mr. Bateman mich fragte, wo Sir Oswald sei, fiel mir ein, daß er vor einer halben Stunde einen kleinen Gang unternommen hatte.«

»Schlafstörungen, Sir Oswald?« erkundigte sich Battle.

»Gewöhnlich schlafe ich ausgezeichnet«, erwiderte Sir Oswald. »Aber ich muß gestehen, daß ich letzte Nacht äußerst unruhig war. Ich dachte, die Nachtluft würde mir guttun.«

»Sie gingen durch die Terrassentür hinaus, nicht wahr?«

War es Einbildung oder zögerte Sir Oswald tatsächlich einen

Moment, bevor er antwortete? »Ja.«
»In den leichten Frackschuhen«, tadelte Lady Coote. »Was tätest du nur, wenn ich mich nicht um dich kümmerte?« Seufzend schüttelte sie den Kopf.
»Maria, wenn es dir nichts ausmacht, uns allein zu lassen ... wir haben noch eine Menge zu besprechen.«
»Ich weiß, Liebling, ich gehe ja schon!«
Lady Coote zog sich zurück und trug dabei das leere Medizinglas vor sich her wie einen Kelch, aus dem sie eben einen tödlichen Trank verabreicht hatte.
»Nun, Battle«, sagte George Lomax. »Alles scheint klar zu sein. Ganz klar. Der Mann gibt einen Schuß ab, verletzt Mr. Thesiger, wirft die Waffe weg, läuft über die Terrasse und stürzt den Kiesweg entlang davon.«
»Wo er von meinen Leuten in Empfang genommen worden wäre«, ergänzte Battle.
»Ihre Männer, Battle, scheinen – wenn ich das bemerken darf – ein wenig nachlässig gewesen zu sein. Sie sahen auch Miss Wade nicht in den Park kommen. So könnten sie den Dieb bei seiner Flucht ebenfalls verpaßt haben.«
Superintendent Battle öffnete den Mund, um zu antworten, schien es sich aber anders zu überlegen. Jimmy Thesiger sah ihn neugierig an. Er hätte viel darum gegeben, gerade jetzt zu wissen, was der Superintendent dachte.
»Muß ein hervorragender Läufer gewesen sein«, war alles, was der Mann von Scotland Yard bemerkte.
»Wie meinen Sie das, Battle?«
»Wie ich es sage, Mr. Lomax. Ich selbst kam keine fünfzig Sekunden nach dem Schuß um die Terrassenecke. Für einen Mann, der in dieser kurzen Zeit die ganze Terrasse entlangrannte und den Pfad hinunter – nun, ich würde meinen, das war ein Champion.«
»Es gelingt mir leider nicht ganz, Ihnen zu folgen, Battle. Offenbar haben Sie Ihre eigenen Ideen, die ... äh ... ich nicht ganz erfasse. Sie sagten, der Mann lief nicht über den Rasen davon, und jetzt deuten Sie an ... was deuten Sie eigentlich an? Daß der Mann auch nicht über den Gartenweg verschwand? Ja, wohin verschwand er Ihrer Meinung nach den dann?«
Als Antwort wies Battle mit seinem Daumen beredt nach oben.

»Dort hinauf. Wieder am Efeu hoch.«
»Was Sie da vermuten, ist unmöglich.«
»Durchaus nicht, Sir. Er hatte es schon einmal gemacht. Er konnte es auch ein zweites Mal.«
»So meine ich es nicht. Wenn der Mann fliehen wollte, würde er doch niemals zurück ins Haus klettern!«
»Vielleicht der sicherste Platz, Mr. Lomax.«
»Aber Mr. O'Rourkes Tür war von innen abgeschlossen, als wir ihn aufsuchen wollten.«
»Und wie kamen Sie hinein? Durch die Verbindungstür zu Sir Stanleys Zimmer: der Weg, den auch unser Mann benützte! Lady Eileen erzählte mir, daß sie beobachtete, wie sich die Klinke von Mr. O'Rourkes Zimmertür bewegte – da war unser Freund das erstemal dort. Ich nehme an, daß der Schlüssel unter Mr. O'Rourkes Kopfkissen lag. Wie er beim zweitenmal hinauskam, ist ganz klar – durch die Verbindungstür und Sir Stanleys Zimmer, das leer war. Wie wir alle war auch Sir Stanley in die Bibliothek hinuntergelaufen. Unser Mann hatte freie Bahn.«
»Und wohin wandte er sich dann?«
Battle zuckte seine massigen Schultern und meinte ausweichend: »Da gibt es viele Möglichkeiten: In ein leeres Zimmer auf der anderen Seite des Hauses und wieder den Efeu hinunter. Oder er flüchtete durch eine Seitentür. Oder – das ist auch möglich – es war jemand, der zum Haus gehörte ... er ... er blieb einfach drinnen.«
Lomax sah ihn konsterniert an. »Wirklich, Battle, es wäre mir entsetzlich, wenn ... wenn einer meiner Leute ... es würde mich sehr betrüben, wenn ich einen von ihnen verdächtigen müßte ...«
»Keiner verlangt, daß Sie irgend jemand verdächtigen, Mr. Lomax! Ich spiele nur alle Möglichkeiten durch. Das Personal kann ja in Ordnung sein – ist es vermutlich sogar auch.«
»Sie haben mich sehr beunruhigt«, sagte Lomax. Seine Augen schienen weiter denn je hervorzuquellen.
Um ihn abzulenken, deutete Jimmy auf ein merkwürdig geschwärztes Etwas auf dem Tisch. »Was ist das?« fragte er.
»Das ist Beweisstück Z«, erklärte Battle. »Das letzte in unserer Reihe. Es ist – oder vielmehr war – ein Handschuh.« Er nahm

das verkohlte Überbleibsel und zeigte es stolz herum.
»Wo haben Sie denn den gefunden?« fragte Sir Oswald.
Battle wies mit dem Kopf über die Schulter. »Im Kamin – fast verbrannt, aber eben nicht ganz. Merkwürdigerweise sieht er aus, als habe ein Hund darauf herumgebissen.«
»Er könnte Miss Wade gehören«, schlug Jimmy vor. »Sie hat mehrere Hunde.«
Der Superintendent schüttelte den Kopf. »Das ist kein Damenhandschuh – nein, nicht einmal diese lose Art von Handschuhen, wie sie die Damen heute tragen. Probieren Sie ihn mal an, Sir, nur einen Moment.« Er zog das schwarze Ding über Jimmys Hand. »Sehen Sie – er ist sogar Ihnen zu groß.«
»Messen Sie dieser Entdeckung irgendwelche Bedeutung bei?« fragte Sir Oswald kühl.
»Man weiß nie, Sir Oswald, was wichtig ist und was nicht.«
Jemand klopfte kurz und energisch an die Tür. Es war Bündel.
»Tut mir leid«, sagte sie entschuldigend. »Aber mein Vater hat gerade angerufen. Ich soll nach Hause kommen, weil er sich so aufregt.« Sie schwieg.
»Ja, meine liebe Lady Eileen?« fragte George Lomax ermutigend, weil er ahnte, daß noch mehr kommen würde.
»Ich wollte Sie nicht stören – nur, ich dachte, daß die Sache etwas mit dem Einbruch hier zu tun haben könnte. Mein Vater regt sich so auf, weil einer unserer Diener verschwunden ist. Er ging gestern abend weg und ist bis jetzt noch nicht zurückgekehrt.«
»Wie hieß er denn?« Es war Sir Oswald, der das Verhör begann.
»John Bauer.«
»Engländer?«
»Er behauptet, Schweizer zu sein – aber ich vermute, daß er Deutscher ist. Allerdings spricht er perfekt Englisch.«
»Aha!« Sir Oswald holte mit einem langen, befriedigten Zischen Luft. »Und er war ... wie lange in *Chimneys*?«
»Kaum einen Monat.«
Sir Oswald wandte sich an die anderen Gentlemen: »Das ist unser Mann! Sie wissen so gut wie ich, Lomax, daß mehrere ausländische Regierungen hinter der Sache her sind. Jetzt erinnere ich mich genau an den Mann – groß, gute Manieren. Kam

etwa vierzehn Tage, bevor wir auszogen. Ein geschickter Schachzug. Hier hätte man jedem neuen Diener mißtraut, aber in *Chimneys,* fünf Meilen entfernt...« Er beendete den Satz nicht.
»Glauben Sie, daß der Plan schon vor so langer Zeit gefaßt wurde?«
»Warum nicht? Die Erfindung ist Millionen wert, Lomax! Zweifellos hoffte Bauer, daß er in *Chimneys* Zugang zu meinen privaten Papieren bekäme und somit etwas über kommende Absprachen erführe. Möglicherweise hatte er in diesem Haus einen Komplicen – irgend jemand, der ihn mit dem Plan des Hauses vertraut machte und dafür sorgte, daß O'Rourke ein Schlafmittel bekam. Bauer war der Mann, den Miss Wade am Efeu herunterklettern sah – der große, kräftige Mann!« Er wandte sich an Superintendent Battle. »Bauer ist der Gesuchte, Superintendent! Und irgendwie ist er Ihnen durch die Finger geschlüpft.«

24

Kein Zweifel, Superintendent Battle war verblüfft. Gedankenvoll strich er sich über das Kinn.
»Sir Oswald hat recht, Battle«, sagte Lomax. »Das ist unser Mann. Irgendwelche Aussichten, daß er erwischt wird?«
»Vielleicht, Sir. Die Geschichte sieht wirklich... nun, verdächtig aus. Natürlich kann der Mann auch wiederauftauchen – in *Chimneys,* meine ich.«
»Halten Sie das für wahrscheinlich?«
»Nein«, bekannte Battle. »Allem Anschein nach ist Bauer tatsächlich der Täter. Aber ich begreife nicht, wie er den Park unbemerkt betreten und verlassen konnte.«
»Ich sagte schon, was ich von den Männern halte, die Sie engagierten«, meinte Lomax. »Hoffnungslos ungeeignet! Ich will Ihnen nicht die Schuld daran geben, Superintendent, aber...«
Seine Pause war beredt.
»Na schön«, meinte Battle leichthin, »ich habe einen breiten Buckel!« Er schüttelte den Kopf und seufzte. »Ich muß sofort telefonieren. Tut mir leid, Mr. Lomax – ich habe diese Sache

ziemlich verpfuscht. Aber die Geschichte ist sehr verwickelt, verwickelter als Sie denken!« Eilig verließ er das Zimmer.
»Kommen Sie mit mir in den Garten«, sagte Bündel zu Jimmy Thesiger, »ich möchte mit Ihnen reden.«
Sie gingen durch die Terrassentür nach draußen. Jimmy starrte stirnrunzelnd auf den Rasen.
»Was ist denn?« fragte Bündel.
Jimmy berichtete von Battles Vermutung, daß die Pistole auf den Rasen geworfen worden sei. »Ich möchte bloß wissen«, beendete er seine Ausführungen, »was in dem alten Battle vorging, als er Coote aufforderte, die Pistole hinauszuwerfen. Er hat irgendwas vor, da könnte ich schwören. Wie dem auch sei, sie landete zehn Schritte weiter weg. Sie wissen, Bündel, daß Battle ein tiefes Wasser ist!«
»Ein außergewöhnlicher Mensch«, sagte Bündel. »Aber jetzt möchte ich Ihnen von letzter Nacht erzählen.« Sie beschrieb ihr Gespräch mit dem Superintendenten. Jimmy hörte aufmerksam zu. »Die Gräfin ist also Nummer eins«, meinte er nachdenklich. »Es paßt genau! Nummer zwei – Bauer – kommt von *Chimneys* herüber und klettert zu O'Rourkes Zimmerfenster hinauf, denn er weiß, daß O'Rourke ein Schlafmittel bekommen hat – von der Gräfin oder sonst irgend jemand. Laut Vereinbarung soll er der Gräfin die Papiere hinunterwerfen, die unten drauf wartet. Dann wird sie durch die Bibliothek hinauf in ihr Zimmer huschen. Wenn Bauer beim Verlassen des Parks gefaßt wird, findet man nichts bei ihm. Ja, es war ein guter Plan, aber er ging schief. Kaum war die Gräfin in der Bibliothek, hörte sie mich kommen und mußte sich hinter der Spanischen Wand verstecken. Ziemlich dumm, denn jetzt konnte sie ihren Komplicen nicht mehr warnen. Nummer zwei stiehlt die Papiere, blickt aus dem Fenster, sieht, wie er glaubt, die Gräfin unten warten, wirft ihr das Päckchen zu und klettert am Efeu hinunter, wo er auf eine böse Überraschung stößt, nämlich auf mich. Muß schön nervenaufreibend für die Gräfin gewesen sein, hinter der Spanischen Wand zu hocken. Alles in allem hat sie uns eigentlich eine ganz hübsche Geschichte verpaßt. Ja, es stimmt alles hervorragend!«
»Zu sehr«, bemerkte Bündel entschieden.
»Wie bitte?« fragte Jimmy überrascht.

»Was ist mit Nummer sieben – Nummer sieben, der niemals auftaucht, der immer im Hintergrund bleibt? Die Gräfin und Bauer? Nein, so einfach ist die Sache nicht. Bauer war heute nacht hier, möglich. Aber er war nur hier für den Fall, daß etwas schieflief – wie es dann auch geschah. Er sollte den Sündenbock spielen, um alle Aufmerksamkeit von Nummer sieben abzuziehen — dem Boss.«

»Sie haben wohl zu viele Abenteuerromane gelesen, Bündel?« erkundigte Jimmy sich vorsichtig.

Bündel sah ihn vernichtend an.

»Nein«, meinte Jimmy, »vor dem Frühstück kann ich so was nicht glauben.«

»Es ist schon nach dem Frühstück«, korrigierte ihn Bündel.

»Auch dann nicht. Wir haben eine fabelhafte Hypothese, die zu allen Tatsachen paßt – und Sie wollen sie einfach nicht akzeptieren, nur um die Sache noch schwieriger zu machen!«

»Tut mir leid, aber ich bin felsenfest überzeugt, daß die geheimnisvolle Nummer sieben ein Wochenendgast dieses Hauses ist.«

»Was glaubt Bill?«

»Bill«, meinte Bündel kalt, »ist unmöglich!«

»Ach! Sie haben ihm sicher von der Gräfin berichtet? Man müßte ihn warnen. Der Himmel weiß, was er sonst noch alles ausplappert!«

»Er will kein Sterbenswörtchen gegen sie hören. Er benimmt sich . . . einfach idiotisch. Ich wünschte, Sie könnten ihn von der Sache mit dem Leberfleck überzeugen.«

»Sie vergessen, daß ich nicht im Schrank saß«, erinnerte Jimmy sie. »Außerdem habe ich auch keine Lust, mich mit Bill über die Leberflecken seiner Freundinnen zu streiten. Er kann doch nicht ein solcher Esel sein, nicht zu kapieren, wie genau die Einzelheiten zueinander passen?«

»Er ist ein entsetzlicher Esel«, meinte Bündel bitter. »Sie haben einen groben Fehler gemacht, Jimmy, als sie ihm alles erzählten.«

»Es tut mir sehr leid. Damals hielt ich es für richtig. Ich war ein Idiot! Verdammt. Der alte Bill wird doch nicht . . .«

»Sie haben keine Ahnung, wie solche Abenteuerinnen sind«, belehrte Bündel ihn, »wie die einen um den Finger wickeln!«

»Nein, das weiß ich tatsächlich nicht. Bei mir hat man es nämlich noch nie versucht.« Jimmy seufzte.
Sie schwiegen einen Moment. Jimmy wälzte die Geschehnisse in seinem Kopf hin und her. Je mehr er darüber nachdachte, desto unbefriedigender schienen sie.
»Battle will also, daß man die Gräfin in Ruhe läßt«, meinte er schließlich.
»Ja.«
»Weil er glaubt, durch sie zum Kopf der Bande geführt zu werden?«
Bündel nickte.
Jimmy runzelte die Stirn und überlegte, was dabei herauskommen könnte. Offensichtlich verfolgte Battle einen ganz bestimmten Plan.
»Sir Stanley Digby ist heute morgen schon sehr früh nach London zurückgefahren, nicht wahr?« fragte er.
»Ja.«
»Mit O'Rourke?«
»Ja, ich glaube.«
»Sie meinen doch nicht ... nein, das ist unmöglich!«
»Was?«
»Daß O'Rourke irgendwie in der Sache mit drinhängt?«
»Vielleicht«, sagte Bündel grübelnd. »Er ist das, was man eine sehr vitale Persönlichkeit nennt. Es würde mich nicht wundern, wenn ... ach, mich wundert überhaupt nichts mehr! Nur eines steht für mich fest: Ich weiß, wer Nummer sieben nicht ist!«
»Wer?«
»Superintendent Battle.«
»Ach so! Ich dachte, George Lomax.«
»Pst! Da kommt er.«
Tatsächlich kam Lomax direkt auf sie zu. Jimmy murmelte eine Entschuldigung und machte sich davon. Lomax setzte sich zu Bündel.
»Liebe Eileen, müssen Sie uns wirklich verlassen?«
»Mein Vater scheint sich ziemlich aufzuregen. Ich glaube, ich muß tatsächlich nach Hause und Händchen halten.«
»Diese kleine Hand wird ihn sicher trösten«, meinte George warm und drückte sie scherzhaft. »Meine liebe Eileen, ich verstehe Ihre Gründe, sie ehren Sie auch. Heute, in der Zeit des

Wechsels und der Unsicherheit ...«
Jetzt legt er wieder los, dachte Bündel verzweifelt.
»... wo die alten Maßstäbe nicht mehr gelten, ist es die Aufgabe unserer Klasse, mit leuchtendem Beispiel voranzugehen und zu zeigen, daß wenigstens wir von diesen neuen Ansichten nicht angesteckt worden sind. Ich muß gestehen, mein liebes Kind, daß ich in der Vergangenheit von Ihrer Leichtfertigkeit ein wenig enttäuscht war. Jetzt sehe ich das als die liebenswerte Sorglosigkeit der Jugend an und schätze nun die Ernsthaftigkeit Ihres Geistes. Sie erlauben mir doch, daß ich Ihnen bei Ihrer Lektüre behilflich bin?«
»Oh, vielen Dank«, hauchte Bündel schwach.
»Und Sie dürfen nie mehr Angst vor mir haben. Ich war entsetzt, als Lady Caterham mir berichtete, daß Sie eine gewisse Scheu vor mir haben. Ich möchte Ihnen sagen, daß ich ein Mensch bin wie alle andern.«
Lomax' Bescheidenheit verschlug Bündel die Sprache. Er fuhr fort. »Seien Sie nicht schüchtern, mein Kind! Glauben Sie nicht, daß Sie mich langweilen! Es wäre mir ein großes Vergnügen – wenn ich das so sagen darf –, Ihren suchenden Geist in die richtigen Bahnen zu lenken. Ich möchte Ihr politischer Ziehvater sein. Nie haben wir in unserer Partei junge Frauen mit Geist und Charme dringender gebraucht als heute. Vielleicht sind Sie dazu bestimmt, in die Fußstapfen Ihrer Tante, Lady Caterham, zu treten.«
Diese entsetzliche Aussicht warf Bündel vollends um. Sie konnte Lomax nur hilflos anstarren. Sein Haupteinwand gegen Frauen war der, daß sie zuviel redeten. Nur selten fand er unter ihnen das, was er eine gute Zuhörerin nannte. Milde lächelte er Bündel an.
»Der Schmetterling, der aus der Raupe schlüpft! Ein wundervolles Bild! Ich besitze ein sehr interessantes Werk über politische und wirtschaftliche Zusammenhänge. Ich werde es Ihnen jetzt heraussuchen. Sie nehmen es nach *Chimneys* mit, und wenn Sie es gelesen haben, werden wir uns darüber unterhalten. Zögern Sie nicht, mir zu schreiben, sollten irgendwelche Fragen auftauchen. Zwar habe ich viele öffentliche Verpflichtungen, aber trotz meiner vielen Arbeit finde ich immer Zeit für die Sorgen meiner Freunde. Und jetzt werde ich das Buch holen.«

Er stand auf und ging. Wie betäubt starrte Bündel ihm nach. Erst Bills plötzliches Auftauchen schreckte sie aus ihren Gedanken.
»Hör mal«, rief Bill, »was, zum Teufel, hat der alte Codders deine Hand zu halten?«
»Es war gar nicht meine Hand. Es war mein suchender Geist«, erwiderte Bündel wütend.
»Sei nicht albern, Bündel.«
»Entschuldige, Bill, aber ich bin ein bißchen beunruhigt. Erinnerst du dich, als du sagtest, es sei für Jimmy ein großes Risiko herzukommen?«
»Das stimmt auch. Codders zu entwischen, wenn er sich erst für einen interessiert, ist nämlich äußerst schwierig. Er wickelt Jimmy um den Finger, bevor er es merkt.«
»Nicht Jimmy hat's erwischt – sondern mich! Ich werde die entsetzliche Mrs. Macatta treffen, ein Buch über politische und wirtschaftliche Zusammenhänge lesen und anschließend mit George darüber diskutieren müssen! Weiß der Himmel, wo das enden wird.«
Bill pfiff durch die Zähne. »Arme Bündel! Hast ein bißchen dick aufgetragen, was?«
»Muß ich wohl. Ach, Bill, ich zapple am Haken.«
»Mach dir nichts draus!« tröstete Bill. »In Wirklichkeit hält George nicht viel davon, wenn Frauen fürs Parlament kandidieren. Du brauchst also nicht auf irgendwelche Rednertribünen zu klettern und einen Haufen Unsinn zu reden oder in Vermondsey Babys zu küssen. Komm, trinken wir einen Cocktail! Es ist gleich Lunchzeit.«
Bündel stand auf und ging gehorsam an seiner Seite ins Haus.
»Und dabei hasse ich Politik doch so!« murmelte sie kläglich.
»Natürlich! Alle vernünftigen Leute tun das. Nur Typen wie Codders oder Pongo nehmen sie ernst und schwelgen in ihr. Aber trotzdem«, sagte Bill und kehrte plötzlich zu einem früheren Gesprächspunkt zurück, »du solltest Codders nicht erlauben, deine Hand zu halten.«
»Warum denn nicht? Schließlich kennt er mich, seit ich im Wickelkissen gesteckt habe.«
»Ich mag es eben nicht.«
»Mein tugendsamer William – ach, sieh mal, was Battle da treibt!«

Sie waren gerade durch eine Seitentür ins Haus getreten. Eine schrankartige Kammer ging hier von einem kleinen Seitenkorridor ab. Golf- und Tennisschläger, Kricketbälle und andere Gegenstände zur sportlichen Betätigung lagen darin. Superintendent Battle unterzog eben einige Golfschläger einer genauen Prüfung. Bei Bündels Ausruf sah er etwas dümmlich auf.
»Wollen Sie Golf spielen lernen, Superintendent Battle?«
»Das wäre nicht das schlechteste, Lady Eileen. Es soll ja nie zu spät zum Lernen sein. Ich besitze eine gute Eigenschaft, die bei jedem Spiel zählt.«
»Und die wäre?« fragte Bill.
»Ich weiß nicht, wann ich geschlagen bin. Wenn alles schiefgelaufen ist, stelle ich mich hin und fange wieder vor vorn an.«

25

Jimmy Thesiger war niedergeschlagen. Um George Lomax zu entgehen, der ihn sicherlich nur in ein heikles Gespräch über ein ernsthaftes Thema verwickeln würde, stahl er sich nach dem Mittagessen davon. Wenn er auch glaubte, über die Grenzstreitigkeiten von Santa Fé genau Bescheid zu wissen, so hatte er doch keine Lust, gerade jetzt darüber ausgefragt zu werden.
Was er im stillen gehofft hatte, traf tatsächlich ein. Loraine Wade kam allein, ohne Begleitung, einen schattigen Gartenweg entlanggeschlendert. Sofort war Jimmy an ihrer Seite. Schweigend gingen sie ein paar Minuten nebeneinanderher, dann sagte Jimmy zaghaft: »Loraine?«
»Ja?«
»Hör mal, ich bin in solchen Dingen nicht sehr wortgewandt – kurz und gut: Wie wär's, wenn wir uns die Papiere besorgten und heirateten ...«
Loraine verriet keine Überraschung über diesen ungewöhnlichen Heiratsantrag. Sie warf nur den Kopf zurück und lachte herzlich.
»Lach nicht!« sagte Jimmy vorwurfsvoll.
»Ich kann nichts dafür, du warst so komisch!«
»Loraine – du bist eine kleine Teufelin!«
»Stimmt nicht. Ich bin das, was man ein reizendes und ent-

zückendes Mädchen nennt.«
»Nur für Leute, die dich nicht kennen – die sich von deinem schönen Äußeren, deiner Gefügigkeit und deinen guten Umgangsformen blenden lassen.«
»Hübsch, wie du das sagst!«
»Loraine, Liebling – willst du mich heiraten?«
Loraine wurde ernst. Ihr Gesicht nahm den für sie so charakteristischen entschlossenen Ausdruck an. »Nein, Jimmy, nicht, während die Dinge noch so ... so im Fluß sind.«
»Ich weiß, wir haben nicht erreicht, was wir uns vorgenommen hatten. Trotzdem – nun, es ist einfach ein Kapitelende. Die Papiere sind im Luftfahrtministerium und in Sicherheit. Die Gerechtigkeit hat gesiegt. Im Augenblick können wir nichts tun.«
»Also – heiraten wir?« fragte Loraine lächelnd.
»Du sagst es. Das war genau mein Gedanke!«
Loraine schüttelte den Kopf. »Nein, Jimmy, bis die Sache nicht zu Ende ist – bis wir nicht in Sicherheit ...«
»Glaubst du, daß uns Gefahr droht?«
»Du nicht?«
Jimmys engelhaftes rosiges Gesicht verdüsterte sich. »Du hast recht. Wenn Bündels phantastische Geschichte wahr ist, dann sind wir erst sicher, wenn wir Nummer sieben haben.«
»Und die andern?«
»Nein – die zählen nicht. Nummer sieben mit seinen eigenwilligen Arbeitsmethoden macht mir Sorge. Weil ich nicht weiß, wo und wer er ist.«
Loraine schauderte. »Ich habe Angst. Seit Gerrys Tod ...«
»Es gibt nichts, wovor du Angst haben müßtest! Überlaß nur alles mir! Ich sage dir, Loraine, ich kriege diese Nummer sieben! Und wenn wir ihn erst mal haben – na, dann macht uns der Rest der Bande auch nicht mehr viel zu schaffen, wer immer es auch ist.«
»*Wenn* du ihn kriegst! Angenommen, er kriegt dich?«
»Unmöglich«, erwiderte Jimmy heiter. »Ich bin viel zu clever. Denke immer gut von dir – das ist meine Devise!«
»Wenn ich mir vorstelle, was letzte Nacht alles hätte passieren können ...« Loraine zitterte.
»Nun, es ist ja nichts geschehen! Wir sind beide hier, gesund und wohlbehalten – obwohl ich zugeben muß, daß mein Arm

ganz schön weh tut.«
»Armer Junge!«
»Für eine gute Sache muß man eben leiden. Und mit meiner Verletzung und meiner reizenden Unterhaltung habe ich Lady Coote vollkommen erobert.«
»Glaubst du, daß das so wichtig ist?«
»Es könnte sich vielleicht als ganz nützlich erweisen.«
»Was hast du vor?«
»Der jugendliche Held verrät seine Pläne niemals«, sagte Jimmy fest. »Sie reifen im verborgenen.«
»Du bist ein Idiot, Jimmy!«
»Ich weiß, ich weiß! Das behaupten alle. Aber ich sage dir, Loraine, unter der Oberfläche tut sich allerhand Gedankenarbeit. Und was ist mit dir? Was hast du vor?«
»Bündel meint, ich solle ein paar Tage mit ihr nach *Chimneys* kommen.«
»Ausgezeichnet. Das klügste, was du tun kannst. Bündel sollte man sowieso im Auge behalten. Man weiß nie, was für verrückte Dinge sie im nächsten Moment tut. Sie ist so erschreckend unberechenbar. Und was das schlimmste ist, sie ist so unerhört erfolgreich! Ich kann dir sagen, Bündel aus Schwierigkeiten rauszuhalten, ist ein Ganztagsjob.«
»Bill sollte sich um sie kümmern«, schlug Loraine vor.
»Bill ist schon anderweitig engagiert.«
»Glaub doch das nicht!«
»Was? Nicht die Gräfin? Aber er ist doch ganz verrückt nach ihr.«
Wieder schüttelte Loraine den Kopf. »Zwischen den beiden spielt sich was ab, das ich nicht ganz verstehe, aber es ist nicht die Gräfin, die Bill interessiert, sondern Bündel. Heute morgen unterhielt ich mich gerade mit Bill, als Mr. Lomax in den Garten marschierte und sich neben Bündel setzte. Er nahm ihre Hand, und Bill ging los wie . . . wie eine Rakete!«
»Was für merkwürdige Leute es gibt«, sagte Mr. Thesiger. »Unvorstellbar, daß man seine Gedanken woanders hat, wenn man sich mit dir unterhält. Aber du überraschst mich sehr, Loraine. Ich dachte, unser einfältiger Bill sei mit fliegenden Fahnen in die Arme der schönen Abenteuerin übergelaufen. Bündel glaubt es auch.«

»Möglich. Aber ich sage dir, Jimmy, es stimmt nicht!«
»Was steckt denn dann dahinter?«
»Glaubst du nicht, Bill könnte auf eigene Faust ein bißchen herumschnüffeln?«
»Bill? Er hat nicht Köpfchen genug.«
»Ich bin nicht so sicher. Wenn so ein gradliniger Muskeltyp wie Bill den Gerissenen spielt, glaubt ihm kein Mensch.«
»Und infolgedessen hat er freie Hand und erreicht mehr als andere. Ja, da ist was dran! Trotzdem hätte ich es bei Bill nie vermutet. Er spielt das Schoßhündchen der Gräfin so perfekt! Hier irrst du dich, Loraine! Die Gräfin ist eine außerordentlich schöne Frau – natürlich nicht mein Typ«, fügte er hastig hinzu, »und der alte Bill hatte schon immer ein Herz wie ein Bienenhaus.«
Loraine war nicht überzeugt. Jimmy sah es ihr an.
»Nun«, sagte er, »denk, was du willst! Jedenfalls sind wir uns über die Sache mehr oder weniger einig. Du fährst mit Bündel nach *Chimneys* und hältst sie um Gottes willen davon ab, noch einmal ihre Nase in diesen *Seven Dials Club* zu stecken. Der Himmel weiß, was passiert, wenn sie es wieder tut.«
Loraine nickte.
»Und jetzt«, sagte Jimmy, »wären ein paar Worte mit Lady Coote ratsam.«
Lady Coote saß auf einer Gartenbank und arbeitete an einer Wollstickerei, die eine unglückliche, weinend über eine Urne gebeugte junge Frau darstellte. Sie rückte sofort zur Seite, um Jimmy Platz zu machen, und Jimmy, ein wohlerzogener junger Mann, bewunderte augenblicklich ihr Werk.
»Es gefällt Ihnen?« rief Lady Coote entzückt. »Meine Tante Selina hat es angefangen, eine Woche bevor sie starb. Leberkrebs, die Arme.«
»Wie scheußlich.«
»Was macht die Schußwunde?«
»Es geht. Ein bißchen lästig, das ist alles.«
»Sie müssen vorsichtig sein«, sagte Lady Coote in warnendem Ton. »Bei so etwas haben schon Blutvergiftungen eingesetzt – da könnten Sie Ihren ganzen Arm einbüßen!«
»Was! Das hoffe ich nicht!«
»Ich warne Sie ja auch nur.«

»Wo wohnen Sie eigentlich im Augenblick?« erkundigte sich Mr. Thesiger. »In der Stadt oder auf dem Land?«
Wenn man bedachte, daß er die Antwort sehr wohl kannte, stellte er die Frage mit bewundernswerter Unschuld.
Lady Coote seufzte tief. »Sir Oswald hat Herzog Altons Haus gemietet. *Letherbury*. Kennen Sie es zufällig?«
»Ja, ziemlich gut sogar. Spitze, nicht wahr?«
»Ach, ich weiß nicht. Ein bißchen groß und düster. Reihenweise Bilder von entsetzlich aussehenden Leuten. Die sogenannten alten Meister finde ich bedrückend. Sie hätten unser kleines Haus in Yorkshire sehen sollen, Mr. Thesiger, als Sir Oswald noch ein gewöhnlicher Mr. Coote war. So eine hübsche Halle und so ein gemütliches Wohnzimmer! Mit einer Kaminecke. Es war weiß gestreift tapeziert, mit einem Fries aus Glyzinien. Ich hatte das Dessin selbst ausgesucht. Satinstreifen, wissen Sie, nicht Moiré. Viel geschmackvoller. Das Eßzimmer lag nach Nordosten, nicht sehr sonnig, aber ich hatte es scharlachrot tapezieren lassen und hängte lustige Jagdstiche auf – ach, es war so schön wie Weihnachten.«
Bei diesen Erinnerungen ließ Lady Coote vor Aufregung mehrere kleine Wollknäuel fallen, die Jimmy beflissen aufhob.
»Danke Ihnen, mein Lieber«, sagte Lady Coote. »Wo waren wir stehengeblieben? Ach ja, bei den Häusern, ich mag gemütliche Häuser. Wo man sich die Einrichtung selbst aussuchen kann.«
»Sicherlich wird Sir Oswald bald ein eigenes Haus kaufen«, vermutete Jimmy. »Dann können Sie es so einrichten, wie Sie wollen.«
Lady Coote schüttelte traurig den Kopf. »Sir Oswald möchte, daß es ein Innenarchitekt macht. Sie können sich vorstellen, was das bedeutet!«
»Oh! Aber man wird Sie zu Rate ziehen!«
»Es wird ein sehr feines Haus werden – ganz antik. Über die Dinge, die ich gemütlich und heimelig finde, rümpfen solche Leute die Nase. Nicht, daß sich Sir Oswald nicht immer zu Hause sehr wohl gefühlt hätte – ich möchte sogar behaupten, daß er insgeheim genauso empfindet wie ich –, aber heute ist das Beste gerade gut genug für ihn. Er hat es phantastisch weit gebracht und möchte es natürlich auch zeigen. Aber wie oft habe ich mich schon gefragt, wohin das noch führen soll.«

Jimmy sah sie mitfühlend an.
»Es ist dasselbe wie mit einem scheugewordenen Gaul«, fuhr Lady Coote fort. »Sir Oswald rennt weiter und weiter, bis er eines Tages nicht mehr bremsen kann. Er gehört zu den reichsten Männern Englands – aber ist er damit zufrieden? Nein, er will noch mehr! Er möchte – ach, ich weiß nicht, was er noch sein möchte. Ich sage Ihnen, manchmal erschreckt mich das richtig.«
»Wie dieser Bursche aus Persien«, sagte Jimmy, »der immer noch mehr Welten erobern wollte.«
Lady Coote nickte zustimmend, ohne zu wissen, von wem er sprach.
»Und wird sein Magen die Strapazen aushalten?« fuhr Lady Coote mit Tränen in den Augen fort. »Er – ein Invalide – bei seinen Plänen – oh, ich kann es nicht ertragen, daran auch nur zu denken!«
»Aber er sieht doch sehr gesund aus«, meinte Jimmy tröstend.
»Ihn beschäftigt etwas«, sagte Lady Coote. »Er ist über irgend etwas beunruhigt!«
»Worüber denn?«
»Das weiß ich nicht. Vielleicht hat es mit der Firma zu tun. Ein Segen, daß er Mr. Bateman hat. So ein gewissenhafter junger Mann – und so verantwortungsbewußt.«
»Unglaublich verantwortungsbewußt.«
»Sir Oswald gibt viel auf sein Urteil. Er sagt, daß Mr. Bateman immer recht hat.«
»Das war schon vor Jahren eine seiner miesesten Eigenschaften«, bemerkte Jimmy grimmig.
Lady Coote wirkte etwas verwirrt.
»Es war ein so herrliches Wochenende, das wir letzthin bei Ihnen in *Chimneys* verbringen durften«, schwärmte Jimmy. »Ich meine, es wäre herrlich gewesen, wenn der arme Gerry nicht seinen Geist aufgegeben hätte. Wirklich reizende Mädchen.«
»Ich finde Mädchen heute sehr überraschend«, meinte Lady Coote. »Nicht mehr romantisch, wissen Sie. Ich habe noch mit meinen eigenen Haaren ein Taschentuch umhäkelt, als ich mich mit Sir Oswald verlobte.«
»Tatsächlich? Wie schön! Aber ich fürchte, jetzt haben die Mäd-

chen zu kurze Haare.«
»Das stimmt. Doch es äußert sich auch in anderen Dingen. Ich erinnere mich an meine Mädchenzeit, als eines Tages einer meiner . . . nun . . . Verehrer einmal eine Handvoll Kies aufhob und eine Freundin bemerkte, daß er dies bestimmt nur tue, weil ich darübergegangen sei. So eine nette Idee, dachte ich. Obwohl es sich hinterher herausstellte, daß er an einer technischen Hochschule Mineralogie – oder heißt es Geologie? – studierte. Ich fand den Einfall hübsch – wie einem Mädchen das Taschentuch stehlen und aufbewahren und ähnliches.«
»Peinlich, wenn sich das Mädchen die Nase putzen will«, antwortete der praktisch denkende Mr. Thesiger.
Lady Coote legte ihre Handarbeit nieder und sah ihn fragend, doch freundlich an. »Gestehen Sie schon, gibt es in Ihrem Leben kein nettes Mädchen, das Sie verehren? Für die Sie gern arbeiten und der Sie gern ein Heim bieten würden?«
Jimmy errötete und murmelte etwas Unverständliches.
»Ich dachte, Sie seien in *Chimneys* mit Vera Daventry ganz gut zurechtgekommen.«
»Mit Socks?«
»So wird sie genannt. Obwohl ich nicht begreife, warum. Es ist nicht hübsch.«
»Sie ist Spitzenklasse. Ich würde sie gern wiedersehen.«
»Nächstes Wochenende besucht sie uns.«
»Ja, wirklich?« Jimmy bemühte sich, möglichst viel Sehnsucht in seine Stimme zu legen.
»Würden Sie . . . würden Sie auch gern kommen?«
»Sehr gern«, antwortete Jimmy herzlich. »Vielen Dank, Lady Coote.« Und mit wiederholten herzlichen Dankesbezeugungen verabschiedete er sich.
Sofort tauchte Sir Oswald an der Seite seiner Frau auf. »Womit hat dich dieser Grünschnabel denn gelangweilt?« fragte er. »Ich kann den Kerl nicht ausstehen.«
»Er ist ein netter Junge«, verteidigte ihn Lady Coote. »Und so tapfer. Bedenke nur, wie er letzte Nacht verletzt wurde!«
»Ja, weil er seine Nase in Dinge steckt, die ihn nichts angehen.«
»Du bist sehr unfair, Oswald!«
»Hat noch nie einen Tag in seinem Leben anständig gearbeitet.

Ein Taugenichts. Der würde es nie zu was bringen, wenn er von unten anfangen müßte.«
»Du mußt dir heute nacht nasse Füße geholt haben. Hoffentlich kriegst du keine Lungenentzündung. Kürzlich ist Freddie Richards daran gestorben. Mein Gott, Oswald, mir jagt es jetzt noch einen Schauer über den Rücken, wenn ich daran denke, daß du im Garten warst, während ein Einbrecher dort frei herumlief. Er hätte dich erschießen können. Übrigens habe ich Mr. Thesiger fürs nächste Wochenende eingeladen.«
»Der junge Mann kommt mir nicht über die Schwelle, verstanden, Maria?«
»Warum?«
»Das ist meine Sache.«
»Tut mir leid, Liebling«, antwortete Lady Coote munter. »Ich habe ihn bereits eingeladen, das kann man nicht mehr rückgängig machen. Würdest du bitte das rosa Wollknäuel aufheben?«
Mit zornrotem Gesicht kam Sir Oswald der Bitte nach. Er sah seine Frau an und zögerte. Lady Coote fädelte friedlich den Faden wieder ein.
»Gerade am nächsten Wochenende möchte ich Thesiger nicht treffen«, sagte er schließlich. »Ich habe von Bateman einiges über ihn gehört. Er war mit ihm zusammen in der Schule.«
»Was erzählte Mr. Bateman denn?«
»Nichts Gutes. Er hat mich sogar ausdrücklich vor ihm gewarnt.«
»Ach tatsächlich?« rief Lady Coote nachdenklich.
»Vor Batemans Urteil hege ich den größten Respekt. Ich kann mich nicht erinnern, daß er sich je irrte.«
»Mein Gott, was habe ich da bloß angestellt! Natürlich würde ich ihn niemals eingeladen haben, wenn ich das geahnt hätte. Warum hast du es mir nicht früher gesagt, Oswald? Jetzt ist es zu spät.«
Sie begann, sorgfältig ihre Handarbeit zusammenzulegen. Sir Oswald beobachtete sie dabei, wollte etwas sagen und zuckte mit den Schultern. Er folgte ihr ins Haus. Mit einem leichten Lächeln auf den Lippen ging Lady Coote voraus. Sie liebte ihren Mann, aber sie liebte es auch – auf eine stille, unauffällige, ganz weibliche Weise – ihren Willen durchzusetzen.

26

»Deine Freundin ist ein reizendes Mädchen, Bündel«, sagte Lord Caterham.

Schon seit fast einer Woche war Loraine in *Chimneys*. Die hohe Meinung ihres Gastgebers war hauptsächlich entstanden, weil sie sich mit charmanter Bereitwilligkeit in der Wissenschaft der kürzeren Golfschläge unterweisen ließ.

Nach dem langweiligen Winter auf dem Festland hatte Lord Caterham angefangen, Golf zu spielen. Er war ein unmöglicher Spieler und liebte diesen Sport daher um so enthusiastischer. Die meisten Vormittage verbrachte er damit, mit dem Mashie zu üben und den Ball über Büsche und Sträucher zu schlagen – oder es zumindest zu versuchen, wobei er riesige Löcher in den samtigen Rasen hackte und damit MacDonald zur Verzweiflung brachte.

»Wir müssen einen kleinen Platz anlegen«, sagte Lord Caterham zu einem Gänseblümchen. »Einen hübschen kleinen Platz. Aufgepaßt, Bündel. Das rechte Knie gebeugt, langsam ausholen, den Kopf ruhig halten und dann los, aus dem Handgelenk.«

Der Ball sauste über den Rasen und verschwand in den Tiefen eines Rhododendrongebüschs.

»Merkwürdig«, meinte Lord Caterham, »was habe ich denn falsch gemacht? Also, wie gesagt, Bündel, deine Freundin ist ein reizendes Mädchen. Ich glaube wirklich, daß ich ihr Interesse für Golf geweckt habe. Heute hat sie ein paar prächtige Schläge gemacht – wirklich, ich könnte es fast nicht besser!«

Wieder holte Lord Caterham sorglos aus und riß mit seinem Schläger ein großes Stück Rasen los. MacDonald, der gerade vorbeikam, stampfte es wieder fest. Der Blick, mit dem er Lord Caterham bedachte, hätte jeden, außer einem passionierten Golfspieler, in die Erde versinken lassen.

»Wenn MacDonald die Cootes wirklich zu streng behandelt hat, was ich nicht bezweifle«, meinte Bündel, »wird er jetzt dafür bestraft.«

»Warum kann ich auf meinem eigenen Grund und Boden nicht tun, was ich will? MacDonald sollte sich lieber für die Fortschritte, die meine Spielweise macht, interessieren – die Schotten sind eine große Golfspielernation!«

»Du Ärmster. Aus dir wird nie ein großer Golfspieler, aber so machst du wenigstens keine Dummheiten.«
»Das stimmt nicht. Kürzlich habe ich das sechste Loch mit fünf Schlägen geschafft. Die Profis haben ganz schön gestaunt.«
»Was du nicht sagst.«
»Übrigens, Sir Oswald spielt sehr gut, wirklich. Sehr fair. Kein besonderer Stil – zu steif. Und immer direkt aufs Loch zu. Doch ist es nicht komisch? Selbst beim Golf zeigt sich der Pferdefuß – er schenkt einem nicht den kleinsten Putt. Man muß jedesmal einputten. Also, das mag ich nicht.«
»Offenbar ist er ein Mann, der sichergehen will«, meinte Bündel.
»Aber das ist gegen den Geist des Spiels. Und für die Theorie interessiert er sich auch nicht. Sagt, daß er nur zum Spaß spielt und ihn der Stil nicht schert. Sein Sekretär, dieser Bateman, ist da ganz anders. Den beschäftigt hauptsächlich die Theorie. Als ich mal den Ball nach rechts verschlug, sagte er, daß ich zuviel Schwung in meinen rechten Arm lege. Er entwickelte eine eindrucksvolle Theorie. Beim Golf kommt alles auf den linken Arm an – nur der linke Arm zählt. Er sagt, er spielt auch Tennis linkshändig und Golf mit Standardschlägern, weil das seine Überlegenheit mit dem linken Arm verrät.«
»Und ist er denn wirklich einsame Klasse?«
»Nein«, bekannte Lord Caterham. »Vielleicht war er nicht in Form. Ich finde, da ist schon allerhand dran, an der Theorie. Ah! Hast du den gesehen, Bündel? Direkt über die Rhododendronbüsche. Ein perfekter Schlag. Wenn einem so was doch immer gelänge ... Ja, Tredwell, was ist?«
Tredwell wandte sich an Bündel: »Mr. Thesiger möchte Sie am Telefon sprechen, Mylady.«
Bündel rannte zum Haus, wobei sie laut »Loraine, Loraine!« rief. Gerade als sie den Hörer ergriff, erschien Loraine. »Hallo, sind Sie's, Jimmy?«
»Hallo! Wie geht's?«
»Sehr gut, nur ein bißchen langweilig.«
»Wie geht es Loraine?«
»Auch gut. Sie ist hier. Wollen Sie sie sprechen?«
»Einen Augenblick. Ich muß Ihnen viel erzählen. Als erstes: am Wochenende bin ich bei den Cootes eingeladen. Sagen Sie, Bün-

del, Sie wissen nicht zufällig, wie man an Dietriche herankommt?«
»Keinen Schimmer. Ist es denn wirklich nötig, daß Sie einen Dietrich zu den Cootes mitnehmen?«
»Ich habe so die Idee, daß ich einen brauchen könnte. Sie kennen keinen Laden, wo man so was kriegt?«
»Was Sie brauchen, ist ein freundlicher Einbrecher, der Sie in diese Künste einweiht.«
»Stimmt, Bündel. Unglücklicherweise kenne ich keinen. Ich dachte, Sie könnten dieses Problem vielleicht lösen. Ich fürchte, ich muß mich wie gewöhnlich an Stevens halten. Allmählich wird er sich so seine Gedanken über mich machen – erst eine Automatik und jetzt Dietriche. Er wird glauben, ich sei unter die Verbrecher gefallen.«
»Jimmy?« fragte Bündel.
»Ja?«
»Hören Sie! Seien Sie vorsichtig, ja? Wenn Sir Oswald entdeckt, daß Sie mit einem Dietrich in seinem Haus herumschnüffeln – der kann ganz schön ekelhaft werden . . .«
»Angenehmer junger Mann auf der Anklagebank, was? In Ordnung, ich werde aufpassen. Eigentlich ist es viel mehr Pongo, vor dem ich Angst habe. Wie er auf seinen Plattfüßen herumschleicht! Man hört ihn nie kommen. Und er hatte schon immer eine Begabung, seine Nase in Sachen zu stecken, die ihn nichts angingen. Aber haben Sie Vertrauen zu dem jungen Helden!«
»Ich wünschte, Loraine und ich könnten auch kommen und auf Sie aufpassen.«
»Danke. Ich habe schon einen Plan.«
»Ja?«
»Könnten Sie und Loraine morgen vormittag eine nette passende Autopanne in der Nähe von *Letherbury* haben? Es ist nicht sehr weit von Ihnen entfernt, nicht wahr?«
»Vierzig Meilen. Ein Katzensprung.«
»Das dachte ich mir. Aber bringen Sie Loraine nicht um! Ich mag sie sehr gerne. Schön – dann bis morgen gegen halb eins.«
»Damit sie uns zum Mittagessen einladen?«
»Genau. Übrigens, Bündel, gestern traf ich zufällig dieses Mäd-

chen, Socks, und was glauben Sie, hat sie mir erzählt? Terence O'Rourke wird auch kommen!«
»Jimmy, meinen Sie ...«
»Nun ... mißtraue jedem ... Sie wissen schon! Er ist ein wilder Junge, ein Abenteurertyp. Ich würde mich nicht wundern, wenn er einen Geheimbund leitete. Er und die Gräfin könnten unter einer Decke stecken. Letztes Jahr war er in Ungarn.«
»Er könnte die Papiere doch jederzeit stehlen.«
»Eben nicht. Er muß es unter Umständen tun, die ihn nicht verdächtig machen. Über den Efeu zurück ins eigene Bett verschwinden – nun, das wäre doch ganz hübsch. Jetzt zu den Einzelheiten: Nach ein paar höflichen Worten zu Lady Coote müssen Sie und Loraine Pongo und O'Rourke auf Biegen und Brechen bis zum Mittagessen festhalten. Verstehen Sie? Was allerdings für so hübsche Mädchen wie Sie beide nicht schwierig sein dürfte.«
»Sie schmieren uns Honig ums Maul!«
»Eine schlichte Feststellung von Tatsachen.«
»Wie dem auch sei, Ihre Anweisungen sind notiert. Wollen Sie jetzt Loraine sprechen?« Bündel reichte ihr den Hörer und verließ taktvoll das Zimmer.

27

Jimmy Thesiger traf an einem sonnigen Herbstnachmittag in *Letherbury* ein und wurde von Lady Coote sehr herzlich, von Sir Oswald mit eisiger Ablehnung begrüßt. Da er wußte, daß Lady Cootes wachsames Auge auf ihm ruhte, gab Jimmy sich alle Mühe, Socks Daventry zu gefallen.
O'Rourke war glänzender Laune. Er wollte sich über die geheimnisvollen Geschehnisse in *Wyvern Abbey* mehr oder weniger ausschweigen oder die offizielle Version erzählen, aber Socks nahm ihn unbarmherzig ins Gebet. In seiner Sorge, zuviel zu verraten, erhielt sein Bericht einen fast romanhaften Charakter. Er schmückte ihn so aus, daß am Schluß niemand wußte, wo die Wahrheit aufhörte und das Märchen begann.
»Vier maskierte Männer mit Revolvern? Stimmt das wirklich?« fragte Socks.

»Ach – jetzt erinnere ich mich, es war etwa ein halbes Dutzend. Sie hielten mich fest und flößten mir was ein. Natürlich dachte ich, es sei Gift und mein letztes Stündlein habe geschlagen.«
»Und was wurde gestohlen, oder was versuchten die Verbrecher zu stehlen?«
»Natürlich die Kronjuwelen von Rußland, die man Mr. Lomax heimlich übergeben hatte, damit er sie bei der Bank von England hinterlege.«
»Was für ein verdammter Lügner Sie sind«, sagte Socks ohne alle Empörung.
»Ich? Ein Lügner? Die Kronjuwelen wurden mit einem Flugzeug herübergeflogen, mein bester Freund war der Pilot. Ein ganz großes Geheimnis, das ich Ihnen erzähle, Socks. Fragen Sie Jimmy Thesiger, wenn Sie mir nicht trauen! Nicht daß ich ihm ein Wort glauben würde!«
»Stimmt es«, fragte Socks weiter, »daß George Lomax ohne sein Gebiß herunterkam? Das würde mich interessieren.«
»Es waren zwei Revolver, häßliche kleine Dinger«, sagte Lady Coote. »Ich habe sie selbst gesehen. Ein Wunder, daß der arme Junge nicht getötet wurde.«
»Ach, ich wurde geboren, um gehängt zu werden!« sagte Jimmy.
»Ich habe erfahren, daß eine russische Gräfin von subtiler Schönheit auch da war«, sagte Socks. »Sie hat Bill im Sturm erobert.«
»Was sie von Budapest erzählte, war zum Teil wirklich entsetzlich«, erinnerte sich Lady Coote. »Ich werde es nie vergessen. Oswald, wir müssen eine Spende schicken!«
Sir Oswald brummte.
»Ich werde ihn erinnern, Lady Coote«, sagte Rupert Bateman.
»Danke Ihnen, Mr. Bateman. Ich finde, man muß so eine Art Dankopfer bringen – ich begreife nicht, wie es Sir Oswald gelang, der Schießerei zu entkommen –, ganz abgesehen davon, daß er an Lungenentzündung hätte sterben können.«
»Sei nicht albern, Maria«, sagte Sir Oswald.
»Ich habe mich schon immer vor Einbrechern gefürchtet«, rief Lady Coote.
»Wenn man bedenkt, daß man einem von Angesicht zu Angesicht gegenübersteht! Wie aufregend!« murmelte Socks.

»Glauben Sie nur das nicht«, antwortete Jimmy. »Es ist verdammt schmerzhaft.« Und er beklopfte leicht seinen rechten Arm.
»Wie geht es denn dem armen Arm?« erkundigte sich Lady Coote.
»Ach, jetzt ganz gut. Aber es war äußerst lästig, alles mit der linken Hand tun zu müssen. Ich war da nie sehr gut.«
»Alle Kinder sollten ambidexter erzogen werden«, warf Sir Oswald ein.
»Oh!« sagte Socks ehrfürchtig. »Wie die Robben.«
»Sie verwechseln das mit Amphibien«, stellte Mr. Bateman fest. »Ambidexter heißt beidhändig.«
»Ach!« rief Socks und sah Sir Oswald respektvoll an. »Und Sie können das?«
»Jawohl. Ich schreibe mit jeder Hand.«
»Aber nicht mit beiden auf einmal?«
»Das wäre nicht praktisch«, erwiderte Sir Oswald kurz.
»Nein«, meinte Socks nachdenklich, »ich glaube, das wäre ein bißchen zu subtil.«
»Für die Ministerien wäre das eine große Sache«, meinte O'Rourke, »wenn die rechte Hand nicht erführe, was die linke tut.«
»Sind Sie mit beiden Händen gleich gut?«
»Nein, absolut nicht. Ich bin der größte Rechtshänder der Geschichte.«
»Aber Sie geben die Karten mit der linken«, bemerkte der aufmerksame Bateman. »Das fiel mir neulich auf.«
»Das ist etwas ganz anderes«, meinte O'Rourke leichthin.
Ein feierlicher dunkel tönender Gong erklang, und alle gingen nach oben, um sich zum Essen umzuziehen.
Später spielten Sir Oswald und Lady Coote, Mr. Bateman und Mr. O'Rourke Bridge, und Jimmy flirtete mit Socks. Die letzten Worte, die Jimmy hörte, als er nach oben ging, um sich schlafen zu legen, stammten von Sir Oswald.
»Du wirst nie eine ordentliche Bridgespielerin, Maria!« sagte er zu einer Frau.
»Ich weiß, Liebling. Das sagst du immer. Du schuldest Mr. O'Rourke noch ein Pfund, ich hab's nachgerechnet!«
Etwa zwei Stunden später schlich Jimmy geräuschlos – wie er

hoffte – die Treppe hinunter. Er blickte kurz ins Eßzimmer und ging dann zu Sir Oswalds Arbeitszimmer. Nachdem er ein oder zwei Minuten gelauscht hatte, machte er sich an die Arbeit. Die meisten Schreibtischschubladen waren verschlossen, aber ein seltsam geformtes Stück Draht in Jimmys Hand schuf Abhilfe. Eine nach der anderen gaben sie nach.

Methodisch durchsuchte er jede einzelne und achtete dabei darauf, daß er alles wieder an den richtigen Platz zurücklegte. Ein paarmal hielt er inne und lauschte, weil er dachte, ein fernes Geräusch gehört zu haben. Aber er blieb ungestört.

Er war mit der letzten Schublade fertig. Jimmy wußte jetzt – oder hätte sie wissen können, wenn er aufmerksam gewesen wäre – viele interessante Details über Stahl. Doch er hatte nicht gefunden, was er suchte – einen Hinweis auf Herrn Eberhards Erfindung oder irgend etwas, das ihm die Identität des geheimnisvollen Nummer sieben verriet. Es war nur eine Gelegenheit gewesen – und Jimmy hatte sie genutzt –, aber er hatte keine großen Hoffnungen gehegt, sondern nur auf den Zufall gebaut.

Er rüttelte an den Schubladen, um sich zu vergewissern, daß er sie ordentlich abgeschlossen hatte, denn er kannte Rupert Batemans unglaubliche Beobachtungsgabe. Er sah sich noch einmal im Raum um, ob er auch keine verdächtigen Spuren hinterlassen hatte.

Er verließ das Arbeitszimmer und schloß die Tür hinter sich. Einen Augenblick lang bildete er sich ein, ganz nahe ein Geräusch gehört zu haben, aber es war offensichtlich ein Irrtum. Leise tastete er sich durch die Halle. Durch die hohen Fenster drang gerade so viel Licht, daß er nicht stolperte.

Wieder hörte er ein schwaches Geräusch. Kein Zweifel, er war nicht allein. Sein Herz schlug plötzlich sehr schnell. Mit einem Satz war er beim Schalter und machte Licht. Bei der plötzlichen Helligkeit mußte er blinzeln – trotzdem sah er genug. Keine paar Schritte entfernt stand Rupert Bateman.

»Mein Gott, Pongo!« rief Jimmy. »Hast du mich erschreckt! So in der Dunkelheit herumzuschleichen!«

»Ich habe ein Geräusch gehört«, erklärte Mr. Bateman ernst. »Ich glaubte, es seien Einbrecher, und kam herunter.«

Versonnen betrachtete Jimmy Batemans Gummisohlen. »Du denkst auch an alles, Pongo. Sogar an eine Waffe.« Sein Blick

schweifte zu Pongos ausgebeulter Tasche.
»Immer gut, wenn man bewaffnet ist.«
»Bin ich froh, daß du nicht geschossen hast. Ich habe es nämlich satt, angeschossen zu werden.«
»Das hätte leicht passieren können.«
»Es wäre total gegen das Gesetz gewesen. Man hat sich genau davon zu überzeugen, daß tatsächlich Einbrecher am Werke sind, bevor man auf jemanden schießt. Nur keine vorschnellen Schlüsse ziehen! Sonst müßtest du erklären, wieso du einen Gast bei einem harmlosen Unternehmen niedergeschossen hast.«
»Übrigens, weswegen bist du heruntergekommen?«
»Ich hatte Hunger. Ich wollte einen Keks essen.«
»Neben deinem Bett steht eine volle Keksdose.«
»Genau hier hat das Personal versagt, alter Junge. Es steht zwar eine Büchse da, mit einem Etikett ›Keks für verhungernde Gäste‹, aber wenn ein verhungernder Gast sie öffnet, ist nichts drin. Deswegen war ich unterwegs zum Eßzimmer.« Und mit einem freundlichen treuherzigen Lächeln zog Jimmy eine Handvoll Kekse aus der Tasche seines Morgenrocks. Es entstand eine kleine Pause. »Und jetzt gehe ich wohl lieber wieder zu Bett«, meinte Jimmy. »Gute Nacht, Pongo!«
Mit gespielter Gleichgültigkeit lief er die Treppe hinauf, Bateman folgte ihm. An seiner Zimmertür blieb Jimmy stehen, um noch einmal gute Nacht zu wünschen.
»Wirklich eine sehr merkwürdige Sache mit diesen Keksen«, meinte Mr. Bateman. »Würde es dir etwas ausmachen, wenn ich . . .«
»Aber bitte, Pongo, überzeug dich selbst!«
Mr. Bateman wanderte durch das Zimmer, öffnete die Keksdose und starrte hinein. Die Dose war leer. »Sehr nachlässig! Gute Nacht.« Er zog sich zurück.
Jimmy setzte sich auf den Bettrand und lauschte einen Augenblick. Das ist gerade noch mal gut gegangen, dachte er. Mißtrauischer Kerl, dieser Pongo. Scheint nie zu schlafen! Häßliche Angewohnheit, mit einer Waffe rumzuschleichen.
Er stand auf und zog eine Schublade seines Toilettentisches heraus. Unter einem Stoß Krawatten lag ein Häufchen Kekse. Da hilft nichts, überlegte er, diese verdammten Dinger muß ich

aufessen. Ich wette, daß Pongo morgen früh mein Zimmer durchsucht.
Seufzend setzte er sich zu einer Keksmahlzeit nieder, auf die er auch nicht den geringsten Appetit hatte.

28

Genau zur verabredeten Zeit um zwölf Uhr traten Bündel und Loraine durch das Parktor. Den Hispano hatten sie in einer Werkstatt in der Nähe stehen gelassen.
Lady Coote begrüßte die beiden Mädchen überrascht und mit sichtlichem Vergnügen. Sie lud sie zum Mittagessen ein.
O'Rourke, der sich in einen riesigen Lehnstuhl zurückgezogen hatte, begann sofort, sich lebhaft mit Loraine zu unterhalten, die mit halbem Ohr Bündels hochtechnischen Erklärungen über die Autopanne lauschte.
»Und was für ein Glück«, endete Bündel, »daß das Miststück ausgerechnet hier seinen Geist aufgab! Das letztemal passierte es mir an einem Sonntag in einem kleinen Kaff namens Little Speddlington under the Hill. Es sah genauso aus, wie der Name klingt.«
»Würde gut in einen Film passen«, warf O'Rourke ein.
»Als Geburtsort eines einfachen Mädchens vom Lande«, schlug Socks vor.
»Ich möchte wissen«, sagte Lady Coote, »wo Mr. Thesiger steckt.«
»Ich glaube, im Billardzimmer«, meinte Socks. »Ich werde ihn holen.« Sie verschwand.
Kaum war sie gegangen, als Rupert Bateman mit der üblichen gequälten und ernsten Miene die Szene betrat.
»Ja, Lady Coote? Thesiger sagte, daß Sie nach mir gefragt haben. Guten Tag, Lady Eileen . . .« Er begrüßte die beiden Mädchen.
Loraine riß das Gespräch an sich. »Ach, Mr. Bateman! Ich wollte Sie schon lange etwas fragen. Waren nicht Sie es, der für wunde Hundepfoten einen Rat wußte?«
Der Sekretär schüttelte den Kopf. »Das muß jemand anders gewesen sein, Miss Wade. Obwohl ich zufällig . . .«

»Was für ein wundervoller Mann Sie sind«, unterbrach ihn Loraine. »Sie sind aber auch über alles informiert!«
»Man muß mit dem Wissen der Zeit Schritt halten«, erwiderte Mr. Bateman würdevoll. »Jetzt zu Ihren Hundepfoten . . .«
Halblaut murmelte O'Rourke Bündel zu: »Er erinnert mich an die Leute, die so kleine wöchentliche Zeitungskolumnen schreiben, wie zum Beispiel: ›Es ist nicht allgemein bekannt, wie man einen Messingtürknopf glänzend erhält‹ oder ›Der Mistkäfer ist eines der interessantesten Tiere unter den Insekten‹ oder ›Die Heiratsbräuche bei den Hochlandindianern‹ und so weiter.«
»Allgemeine Informationen nennt man das.«
»Nichts ist entsetzlicher als diese beiden Worte!« sagte O'Rourke und fügte hinzu: »Gott sei Dank bin ich ein gebildeter Mann und habe von solchen Sachen keine Ahnung!«
»Oh, Sie besitzen ja eine ›Golfuhr‹ zum Üben«, sagte Bündel zu Lady Coote.
»Wollen wir eine Runde spielen, Lady Eileen?« schlug O'Rourke vor.
»Gegen die beiden anderen!« meinte Bündel. »Loraine, Mr. O'Rourke und ich möchten gern mit Ihnen und Mr. Bateman Golf spielen.«
»Spielen Sie ruhig«, sagte Lady Coote. »Ich bin sicher, daß Sir Oswald Sie jetzt nicht braucht, Bateman.«
Die vier marschierten über den Rasen.
»Geschickt gemanagt, nicht wahr?« wisperte Bündel Loraine zu. »Ich gratuliere uns zu unserer weiblichen Schläue.«
Kurz vor eins hatten sie ihre Runde beendet, Loraine und Mr. Bateman waren Sieger.
»Aber Sie werden zugeben, Partner«, meinte Mr. O'Rourke, »daß wir sportlicher gespielt haben.« Er blieb mit Bündel etwas hinter den anderen zurück. »Der alte Pongo ist ein vorsichtiger Hund – riskiert nichts. Ich setze immer alles auf eine Karte. Das ist ein gutes Motto, nicht wahr, Lady Eileen?«
»Hat es Sie nicht schon mal in Schwierigkeiten gebracht?« fragte Bündel lachend.
»Natürlich! Tausendmal. Aber ich mache trotzdem weiter. Da wäre schon die Schlinge des Henkers nötig, um Terence O'Rourke zu erledigen.«

In diesem Augenblick schlenderte Jimmy Thesiger um die Ecke.
»Ja, Bündel, wie reizend!« rief er.
»Sie haben ein schönes Spiel verpaßt«, sagte Mr. O'Rourke.
»Ich war spazieren«, erklärte Jimmy. »Wie sind die Mädchen denn hergekommen?«
»Zu Fuß«, antwortete Bündel. »Der Hispano hat uns im Stich gelassen.« Sie erzählte ihm die Einzelheiten.
Jimmy hörte aufmerksam zu. »So ein Pech«, erklärte er laut. »Wenn es länger dauert, fahre ich Sie nach dem Essen mit meinem Wagen nach Hause!«
Ein Gong ertönte, und alle gingen ins Haus. Bündel beobachtete Jimmy. Sie bildete sich ein, aus seiner Stimme eine ungewöhnliche Erregtheit herausgehört zu haben. Sie hatte das Gefühl, daß Jimmys Plan geklappt hatte.
Nach dem Essen verabschiedeten sie sich höflich von Lady Coote, und Jimmy wiederholte sein Angebot, sie zur Werkstatt zu fahren. Als sie im Wagen saßen, sagten beide Mädchen wie aus einem Mund: »Nun?«
»Was gibt's denn?«
»Haben wir es nicht fein gemacht? Ich meine, wie wir O'Rourke und Bateman in ein Spiel verwickelten?«
»Wie ihr Pongo verarztet habt – dazu gratuliere ich euch! O'Rourke ist vermutlich ein friedlicher Mensch – aber Pongo ist aus anderem Holz geschnitzt. Auf ihn trifft nur ein Wort zu – letzte Woche stand es im Kreuzworträtsel der *Sunday Newsbag*. Ein Wort mit neun Buchstaben: ubiquitär! Das ist Pongo haargenau! Man kann nirgends hingehen, ohne ihm in die Arme zu laufen – und was das Schlimmste ist, man hört ihn nie kommen!«
»Ist er gefährlich?«
»Gefährlich? Selbstverständlich nicht. Der gute Pongo und gefährlich! Er ist ein Esel. Aber eben ein allgegenwärtiger Esel. Nicht einmal Schlaf scheint er zu brauchen wie andere Sterbliche. Kurz und gut, der Kerl ist verdammt lästig.« Und mit etwas bekümmerter Miene beschrieb er, was letzte Nacht geschehen war.
Bündel hatte kein Mitleid. »Ich verstehe sowieso nicht, was Sie sich dabei gedacht haben, da einfach rumzuschnüffeln.«
»Nummer sieben«, erklärte Jimmy knapp. »Hinter dem bin ich

her. Nummer sieben.«
»Und Sie bilden sich ein, ihn in diesem Haus zu finden?«
»Ich hoffte, daß ich einen Hinweis entdeckte.«
»Und?«
»Heute nacht nicht.«
»Aber heute früh«, mischte sich Loraine ein. »Heute vormittag ist was passiert, nicht wahr, Jimmy? Ich sehe es am Gesicht!«
»Ich weiß nicht recht, ob es etwas zu bedeuten hat. Aber bei einem Spaziergang . . .«
»Nicht weit vom Haus entfernt?«
»Seltsamerweise nicht. Einen internen Rundgang – so könnte man es genauer bezeichnen. Wie gesagt, ich weiß nicht, ob was dran ist. Ich fand dies hier!«
Mit der Fixigkeit eines Zauberers zog er eine kleine Flasche aus der Jackentasche und warf sie den Mädchen zu. Sie war halb mit weißem Puder gefüllt.
»Was halten Sie davon?« fragte Bündel.
»Weißes kristallinisches Pulver«, antwortete Jimmy. »Lesern von Kriminalromanen ist es bekannt. Wenn sich herausstellt, daß es nur Zahnpulver ist, werde ich natürlich betrübt und ärgerlich sein.«
»Wo haben Sie es gefunden?« fragte Bündel scharf.
»Das ist mein kleines Geheimnis!«
Und von dem Augenblick an half kein Bitten und kein Betteln mehr. Jimmy blieb verschlossen wie eine Auster.
»Da ist ja die Werkstatt«, sagte er kurz darauf. »Hoffentlich hat man den feurigen Hispano würdig behandelt.«
Der Gentleman von der Garage überreichte eine Rechnung über fünf Shilling und erzählte etwas von losen Schrauben. Bündel bezahlte mit einem süßen Lächeln.
»Hübsch zu wissen, daß man manchmal Geld verdienen kann, ohne etwas dafür zu tun«, flüsterte sie Jimmy zu.
Sie standen noch einen Augenblick unschlüssig auf der Straße und überlegten.
»Jetzt hab' ich's«, rief Bündel plötzlich.
»Was?«
»Mir ist wieder eingefallen, was ich Sie fragen wollte: Erinnern Sie sich an den Handschuh, den Superintendent Battle fand? Er war halb verkohlt!«

»Ja.«
»Sagten Sie nicht, daß er ihn Ihnen anprobiert hat?«
»Ja – er war mir ein bißchen zu groß, was zu der Vermutung paßt, daß der Täter ein großer, kräftiger Mann war.«
»Das interessiert mich im Augenblick nicht. Die Größe ist egal. George Lomax und Sir Oswald waren dabei, nicht wahr?«
»Ja.«
»Er hätte ihn ihnen auch geben können?«
»Ja, natürlich ...«
»Aber er tat es nicht. Er wählte Sie, Jimmy. Begreifen Sie nicht, was dies bedeutet?«
Mr. Thesiger starrte sie an. »Tut mir leid, Bündel. Ich habe nicht die leiseste Ahnung!«
»Und Sie, Loraine?«
Loraine sah Bündel neugierig an, schüttelte aber den Kopf. »Bedeutet es etwas Besonderes?«
»Natürlich! Begreift ihr denn nicht! Jimmy hatte seinen rechten Arm in der Schlinge!«
»Mein Gott, Bündel«, sagte Jimmy langsam. »Ziemlich seltsam, wenn ich es richtig bedenke. Es war ein linker Handschuh! Battle hat keinen Ton gesagt.«
»Er wollte nicht, daß es auffiel. Er ließ Sie ihn anziehen, damit dieser Punkt unbemerkt blieb. Er redete nur von der Größe, um abzulenken. Aber jetzt ist klar, daß der Schütze die Pistole in der *linken* Hand hielt.«
»Wir müssen also nach einem Linkshänder Ausschau halten«, sagte Loraine nachdenklich.
»Ja. Und ich erzähle euch noch was! Deshalb kramte Battle in dem Wandschrank. Er suchte nach einem Schläger für Linkshänder!«
»Mein Gott«, rief Jimmy plötzlich.
»Was ist?«
»Vielleicht steckt nichts dahinter, aber das Gespräch war merkwürdig.« Er wiederholte die Unterhaltung beim Tee am Tag vorher.
»Sir Oswald ist also Beidhänder?« fragte Bündel.
»Ja. Nun erinnere ich mich auch, daß ich an jenem Abend in *Chimneys* – die Nacht, in der Gerry starb – beim Bridge zusah und noch dachte, wie ungeschickt da jemand die Karten gab.

Dann merkte ich erst, daß er sie mit der linken Hand austeilte. Ich glaube, es war Sir Oswald.«
Sie sahen sich an. Loraine schüttelte den Kopf. »Ein Mann wie Sir Oswald Coote! Unmöglich. Was hätte er davon?«
»Es scheint absurd«, meinte Jimmy, »trotzdem . . .«
»Nummer sieben hat eben seine eigene Arbeitsmethode«, bemerkte Bündel. »Vielleicht ist dies die wahre Art und Weise, wie Sir Oswald sein Geld erworben hat?«
»Aber wozu diese Komödie in *Wyvern Abbey* inszenieren, wenn die Pläne in seinem eigenen Werk waren?«
»Dafür kann es einen Haufen Erklärungen geben«, meinte Loraine. »Zum Beispiel die Gründe, die auch auf O'Rourke passen. Der Verdacht mußte von ihm abgelenkt und in andere Kanäle geleitet werden.«
Bündel nickte eifrig. »Es paßt haarscharf! Der Verdacht sollte auf Bauer und die Gräfin fallen. Wer in aller Welt würde Sir Oswald auch nur im Traum verdächtigen?«
»Wie wär's mit Battle?« fragte Jimmy langsam.
Ein Gedanke schoß Bündel durch den Kopf. Battle hatte dem Millionär ein Efeublatt von der Jacke gezupft. Hatte er ihn schon die ganze Zeit über verdächtigt?

29

»Mr. Lomax ist da, Mylord!«
Lord Caterham zuckte heftig zusammen. Er war so in die kniffllige Frage vertieft, wie er sein linkes Handgelenk einsetzen sollte, daß er die Schritte auf dem Rasen nicht gehört hatte. Eher traurig als ärgerlich sah er seinen Butler an. »Ich erklärte Ihnen bereits beim Frühstück, Tredwell, daß ich heute vormittag besonders beschäftigt sei.«
»Ja, Mylord, aber . . .«
»Sagen Sie Mr. Lomax, daß Sie sich geirrt haben, daß ich im Dorf bin, daß ich einen Gichtanfall habe oder – wenn alles nichts nützt – daß ich gestorben sei.«
»Mr. Lomax hat Ihre Lordschaft bereits gesehen, als er die Auffahrt entlangsteuerte.«
Lord Caterham seufzte tief. »Na, schön. Ich komme.«

Für Lord Caterham war typisch, daß er sich stets dann besonders herzlich benahm, wenn er in Wahrheit genau das Gegenteil empfand. So begrüßte er George Lomax jetzt mit überschwenglicher Freundlichkeit.

»Mein lieber Freund, mein lieber Freund. Wie nett, Sie zu sehen, wirklich reizend. Bitte, nehmen Sie Platz. Einen Drink? Was für eine Überraschung!«

Er komplimentierte Lomax in einen großen Lehnstuhl, setzte sich ihm gegenüber und zwinkerte nervös.

»Ich wollte Sie aus einem bestimmten Grund sprechen«, begann Lomax.

»Oh!« meinte Lord Caterham schwach, und sein Mut sank, während er hastig all die entsetzlichen Möglichkeiten überlegte, die hinter diesem einfachen Satz stecken konnten.

»Aus einem sehr bestimmten Grund«, erklärte George mit Nachdruck.

Lord Caterhams Mut sank noch tiefer. Er ahnte, daß etwas viel Entsetzlicheres kommen würde, als er es sich je vorstellen könnte.

»Ja?« fragte er in dem kühnen Versuch, gleichgültig zu wirken.

»Ist Eileen zu Hause?«

Lord Caterham war erleichtert und etwas überrascht. »Ja, ja«, antwortete er. »Bündel ist da. Hat eine Freundin mitgebracht, die kleine Wade. Nettes Mädchen – sehr nettes Mädchen. Wird mal gut Golf spielen. Hübscher, leichter Schlag . . .«

Er plauderte munter drauflos, bis George ihn grob unterbrach:

»Es freut mich, daß Eileen zu Hause ist. Könnte ich sie wohl jetzt gleich sprechen?«

»Selbstverständlich, mein lieber Freund, selbstverständlich.« Lord Caterham war immer noch überrascht und schwelgte im Gefühl der Erleichterung. »Wenn Sie's nicht langweilt.«

»Nichts könnte mich weniger langweilen. Offenbar haben Sie, Caterham, wenn ich so sagen darf, noch gar nicht bemerkt, daß Bündel erwachsen ist. Sie ist kein Kind mehr, sondern eine Frau, eine, wenn ich so sagen darf, ausgesprochen charmante und kluge Frau. Der Mann, dem es gelingt, ihre Liebe zu erringen, darf sich äußerst glücklich schätzen. Ich wiederhole – äußerst glücklich.«

»Ach, was Sie nicht sagen. Aber sie ist sehr ruhelos, wissen Sie. Sie kann keine zwei Minuten an einem Fleck bleiben. Obwohl das den jungen Männern heutzutage nichts auszumachen scheint.«
»Sie meinen, daß sie nicht einrosten möchte? Eileen hat Köpfchen, Caterham, sie ist ehrgeizig! Sie interessiert sich für die tagespolitischen Ereignisse und geht ihnen mit jugendlichem Elan zu Leibe.«
Entgeistert starrte Lord Caterham ihn an. Ihm kam der Gedanke, daß der heute so oft zitierte »Streß des modernen Lebens« auch vor George Lomax nicht haltgemacht hatte. Seine Beschreibung von Bündel war geradezu absurd.
»Fühlen Sie sich nicht gut?« erkundigte er sich vorsichtig.
Lomax wischte diese Bemerkung ungeduldig beiseite. »Vielleicht haben Sie inzwischen den Grund meines heutigen Besuches erraten, Caterham. Ich bin nicht der Mann, der sich leichtfertig neue Verantwortung auflädt. Ich weiß, was ich meiner Position schuldig bin. Ich habe diese Angelegenheit voll und ganz durchdacht. Eine Heirat, besonders in meinem Alter, kann nicht ohne gründliche Prüfung ... äh ... Prüfung geplant werden. Gleiche Herkunft, gleicher Geschmack, Sympathie im allgemeinen, gleicher Glaube – alle diese Punkte sind wichtig. Ich habe das Für und Wider genau erwogen. Ich kann, so glaube ich, meiner Frau eine gesellschaftliche Stellung bieten, die nicht zu verachten ist. Eileen wird sie glänzend ausfüllen. Durch Geburt und Herkunft ist sie dazu bestimmt, und ihre Klugheit und ihr Verständnis für die aktuelle politische Lage werden meine Karriere zum beiderseitigen Nutzen nur fördern. Ich bin mir bewußt, Caterham, daß ... äh ... ein gewisser Altersunterschied besteht. Aber ich kann versichern, daß ich mich im Vollbesitz meiner Kräfte fühle. Der Mann sollte ohnedies älter sein. Und Eileen ist ein Mädchen mit anspruchsvollem Geschmack, sie wird lieber einen älteren Mann wollen als einen jungen Springinsfeld, der weder Erfahrung noch Savoir-faire besitzt. Ich kann Ihnen versichern, mein lieber Caterham, daß ich ihre köstliche Frische ... äh ... hegen und pflegen werde und zu würdigen weiß. Zu beobachten, wie sich die herrliche Blüte ihres Geistes entfaltet – welch eine Gunst des Schicksals! Und zu denken, daß ich nie bemerkt habe ...«
Mißbilligend schüttelte er den Kopf.

Lord Caterham, der kaum seine Sprache wiederfand, fragte offen: »Verstehe ich richtig, daß Sie ... mein lieber Freund, Sie wollen Bündel doch nicht etwa heiraten?«
»Sie sind überrascht? Es kommt wohl ziemlich plötzlich. Doch Sie erlauben, daß ich mit ihr spreche?«
»Ja, ja!« antwortete Lord Caterham. »Wenn Sie bloß die Erlaubnis haben wollen – die können Sie haben. Aber, Lomax, wenn ich Sie wäre, ich tät's nicht! Seien Sie vernünftig! Gehen Sie nach Hause und überlegen Sie sich's noch mal. Zählen Sie bis hundert oder so was. Es ist immer ein Jammer, wenn man einen Heiratsantrag unternimmt und sich zum Narren macht.«
»Sie meinen es sicher gut mit Ihrem Rat, Caterham, obwohl ich zugeben muß, daß ich ihn etwas merkwürdig finde. Doch ich habe mich entschlossen, mein Glück zu probieren. Kann ich Eileen sprechen?«
»Bitte, das hat mit mir nichts zu tun«, sagte Lord Caterham hastig. »Eileen ist völlig selbständig. Wenn sie morgen zu mir käme und erklärte, sie wolle den Chauffeur heiraten, würde ich keine Einwände erheben. Das ist heute die einzige Lösung. Kinder können einem das Leben verdammt sauer machen, wenn man nicht nachgibt. Ich sage immer zu ihr: ›Tu, was du willst, aber laß mich in Ruhe.‹ Und ich muß gestehen, daß sie im großen und ganzen erstaunlich gut darin ist.«
George stand entschlossen auf. »Wo kann ich sie finden?«
»Tja, das weiß ich nicht so genau«, sagte Lord Caterham vage. »Überall! Wie ich eben erwähnte, bleibt sie keine zwei Minuten am selben Fleck. Keine Ruhe im Leib.«
»Ich nehme an, daß Miss Wade bei ihr ist? Es wäre wohl das beste, Caterham, wenn Sie läuten und Ihren Butler bitten, sie zu suchen und ihr zu bestellen, daß ich sie ein paar Minuten sprechen möchte.«
Gehorsam drückte Lord Caterham auf die Klingel. »Ach, Tredwell«, sagte er, als dieser erschien, »können Sie bitte Ihre Ladyschaft suchen? Mr. Lomax möchte sie dringend im Wohnzimmer sprechen.«
»Sehr wohl, Mylord.«
Tredwell verschwand. George Lomax ergriff Lord Caterhams Rechte und drückte sie herzlich, sehr zum Unbehagen des Lords.

»Tausend Dank«, sagte er. »Ich hoffe, daß ich Ihnen bald gute Nachricht bringen kann.« Er hastete aus dem Zimmer.

»Na, so was«, murmelte Lord Caterham. »Na, so was!« Und nach einer langen Pause: »Was hat Bündel da bloß angestellt?«

Die Tür öffnete sich wieder.

»Mr. Eversleigh, Mylord!«

Als Bill hereingestürzt kam, ergriff Caterham seine Hand und sagte ernst: »Guten Tag, Bill. Sie suchen sicher Lomax? Hören Sie, wenn Sie ein gutes Werk tun wollen, laufen Sie ins Wohnzimmer und sagen Sie ihm, das Kabinett habe eine sofortige Sitzung einberufen, oder gebrauchen Sie irgendeine andere Ausrede, um ihn wegzukriegen. Es ist wirklich nicht fair, daß der arme Kerl sich lächerlich macht, bloß weil ein verrücktes Mädchen ihm einen Streich gespielt hat.«

»Ich bin nicht wegen Codders gekommen«, meinte Bill. »Wußte gar nicht, daß er hier ist. Ich wollte zu Bündel. Ist sie zu Hause?«

»Sie können sie jetzt nicht sprechen«, antwortete Lord Caterham. »Nicht sofort. George Lomax ist bei ihr.«

»Na und? Spielt das eine Rolle?«

»Ich glaube, doch. Er stottert im Augenblick sicher ziemlich herum, und ich finde, wir sollten es ihm nicht noch schwerer machen.«

»Was sagt er denn?«

»Weiß der Himmel! Eine Menge Unsinn vermutlich. Rede nie zuviel, das war schon immer mein Motto. Nimm das Mädchen an der Hand und laß den Dingen ihren Lauf!«

Bill starrte ihn an. »Hören Sie, Sir, ich hab's eilig. Ich muß Bündel sprechen ...«

»Sie werden nicht lange warten müssen! Ich muß gestehen, daß mir Ihr Erscheinen sehr recht ist. Vermutlich will Lomax mich unbedingt sprechen, wenn alles vorbei ist.«

»Wenn was vorbei ist? Was hat Lomax denn vor?«

»Scht«, sagte Lord Caterham, »er macht ihr einen Antrag.«

»Einen Antrag? Wozu denn?«

»Einen Heiratsantrag. Fragen Sie mich nicht, warum. Ich fürchte, er ist, wie man so schön sagt, im gefährlichen Alter. Anders kann ich's mir nicht erklären.«

»Er macht Bündel einen Heiratsantrag? Das Schwein! In seinem Alter!« Bills Gesicht wurde dunkelrot.
»Er sagt, er fühlt sich im Vollbesitz seiner Kräfte«, erklärte Lord Caterham vorsichtig.
»Der? Der ist doch hochgradig senil! Ich ...« Bill schnappte fast über.
»Absolut nicht!« widersprach Lord Caterham. »Er ist fünf Jahre jünger als ich.«
»So ein Quatsch! Codders und Bündel! Ein Mädchen wie Bündel! Sie hätten es nicht erlauben dürfen!«
»Ich mische mich nie ein«, verteidigte sich Lord Caterham.
»Sie hätten ihm sagen sollen, was Sie von ihm halten!«
»Das verbietet leider der Anstand«, bedauerte Lord Caterham. »In der Steinzeit – ja, da ... aber selbst da hätte ich es vermutlich nicht fertiggebracht – ich bin zu klein.«
»Bündel! Ausgerechnet Bündel! Ich habe nie gewagt, sie zu fragen, ob sie meine Frau werden will, weil ich dachte, sie würde mich nur auslachen. Und George – der widerliche Windhund, der skrupellose, scheinheilige alte Schaumschläger, ein hinterhältiger, eitler Angeber ...«
»Nur weiter«, feuerte Caterham ihn an. »So was genieße ich.«
»Mein Gott!« sagte Bill nur gefühlvoll. »Ich muß weg!«
»Nein, nein, gehen Sie nicht! Es wäre mir viel lieber, Sie blieben. Außerdem wollten Sie doch Bündel sprechen.«
»Jetzt nicht mehr. Mein Kopf ist völlig leer. Wissen Sie zufällig, wo Jimmy Thesiger steckt? Ich glaube, er war übers Wochenende bei den Cootes. Ist er immer noch dort?«
»Er fuhr doch gestern nach London zurück. Bündel und Loraine waren am Samstag dort. Wenn Sie einen Augenblick warten ...«
Aber Bill schüttelte energisch den Kopf und stürzte aus dem Zimmer. Lord Caterham lief auf Zehenspitzen in die Halle, ergriff einen Hut und stahl sich hastig durch eine Seitentür hinaus. In der Ferne sah er Bill in seinem Auto davonrasen.
Der wird noch einen Unfall bauen, dachte er.
Bill erreichte London jedoch ohne Zwischenfall und parkte auf dem St. James Square. Dann lief er zu Jimmys Wohnung. Jimmy war zu Hause.

»Tag, Bill! Was ist los? Du siehst nicht so heiter aus wie sonst!«

»Ich mache mir Sorgen«, erklärte Bill. »Ich war sowieso schon nervös, und da passierte noch was und gab mir den Rest!«

»Aha. Worum geht's? Kann ich was für dich tun?«

Bill antwortete nicht, sondern saß nur da und starrte so verwirrt und unglücklich auf den Teppich, daß Jimmys Neugier wach wurde.

»Ist irgend etwas Außergewöhnliches passiert, William?« erkundigte er sich freundlich.

»Etwas verdammt Merkwürdiges. Ich kann mir gar keinen Reim darauf machen.«

»Seven Dials?«

»Ja. Ich habe heute morgen einen Brief bekommen.«

»Einen Brief? Was für einen Brief?«

»Von Ronny Devereux' Testamentsvollstreckern.«

»Mein Gott! Nach so langer Zeit!«

»Anscheinend hat er ein Testament hinterlassen. Im Falle seines plötzlichen Todes sollte mir genau vierzehn Tage später ein bestimmtes versiegeltes Kuvert geschickt werden.«

»Haben sie es dir geschickt?«

»Ja.«

»Hast du es aufgemacht?«

»Ja.«

»Und ... was stand drin?«

Bill sah ihn so merkwürdig und unsicher an, daß Jimmy erschrak.

»Hör mal«, sagte er. »Reiß dich zusammen! Scheint dich ganz schön umgeworfen zu haben. Trink einen Schluck!«

Er schenkte einen steifen Whiskysoda ein und brachte Bill das Glas, der es gehorsam nahm. Auf seinem Gesicht lag noch immer der gleiche betäubte Ausdruck.

»Es geht um den Briefinhalt«, sagte er schließlich. »Ich kann es nicht glauben.«

»Ach, Quatsch! Du mußt dich einfach daran gewöhnen, schon auf nüchternen Magen sechs unmögliche Dinge als wahr zu akzeptieren. Das mache ich regelmäßig. Jetzt will ich alle Einzelheiten hören. Warte einen Augenblick.«

Er ging hinaus. »Stevens!«

»Ja, Sir?«
»Könnten Sie mir bitte Zigaretten holen? Ich habe keine mehr!«
»Sehr wohl, Sir.«
Jimmy wartete, bis er die Haustür ins Schloß fallen hörte, und kehrte ins Wohnzimmer zurück. Bill stellte gerade sein leeres Glas ab. Er sah besser aus, entschlossener und selbstsicherer.
»Also«, ermunterte ihn Jimmy. »Ich habe Stevens weggeschickt, damit uns niemand zuhört. Wirst du mir jetzt alles erzählen?«
»Es ist einfach zu unglaublich!«
»Dann stimmt's bestimmt. Los, raus mit der Sprache!«
Bill holte tief Luft. »Schön. Ich werde dir alles erzählen.«

30

Loraine, die mit einem kleinen entzückenden Hundejungen spielte, war etwas überrascht, als Bündel zwanzig Minuten später völlig außer Atem und mit einem unbeschreiblichen Ausdruck auf dem Gesicht wiederkam.
»Uff!« stöhnte Bündel und sank in einen Gartenstuhl. »Uff!«
»Was ist los?« fragte Loraine und sah sie neugierig an.
»George – George Lomax.«
»Was hat er getan?«
»Er hat mir einen Heiratsantrag gemacht. Es war entsetzlich! Er spuckte und stotterte, aber er ließ nicht ab – er muß es aus einem Buch auswendig gelernt haben. Oh, wie ich stotternde Männer hasse! Unglücklicherweise wußte ich nicht einmal, was ich antworten sollte!«
»Sie wissen doch immer, was Sie wollen!«
»Natürlich heirate ich keinen blöden Apoplektiker wie George! Ich meine nur, ich wußte die korrekte Antwort aus dem Anstandsbuch nicht. Ich konnte nur sagen: ›Nein, ich will nicht!‹ Dabei hätte ich irgendwas über die Ehre und so weiter, die er mir mit seinem Antrag macht, erwähnen müssen. Aber ich war so verwirrt, daß ich schließlich durch die Terrassentür davonsauste.«

»Aber Bündel, das sieht Ihnen gar nicht ähnlich.«
»Ich wäre auch nie im Traum darauf gekommen, daß mir so was passiert. George – von dem ich immer dachte, daß er mich haßt! Das hat er übrigens auch. Entsetzlich, so tun zu müssen, als interessiere einen das Lieblingsthema eines Mannes. Sie hätten sein Gefasel über meinen mädchenhaften Geist und wie er ihn formen will hören sollen! Wenn George auch nur ein Viertel von dem ahnte, was in meinem Kopf vorgeht, würde er in Ohnmacht fallen!«
Loraine mußte lachen.
»Ich weiß, daß ich schuld bin! Ich habe es mir selber eingebrockt. Dort kriecht ja Vater bei den Rhododendronbüschen herum. Hallo, Vater!«
Mit verlegenem Gesicht kam Lord Caterham näher. »Lomax ist weg, was?« fragte er mit falscher Gelassenheit.
»Da hast du mir was Feines eingebrockt«, meinte Bündel. »George sagte, daß er deine Billigung und Unterstützung habe.«
»Was hätte ich denn tun sollen? Übrigens ließ ich kein derartiges Wort verlauten.«
»Das habe ich auch nicht angenommen. Vermutlich hat George dich so in die Enge getrieben, daß du zum Schluß nur noch schwach nicken konntest.«
»Ziemlich genauso war's. Wie hat er's denn aufgenommen? Schlecht?«
»Ich habe es nicht abgewartet. Ich fürchte, ich war ein bißchen abrupt.«
»Na«, meinte Lord Caterham, »vielleicht ist es so das beste. Gott sei Dank wird Lomax in Zukunft nicht ständig herübergefahren kommen, wie er es sich angewöhnt hat, und mich mit seinen Problemen belästigen. Alles ist immer zu irgend etwas gut, wie man so schön sagt. Übrigens, hast du meinen Jigger gesehen?«
»Ein paar Schläge mit dem Mashie würden meine Nerven bestimmt beruhigen«, meinte Bündel. »Spielen wir um Sixpence, Loraine!«
Die drei verbrachten eine friedliche Stunde auf dem Rasen. Dann kehrten sie ins Haus zurück. Auf dem Tisch in der Halle lag ein Brief.

»Dies hat Mr. Lomax für Sie hinterlassen, Mylord«, erklärte Tredwell. »Er war sehr enttäuscht, daß Sie ausgegangen waren.«
Lord Caterham riß das Kuvert auf, stieß einige Entsetzensschreie aus und wandte sich dann nach seiner Tochter um. Tredwell hatte sich zurückgezogen.
»Wirklich, Bündel, du hättest ihm reinen Wein einschenken sollen!«
»Was meinst du bloß?«
»Hier, lies!«

Mein lieber Caterham – bedauerlich, daß ich Sie nicht mehr antraf. Ich dachte, ich hätte Ihnen gesagt, daß ich Sie nach meiner Unterredung mit Eileen noch einmal sehen wollte. Eileen, das liebe Kind, hatte offensichtlich keine Ahnung von den Gefühlen, die ich für sie hege. Sie war, fürchte ich, sehr erschreckt. Natürlich möchte ich sie in keiner Weise bedrängen. Ihre mädchenhafte Verwirrung war entzückend, und ich achte sie nur noch mehr wegen ihrer reizenden Zurückhaltung. Ich muß ihr Zeit lassen, sich an den Gedanken zu gewöhnen. Gerade diese Verwirrung verrät mir, daß ich ihr nicht vollkommen gleichgültig bin. An der Erfüllung meines sehnlichsten Wunsches hege ich keinen Zweifel.

Ihr aufrichtiger Freund
George Lomax

»Verdammt!« sagte Bündel. Ihr fehlten die Worte.
»Der Mann muß verrückt sein«, meinte Lord Caterham. »Niemand kann so was über dich schreiben, Bündel, wenn er nicht einen kleinen Dachschaden hat. Aber welche Beharrlichkeit! Jetzt wundert es mich nicht mehr, daß er ins Kabinett gekommen ist. Es geschähe ihm eigentlich recht, wenn du ihn heiratest, Bündel.«
Das Telefon klingelte, Bündel lief zum Apparat und hob ab. Im nächsten Augenblick waren George Lomax und sein Heiratsantrag vergessen. Eifrig nickte sie Loraine zu. Lord Caterham verschwand in sein Arbeitszimmer.
»Es ist Jimmy«, sagte Bündel. »Entsetzlich aufgeregt.«
»Gut, daß ich Sie erwischt habe«, sagte Jimmy. »Wir dürfen

keine Zeit verlieren. Ist Loraine da?«
»Ja.«
»Hören Sie, ich habe keine Zeit, es genau zu erklären – am Telefon geht's auch gar nicht! Aber Bill war eben da und hat mir die unglaublichste Geschichte erzählt, die Sie sich vorstellen können. Wenn sie stimmt – also, wenn sie stimmt, dann ist das der Knüller des Jahrhunderts. Passen Sie auf, was Sie zu tun haben. Fahren Sie sofort nach London, alle beide! Lassen Sie den Wagen irgendwo stehen und kommen Sie zum *Seven Dials Club*. Glauben Sie, daß Sie dort Ihren früheren Diener loswerden können?«
»Alfred? Klar! Überlassen Sie das nur mir!«
»Gut. Hängen Sie ihn ab und warten Sie auf Bill und mich! Zeigen Sie sich nicht am Fenster, aber wenn wir vorfahren, lassen Sie uns sofort rein, verstanden?«
»Ja.«
»Das wär's für jetzt. Übrigens, Bündel, erzählen Sie niemandem, daß Sie nach London fahren! Denken Sie sich irgendeine Ausrede aus: daß Sie Loraine nach Hause fahren zum Beispiel.«
»Großartig. Ach, Jimmy, ich bin so aufgeregt!«
»Machen Sie lieber auch gleich noch Ihr Testament!«
»Wird ja immer besser! Wenn ich nur wüßte, um was es geht!«
»Sobald wir uns treffen, erfahren Sie es. Ich kann Ihnen nur soviel verraten: Wir werden Nummer sieben ganz schön die Hölle heiß machen.«
Bündel hängte ein und erzählte Loraine in kurzen Zügen von der Unterhaltung. Loraine lief nach oben und packte hastig ihre Koffer. Bündel steckte den Kopf in ihres Vaters Arbeitszimmer.
»Ich bringe Loraine nach Hause.«
»Warum? Ich wußte gar nicht, daß sie schon fahren will.«
»Sie wird gebraucht«, erwiderte Bündel vage. »Haben eben angerufen. Wiedersehen!«
»Moment, Bündel! Wann bist du wieder zu Hause?«
»Keine Ahnung. Wenn ich da bin, bin ich da!«
Nach diesen unfeierlichen Abschiedsworten lief sie die Treppe hinauf, setzte sich einen Hut auf und zog ihren Pelzmantel an. Sie war startbereit.

Die Fahrt nach London verlief ohne Zwischenfälle, abgesehen von den üblichen, die Bündel durch ihre Fahrweise verursachte. Sie ließen den Hispano in einer Garage stehen und gingen direkt zum *Seven Dials Club*.

Alfred öffnete. Ohne viel Federlesens schob sich Bündel an ihm vorbei, gefolgt von Loraine.

»Schließen Sie die Tür, Alfred!« sagte sie. »Ich bin nur gekommen, um Ihnen einen Tip zu geben. Die Polizei ist Ihnen auf den Fersen!«

»Oh, Mylady!« Alfred wurde kalkweiß.

»Ich wollte Sie warnen, weil Sie mir neulich nachts einen Gefallen getan haben«, fuhr sie hastig fort. »Gegen Mr. Mosgorovsky ist ein Haftbefehl ergangen. Am besten verschwinden Sie schleunigst. Wenn man Sie hier nicht findet, wird man sich nicht weiter für Sie interessieren. Hier haben Sie zehn Pfund, damit Sie untertauchen können.«

Drei Minuten später verließ ein zu Tode erschrockener Alfred Hunstanton Street vierzehn. Er hatte nur einen Gedanken: nie wieder dorthin zurückzukehren.

»Na, das hat prima geklappt«, stellte Bündel zufrieden fest.

»War es nötig, so – so dick aufzutragen?« fragte Loraine.

»Es ist sicherer. Ich weiß nicht, was Jimmy und Bill vorhaben, aber Alfred darf nicht hereinplatzen und alles verpatzen. Hallo, da sind sie ja schon! Sie haben nicht lange gebraucht. Vermutlich haben sie von der Ecke aus beobachtet, wie Alfred wegging. Machen Sie auf, Loraine!« Loraine gehorchte.

Jimmy Thesiger kletterte vom Fahrersitz. »Bleib noch einen Moment hier, Bill«, sagte er. »Hupe, wenn du glaubst, daß jemand das Haus beobachtet!« Er rannte die Stufen zum Eingang hinauf und schlug die Tür hinter sich zu. Er sah rosig und freudig erregt aus. »Hallo, Bündel, da sind Sie ja! Fangen wir gleich an. Wo ist der Schlüssel zu dem Raum, in dem Sie das letztemal waren?«

»Er hing unten. Am besten holen wir alle Schlüssel rauf.«

»Richtig. Aber beeilen Sie sich! Wir haben wenig Zeit.«

Der Schlüssel war schnell gefunden, die mit grünem Filz bespannte Tür schwang auf, und die drei traten ein. Der Raum war genauso, wie Bündel ihn in Erinnerung hatte, sieben Stühle standen um einen Tisch. Schweigend betrachtete Jimmy ihn ein

paar Minuten. Dann wanderte sein Blick zu den beiden Einbauschränken.
»In welchem Schrank hatten Sie sich versteckt, Bündel?«
»In dem da!«
Jimmy trat auf ihn zu und riß die Tür auf. Die gleiche Ansammlung verschiedenster Gläser stand in den Regalen. »Wir müssen das ganze Zeug rausschmeißen«, murmelte er. »Holen wir Bill rauf. Er braucht jetzt nicht mehr länger Wache zu schieben.« Er sah Loraine an.
Loraine rannte davon.
»Was haben Sie vor?« fragte Bündel ungeduldig.
Jimmy lag auf den Knien und versuchte, durch einen Spalt in der anderen Schranktür zu spähen.
»Warten Sie, bis Bill kommt, dann erfahren Sie die ganze Geschichte. Das ist sein Fall – und ein unglaublicher dazu. Nanu? Warum kommt Loraine die Treppe herauf, als sei der Teufel hinter ihr her?«
In der Tat rannte Loraine, so schnell sie konnte, die Treppe hinauf. Mit aschfahlem Gesicht und schreckgeweiteten Augen stürzte sie herein. »Bill ... oh, Bündel ... Bill!«
»Was ist mit Bill?«
Jimmy packte sie an den Schultern. »Mein Gott, Loraine, was ist denn passiert?«
Loraine keuchte immer noch vor Aufregung. »Bill ... ich glaube, er ist tot – er sitzt im Auto, aber er bewegt sich nicht und sagt auch nichts. Ich bin überzeugt, er ist tot!«
Jimmy stieß einen Fluch aus und hastete die Treppe hinunter, Bündel folgte ihm. Ihr Herz pochte wie wild, und ein grauenvolles Gefühl der Verzweiflung stieg in ihr auf.
Bill – war tot? Nein, nein! Entsetzlich! Nur das nicht! Nur das nicht!
Sie erreichten den Wagen gleichzeitig. Loraine war hinter ihnen.
Bill saß noch genauso da, wie Jimmy ihn verlassen hatte! Aber seine Augen waren geschlossen. Er regte sich nicht, als Jimmy ihn am Arm zog.
»Das begreife ich nicht«, murmelte Jimmy. »Aber er ist nicht tot. Kopf hoch, Bündel! Wir müssen ihn ins Haus tragen. Beten wir, daß kein Polizist kommt. Wenn irgend jemand fragt, dann

sagen wir, daß unserem Freund schlecht geworden ist und wir ihn ins Haus bringen, klar?«
Gemeinsam trugen sie Bill ohne große Schwierigkeiten und ohne Aufsehen zu erregen ins Haus.
»In das kleine Parterrezimmer an der Rückseite«, sagte Jimmy. »Da steht eine Couch.«
Sie legten Bill auf die Couch, Bündel kniete sich neben ihn und hielt seine schlaffe Hand. »Sein Puls schlägt«, sagte sie. »Was ist bloß mit ihm los?«
»Er war noch ganz in Ordnung, als ich vorhin ins Haus ging«, meinte Jimmy. »Ob ihm irgend jemand etwas gespritzt hat? Das geht ganz leicht – nur ein kleiner Stich! Der Mann könnte ihn harmlos gefragt haben, wie spät es ist. Da gibt es jetzt nur eins: Ich hole einen Arzt. Bleiben Sie inzwischen hier und kümmern Sie sich um ihn!« Er lief zur Tür und blieb stehen. »Haben Sie keine Angst! Trotzdem lasse ich besser die Pistole da. Für alle Fälle. Ich bin so schnell wie möglich zurück.«
Er legte die Pistole auf den kleinen Tisch neben der Couch und verschwand. Sie hörten, wie die Haustür krachend ins Schloß fiel.
Im Haus schien es unheimlich still zu sein. Die beiden Mädchen blieben bewegungslos bei Bill sitzen. Bündel hielt noch immer die Finger an seinen Puls, der schnell und unregelmäßig schlug.
»Wenn wir doch etwas tun könnten«, wisperte sie Loraine zu. »Es ist entsetzlich.«
Loraine nickte. »Ja, mir kommt es wie eine Ewigkeit vor, seit Jimmy weg ist, aber es sind erst eineinhalb Minuten!«
»Ich höre Geräusche«, sagte Bündel. »Schritte und knarrende Dielen – über uns –, obwohl ich weiß, daß es nur Einbildung ist.«
»Ich möchte nur wissen, warum Jimmy seine Pistole dagelassen hat. Es kann doch nicht wirklich gefährlich werden.«
»Wenn sie Bill erwischen konnten ...«, sagte Bündel und schwieg.
Loraine schauderte. »Ich weiß – aber wir sind im Haus. Niemand kann herein, ohne daß wir es hören. Außerdem haben wir die Waffe.«
Bündel betrachtete Bill aufmerksam. »Wenn ich nur wüßte, was

ich tun könnte! Heißer Kaffee? Das soll angeblich helfen.«
»Ich habe Riechsalz in meiner Handtasche«, sagte Loraine.
»Und Brandy ... Wo ist sie denn? Ich muß sie oben liegengelassen haben.«
»Ich hole sie«, sagte Bündel. »Vielleicht hilft's.« Rasch lief sie die Treppe hinauf, durch den Spielsalon und in das Klubzimmer. Auf dem Tisch lag Loraines Handtasche.
Als Bündel ihre Hand ausstreckte, um sie an sich zu nehmen, hörte sie hinter sich ein Geräusch. An der Tür stand ein Mann mit einem Sandsack in der Hand. Bevor Bündel sich umdrehen konnte, schlug er zu. Mit einem leisen Stöhnen sank sie bewußtlos zu Boden.

31

Langsam kam sie wieder zu sich. Sie schien in einer dunklen, wirbelnden Schwärze zu schweben, im Mittelpunkt heftiger pochender Schmerzen. Laute drangen an ihr Ohr. Eine Stimme, die sie sehr gut kannte, wiederholte immer wieder dieselben Worte.
Das Wirbeln ließ nach. Der Schmerz pochte tatsächlich in ihrem eigenen Kopf! Dann war sie wieder so weit sie selbst, daß sie sich für das zu interessieren begann, was die Stimme sagte.
»Liebling, Liebling, Bündel! Oh, Liebling! Sie ist tot! Ich weiß, sie ist tot! Oh, mein Liebling! Bündel, Liebling! Ich liebe dich! Liebling ...«
Bündel lag mit geschlossenen Augen bewegungslos da. Aber sie war jetzt hellwach. Bill hielt sie fest in seinen Armen.
»Liebling – meine liebste Bündel! Was soll ich nur tun? Mein einziger Liebling! Mein Gott, was soll ich machen? Ich habe sie getötet, ich habe sie umgebracht!«
Zögernd, sehr zögernd antwortete Bündel. »Das hast du nicht, du Idiot«, sagte sie.
Bill schnappte vor Erstaunen nach Luft. »Bündel – du lebst?«
»Natürlich!«
»Wie lange bist du schon – ich meine, wann bist du zu dir gekommen?«
»Vor fünf Minuten.«

»Warum hast du die Augen nicht aufgemacht – oder was gesagt?«
»Wollte ich nicht. Es war so schön!«
»Schön?«
»Ja. All die Sachen, die du gesagt hast. So schön wirst du sie nie wieder sagen. Du wirst dich verdammt zu gut im Griff haben.«
Bill war dunkelrot geworden. »Bündel – du bist nicht böse? Weißt du, ich liebe dich nämlich. Schon seit Jahren. Aber ich habe nie gewagt, es dir zu sagen.«
»Du dummer Junge, warum nicht?«
»Ich dachte, du würdest mich auslachen. Ich meine – du bist so clever und so ... du wirst irgendein großes Tier heiraten.«
»Wie zum Beispiel George Lomax?«
»Nicht so einen blöden Esel wie Codders. Irgendeinen tollen Hecht, der dich verdient – obwohl es so jemand wohl gar nicht gibt.«
»Du bist wirklich ein lieber Kerl, Bill!«
»Sag mal, Bündel, könntest du dich ernsthaft aufraffen ...? Ich meine, könntest du dich dazu überwinden ...?«
»Wozu überwinden?«
»Mich zu heiraten. Ich weiß, daß ich ein entsetzlicher Dickkopf bin – aber ich liebe dich, Bündel! Ich bin dein Sklave, dein Wachhund oder was immer du willst.«
»Du hast Ähnlichkeit mit einem Hund«, meinte Bündel. »Ich mag Hunde. Sie sind so freundlich und treu und warmherzig. Ich glaube, daß ich mich schon überwinden könnte, dich zu heiraten, Bill – wenn ich mich richtig anstrenge.«
Als Reaktion darauf lockerte Bill seinen Griff und schreckte zurück. Er sah sie erstaunt an. »Meinst du es im Ernst?«
»Wieso nicht? Ich glaube, ich muß noch mal in Ohnmacht fallen.«
»Liebling ...« Bill zog sie wieder an sich. Er zitterte heftig. »Meinst du es wirklich ernst – ganz ehrlich? Du weißt ja nicht, wie sehr ich dich liebe!«
»Oh, Bill!«
Es ist nicht notwendig, die Unterhaltung der nächsten zehn Minuten zu schildern. Sie bestand im wesentlichen aus Wiederholungen.

»Und du liebst mich auch?« fragte Bill ungläubig wohl zum zwanzigsten Mal, als er Bündel schließlich losließ.
»Ja! Ja! Ja! Jetzt laß uns vernünftig sein! In meinem Kopf tobt und klopft es, und du hast mich fast zu Tode gedrückt. Ich möchte gern wissen, was los ist. Wo sind wir, und was ist passiert?«
Zum erstenmal begann sie, ihre Umgebung in Augenschein zu nehmen. Sie waren in dem geheimen Versammlungsraum, stellte sie fest, und die grünbespannte Tür war zu und vermutlich verschlossen. Sie waren Gefangene!
Bündels Blick kehrte zu Bill zurück. Völlig taub gegenüber ihren Fragen saß er da und sah sie hingebungsvoll an.
»Bill, Liebling«, sagte Bündel, »reiß dich zusammen! Wir müssen hier raus!«
»Wie ... Was? Ach, ja. Stimmt. Nicht schwierig.«
»Das glaubst du nur, weil du verliebt bist. Mir geht es genauso. Als sei alles ganz leicht und einfach.«
»Ist es auch«, sagte Bill. »Jetzt, da ich weiß, daß du mich liebst ...«
»Hör auf«, mahnte Bündel. »Wenn wir wieder damit anfangen, ist jede ernsthafte Unterhaltung unmöglich. Nimm dich zusammen und sei vernünftig! Sonst überlege ich es mir vielleicht anders!«
»Das werde ich nicht zulassen. Du glaubst doch nicht, daß ich so dumm wäre, dich wieder laufenzulassen?«
»Du würdest mich doch hoffentlich nicht gegen meinen Willen festhalten«, meinte sie würdevoll.
»Nein? Nimm dich in acht!«
»Du bist wirklich ein Schatz, Bill. Ich hatte Angst, du seist ein bißchen zu nachgiebig, aber ich sehe, daß von daher keine Gefahr droht. Nach der nächsten halben Stunde wirst du mich schon rumkommandieren. Oh, Liebling, wir fangen wieder an, uns albern zu benehmen. Hör zu, Bill, wir müssen hier raus!«
»Ich sage dir doch, das ist in Ordnung. Ich werde ...«
Er brach ab, weil Bündel warnend seine Hand drückte. Sie beugte sich vor und lauschte angestrengt. Ja, sie hatte sich nicht geirrt. Aus dem Nebenzimmer klangen Schritte. Ein Schlüssel wurde ins Schloß gesteckt und umgedreht. Bündel hielt den

Atem an. Kam Jimmy, um sie zu retten – oder war es jemand anders?
Die Tür öffnete sich, und der schwarzbärtige Mr. Mosgorovsky stand im Türrahmen.
Sofort stellte sich Bill vor Bündel. »Hören Sie«, sagte er. »Ich möchte ein Wort unter vier Augen mit Ihnen reden.«
Ein paar Sekunden lang antwortete der Russe nicht. Er stand einfach da, strich über seinen langen, seidigen schwarzen Bart und lächelte in sich hinein. »So ist das also«, sagte er schließlich. »Gut. Die Dame wird sicher gern mit mir kommen.«
»Ist in Ordnung, Bündel«, erklärte Bill. »Überlaß das nur mir! Geh mit! Niemand wird dir etwas tun. Ich weiß, was ich sage.«
Gehorsam stand sie auf. Der befehlende Ton in Bills Stimme war ihr neu. Er wirkte sehr selbstsicher und schien überzeugt zu sein, mit der Situation fertig zu werden. Bündel überlegte, welchen Trumpf Bill wohl noch im Ärmel hatte – oder glaubte, im Ärmel zu haben.
Sie ging vor dem Russen aus dem Zimmer. Er folgte ihr und schloß die Tür ab.
»Hier entlang, bitte«, sagte er.
Er deutete auf die Treppe. Gehorsam stieg sie in den nächsten Stock hinauf. Dort wurde sie in ein kleines muffiges Zimmer geführt, von dem sie annahm, daß es Alfreds war.
»Bitte, warten Sie hier ganz ruhig«, sagte Mosgorovsky. »Es darf Sie niemand hören.« Dann ging er hinaus und sperrte sie ein.
Bündel setzte sich auf einen Stuhl. Ihr Kopf tat noch immer sehr weh. Sie konnte keinen klaren Gedanken fassen. Bill schien die Situation im Griff zu haben. Früher oder später würde jemand kommen und sie hier herausholen.
Die Minuten verstrichen. Bündels Uhr war stehengeblieben, aber sie schätzte, daß über eine Stunde vergangen war, seit der Russe sie alleingelassen hatte. Was war los? Was war geschehen? Endlich hörte sie Schritte auf der Treppe. Es war Mosgorovsky.
»Lady Eileen Brent!« sagte er förmlich. »Ihre Anwesenheit wird auf einer Sondersitzung der *Sieben Zifferblätter* gewünscht. Bitte, kommen Sie mit.«

Er ging voran, und Bündel folgte ihm. Dann öffnete er die Tür zum Geheimzimmer. Bündel trat an ihm vorbei und hielt vor Überraschung die Luft an.
Zum zweitenmal hatte sie die Szene vor sich, von der sie beim erstenmal durch ihr Guckloch nur Ausschnitte gesehen hatte. Die maskierten Gestalten saßen rings um den Tisch. Während sie noch ganz benommen dastand, schlüpfte Moskorovsky auf seinen Platz und band sich die Maske vors Gesicht.
Diesmal war auch der Stuhl am Kopfende des Tisches besetzt. Nummer sieben saß auf seinem Platz.
Bündels Herz schlug wie wild. Sie stand am Fußende des Tisches und starrte entgeistert auf das verrückte Stück Stoff mit dem Zifferblatt darauf, das seine Züge verdeckte.
Er saß unbeweglich da, und Bündel spürte die Macht, die von ihm ausstrahlte. Seine Unbeweglichkeit war nicht die Unbeweglichkeit eines Schwachen – und sie wünschte sich heftig, fast hysterisch, daß er beginnen würde zu sprechen, ein Zeichen geben, eine Geste machen würde und nicht einfach dasäße wie eine gewaltige Spinne in ihrem Netz, die erbarmungslos auf ihr Opfer wartet.
Sie schauderte. Da stand Mosgorovsky auf. Seine Stimme, sanft, einschmeichelnd, klang seltsam fern. »Lady Eileen, Sie haben ungebeten an einem der Geheimtreffen der Gesellschaft teilgenommen. Deshalb ist es notwendig geworden, daß Sie sich mit unseren Zielen und Wünschen solidarisch erklären. Der Stuhl von Nummer zwei ist unbesetzt, wie Sie sehen. Wir bieten ihn Ihnen an.«
Bündel rang nach Luft. Die Versammlung glich einem phantastischen Alptraum. War es möglich, daß sie, Eilen Brent, gebeten wurde, sich einer Mörderbande anzuschließen? Hatte man Bill das gleiche Angebot gemacht, und hatte er empört abgelehnt?
»Ich kann nicht annehmen«, erklärte sie offen.
»Antworten Sie nicht vorschnell.«
Sie stellte sich vor, wie Mosgorovsky unter seiner Maske bedeutungsvoll in seinen Bart lächelte.
»Sie wissen noch nicht, Lady Eileen, was Sie ablehnen.«
»Ich kann es mir sehr gut denken.«
»Wirklich?«

Das war die Stimme von Nummer sieben. Sie weckte in Bündel vage Erinnerungen. Kannte sie diese Stimme nicht?
Sehr langsam hob Nummer sieben seine Hand und nestelte an der Maskenschnur. Bündel hielt den Atem an. Endlich sollte sie die Wahrheit erfahren! Die Maske fiel. Bündel starrte in Superintendent Battles ausdrucksloses hölzernes Gesicht.

32

»Ja«, sagte Battle, als Mosgorovsky aufsprang und auf Bündel zulief. »Holen Sie einen Stuhl! Das war ein ziemlicher Schock für sie.«
Bündel setzte sich. Vor Überraschung war sie wie gelähmt. In seiner für ihn typischen ruhigen, angenehmen Art fuhr Battle fort: »Sie haben mich hier nicht vermutet, Lady Eileen. Und auch sonst keiner der Anwesenden. Mr. Mosgorovsky ist sozusagen mein Adjutant. Er wußte von Anfang an Bescheid. Aber die meisten anderen haben ihre Aufträge ohne zu fragen von ihm angenommen.«
Bündel sagte noch immer kein Wort. Sie war – ein bei ihr höchst ungewöhnlicher Zustand – einfach sprachlos.
Battle nickte ihr mitfühlend zu, er schien ihre Verwirrung zu verstehen. »Ich fürchte, Sie müssen sich von ein paar liebgewonnenen Vorstellungen trennen, Lady Eileen. Unsere Gesellschaft zum Beispiel — ich weiß, in Büchern kommt so etwas öfter vor — ist keine Geheimorganisation von Kriminellen mit einem Superverbrecher an der Spitze, den keiner zu Gesicht bekommt. Möglich, daß es derartige Banden gibt. Ich kann nur sagen, daß mir nie eine untergekommen ist, und ich habe ganz schön viel Erfahrung.
Aber es gibt doch viel Romantik auf der Welt, Lady Eileen. Vor allem junge Leute lesen gern von geheimnisvollen Abenteuern, noch lieber erleben sie sie selbst. Ich werde Sie jetzt einer sehr vertrauenswürdigen Bande von Amateuren vorstellen, die für mich bemerkenswert gute Arbeit geleistet hat, Arbeit, die kein anderer hätte machen können. Wenn sie auch eine etwas melodramatische Verkleidung gewählt haben, wen stört's? Sie waren bereit, sich echten Gefahren auszusetzen – Gefahren der

schlimmsten Sorte –, und zwar aus folgenden Gründen: aus Hang zum Abenteuer – was in der heutigen Zeit, da Sicherheit vor allem anderen kommt, ein Zeichen von gesunder Risikofreudigkeit ist – und aus dem ehrlichen Wunsch heraus, unserem Land zu dienen.

Und jetzt, Lady Eileen, darf ich Sie mit den Herrschaften bekanntmachen. Als erstes ist da Mr. Mosgorovsky, den Sie schon kennengelernt haben. Wie Sie wissen, leitet er den Klub hier und ist noch für ein paar andere Dinge verantwortlich. Er ist unser bester antibolschewistischer Geheimagent in England. Nummer fünf ist Graf Andreas von der ungarischen Botschaft, ein sehr guter Freund des verstorbenen Gerald Wade. Nummer vier ist Mr. Hayward Phelps, ein amerikanischer Journalist, dessen Sympathien für England sehr groß und dessen Fähigkeiten im Aufspüren von Informationen bemerkenswert sind. Nummer drei . . .«

Er hielt inne und lächelte. Bündel starrte verblüfft auf den verlegen grinsenden Bill Eversleigh.

»Nummer zwei«, fuhr Battle mit ernsterer Stimme fort, »ist nur durch seinen leeren Stuhl vertreten. Dort saß Mr. Ronny Devereux, ein tapferer junger Mann, der für sein Land gestorben ist. Nummer eins – nun, Nummer eins war Mr. Gerald Wade, ein anderer sehr tapferer junger Mann, der ebenfalls ums Leben kam. Seine Stelle wurde eingenommen – nicht ohne einige schwerwiegende Einwände meinerseits – von einer Dame, einer Dame, die ihre Tatkraft und ihr Können unter Beweis gestellt hat und uns eine große Hilfe war. Sie verdient diesen Platz.«

Als letzte entfernte Nummer eins die Maske, und Bündel blickte ohne große Überraschung in Gräfin Radzkys schönes Gesicht.

»Ich hätte wissen müssen«, sagte Bündel ärgerlich, »daß Sie die fremde Abenteuerin zu perfekt spielten, um echt zu sein.«

»Aber du kennst den Witz an der Sache noch nicht«, mischte sich Bill ein. »Bündel, die Gräfin ist Babe St. Maur – erinnerst du dich, wie ich dir von ihr erzählte? Was für eine fabelhafte Schauspielerin sie sei? Sie hat es bewiesen.«

»Das stimmt«, sagte Miss St. Maur in unverkennbar transatlantischem Nasalton. »Aber es besagt noch nicht sehr viel. Meine Eltern stammen nämlich aus der Gegend – da ist mir die

Rolle leichtgefallen. Aber einmal – in *Wywern Abbey* – hätte ich mich mit meinem Gerede über Gärten fast verraten!« Sie schwieg. Dann sagte sie plötzlich: »Es war – ich habe nicht nur aus Spaß mitgemacht. Wissen Sie, ich war mit Ronny Devereux so gut wie verlobt, und als er erschossen wurde – da ... da wollte ich helfen, den Schuft zu finden, der ihn umgelegt hat. Das ist alles.«

»Ich bin völlig durcheinander«, gestand Bündel. »Nichts ist so, wie es zu sein scheint.«

»Die Dinge liegen sehr einfach, Lady Eileen«, schaltete Battle sich wieder ein. »Es begann damit, daß ein paar junge Leute etwas Aufregendes erleben wollten. Es war Mr. Wade, der als erster zu mir kam. Er schlug die Gründung einer Organisation von Amateuren vor, die ein bißchen Geheimdienst spielen sollten. Ich warnte ihn vor der Gefährlichkeit – aber das zählte bei ihm nicht. Ich erklärte, daß jeder, der sich der Organisation anschlösse, die Risiken akzeptieren müsse. Es hielt keinen von Mr. Wades Freunden ab. So fing alles an ...«

»Und das Ziel?« fragte Bündel.

»Wir jagten einen bestimmten Mann – wir mußten ihn unbedingt überführen. Es war kein gewöhnlicher Verbrecher. Er arbeitete in Mr. Wades Umgebung und war gefährlich. Unseren Mann interessierten nur große Sachen von internationaler Bedeutung. Zweimal waren schon wertvolle geheime Informationen gestohlen worden, ganz offensichtlich von jemandem, der interne Kenntnisse besaß. Der Geheimdienst, die Polizei – sie taten ihr möglichstes und versagten. Da übernahmen die Amateure den Fall – und hatten Erfolg.«

»Erfolg?«

»Ja – aber es ging nicht ohne Verluste ab. Zwei Menschen opferten ihr Leben, er kam jedesmal davon. Aber die *Sieben Zifferblätter* ließen nicht locker. Und wie ich schon sagte, sie hatten Erfolg. Dank Mr. Eversleigh wurde der Mann schließlich auf frischer Tat ertappt.«

»Wer ist es denn?« fragte Bündel. »Kenne ich ihn?«

»Sie kennen ihn sogar sehr gut, Lady Eileen. Sein Name ist Jimmy Thesiger. Er wurde heute nachmittag verhaftet.«

33

Superintendent Battle begann zu erklären. »Ich selbst hatte lange Zeit keinen Verdacht«, sagte er ruhig. »Den ersten Hinweis erhielt ich, als ich Mr. Devereux' letzte Worte erfuhr. Natürlich dachten Sie, Lady Eileen, Mr. Devereux wolle Mr. Thesiger mitteilen, daß die *Seven Dials* ihn umgebracht hätten. Bei oberflächlicher Betrachtung schienen seine Worte das zu bedeuten. Aber ich wußte ja, es konnte unmöglich stimmen. Es waren vielmehr die *Seven Dials,* denen Mr. Devereux eine Nachricht zukommen lassen wollte – und zwar wegen Mr. Thesiger.

Die Sache schien unglaublich, da Mr. Devereux und Mr. Thesiger enge Freunde gewesen waren. Doch mir fiel noch etwas ein — daß nämlich die Diebstähle von jemandem begangen worden sein mußten, der sehr gut Bescheid wußte; der, wenn er nicht selbst im Auswärtigen Amt arbeitete, zumindest allen Klatsch hörte. Woher hatte Mr. Thesiger sein Geld? Das Vermögen, das sein Vater ihm hinterließ, war klein, trotzdem lebte er auf großem Fuß.

Ich wußte, daß Mr. Wade über eine gemachte Entdeckung sehr aufgeregt war und überzeugt, auf dem richtigen Weg zu sein. Er vertraute niemandem an, welche Spur er verfolgte, aber er erwähnte gegenüber Mr. Devereux, daß er kurz vor der Lösung sei. Das war, bevor beide an jenem Wochenende nach *Chimneys* fuhren. Wie Sie wissen, starb Mr. Wade dort – allem Anschein nach an einer Überdosis Schlaftabletten. Das schien schlüssig, aber Mr. Devereux akzeptierte diese Erklärung keinen Augenblick, sondern war überzeugt, daß Mr. Wade sehr geschickt beseitigt worden und der Täter unter den Leuten im Haus zu suchen sei. Soviel ich weiß, hätte er sich Mr. Thesiger fast anvertraut. Damals verdächtigte er ihn sicher noch nicht. Doch irgend etwas hielt ihn zurück.

Dann tat Devereux etwas sehr Merkwürdiges. Er stellte sieben Wecker auf den Kaminsims, den achten warf er aus dem Fenster. Die Wecker waren das Symbol, daß die *Sieben Zifferblätter* den Tod eines Mitglieds rächen würden. – Danach beobachtete er, ob irgend jemand sich verriet oder Bestürzung zeigte.«

»Dann hat Jimmy Thesiger Gerry Wade vergiftet?«

»Ja, er schmuggelte das Zeug in einen Whisky, den Mr. Wade kurz vor dem Schlafengehen unten trank. Deswegen fühlte er sich schon schläfrig, als er den Brief an seine Schwester schrieb.«

»Bauer, der Diener, hat also gar nichts damit zu tun?« fragte Bündel.

»Bauer war einer unserer Leute, Lady Eileen. Wir hielten es für wahrscheinlich, daß unser Mann sich für Herrn Eberhards Pläne interessieren würde, deswegen brachten wir Bauer in *Chimneys* unter. Er sollte seine Augen offenhalten. Aber er konnte nicht viel tun. Wie ich schon sagte, es war nicht schwierig für Mr. Thesiger, die tödliche Dosis in den Whisky zu schütten. Später, als alles schlief, stellte Mr. Thesiger ein leeres Medizinfläschchen und ein Glas neben Mr. Wades Bett. Da war Mr. Wade schon bewußtlos. Vermutlich preßte Thesiger dessen Finger um die Flasche und das Glas, falls irgendwelche Fragen auftauchen sollten. Welche Wirkung die sieben auf dem Kaminsims aufgereihten Wecker auf Mr. Thesiger hatten, weiß ich nicht. Er ließ sich Mr. Devereux gegenüber nichts anmerken. Trotzdem glaube ich, daß er hin und wieder ein paar unangenehme Augenblicke hatte, wenn er an sie dachte. Und ich vermute, daß er danach Mr. Devereux scharf im Auge behielt.

Was als nächstes passierte, wissen wir nicht ganz genau. Nach Mr. Wades Tod sah man Mr. Devereux nicht mehr viel. Aber es ist ganz offensichtlich, daß er in der gleichen Richtung weiterarbeitete, die Mr. Wade schon eingeschlagen hatte. Er kam zum selben Ergebnis: daß Mr. Thesiger unser Mann sei. Ich nehme an, daß er auf die gleiche Art und Weise verraten wurde.«

»Wie meinen Sie das?«

»Durch Miss Loraine Wade. Mr. Wade war ihr sehr ergeben und wollte sie sogar heiraten – sie war ja nicht seine leibliche Schwester. Es besteht kein Zweifel, daß er ihr mehr erzählte als guttat. Doch Miss Loraine war mit Haut und Haaren Mr. Thesiger verfallen. Sie tat, was immer er verlangte. Sie gab jede Information an ihn weiter. Später fühlte sich Mr. Devereux in gleicher Weise zu ihr hingezogen und warnte sie vermutlich vor Mr. Thesiger. Deshalb mußte auch Mr. Devereux zum Schweigen gebracht werden – und er versuchte noch im Sterben, den

Seven Dials mitzuteilen, daß sein Mörder Jimmy Thesiger sei.«

»Wie entsetzlich!« rief Bündel. »Wenn ich das geahnt hätte!«

»Nun, es erschien ja auch so unwahrscheinlich. Ich konnte es zunächst selbst nicht glauben. Aber dann passierte die Geschichte auf Lomax' Landsitz, *Wyvern Abbey*. Sie werden sich erinnern, wie schwierig es war – vor allem für Mr. Eversleigh. Sie und Mr. Thesiger waren ein Herz und eine Seele. Sie, Lady Eileen, hatten Mr. Eversleigh schon in Verlegenheit gebracht, als Sie darauf bestanden, den *Seven Dials Club* zu besuchen. Als er dann noch erfuhr, daß Sie heimlich hiergewesen und unsere Gespräche belauscht hatten, da war er völlig sprachlos.«

Der Superintendent machte eine Pause, und ein Lächeln stahl sich in seine Augen. »Das war ich übrigens auch, Lady Eileen. Ich hätte nie gedacht, daß so etwas möglich sei. Sie haben mich ganz schön überlistet. Nun, Mr. Eversleigh saß also in der Klemme. Er konnte Sie nicht in das Geheimnis der *Sieben Zifferblätter* einweihen, ohne daß auch Jimmy Thesiger davon erfuhr – und das konnte er nicht zulassen. Und Mr. Thesiger hatte einen glaubhaften Grund, sich nach *Wyvern Abbey* einladen zu lassen, was die Dinge für ihn vereinfachte.

Ich muß gestehen, daß die *Sieben Zifferblätter* Mr. Lomax schon einen Warnbrief geschickt hatten, damit er sich an mich um Hilfe wandte, denn dann konnte ich völlig unverdächtig zur Stelle sein. Ich machte kein Geheimnis aus meiner Anwesenheit, wie Sie sich erinnern, Lady Eileen!« Und wieder zwinkerte Battle.

»Also weiter: Zum Schein mußten Mr. Eversleigh und Mr. Thesiger die Nacht in zwei Wachen einteilen. In Wirklichkeit wachten Mr. Eversleigh und Miss St. Maur. Miss St. Maur stand gerade an der Terrassentür, als sie Mr. Thesiger kommen hörte, und mußte sich rasch hinter die Spanische Wand flüchten.

Und jetzt zeigt sich Mr. Thesigers Gerissenheit. Bis zu einem gewissen Punkt erzählte er eine vollkommen wahre Geschichte, und ich muß zugeben, daß ich von dem Kampf und allem Drum und Dran sehr beeindruckt war. Ich begann schon, mich zu fragen, ob er mit dem Diebstahl überhaupt etwas zu tun habe, ob wir nicht eine ganz falsche Fährte verfolgten. Es gab ein oder zwei Verdachtsmomente, die in eine völlig andere Richtung wie-

sen, und ich kann Ihnen sagen, daß ich mir keinen Reim darauf machen konnte, bis etwas auftauchte, das die Fronten klärte. Ich fand im Kamin den verkohlten Handschuh mit Bißspuren daran – da wußte ich, daß ich doch recht gehabt hatte. Aber, das muß ich zugeben, er war wirklich clever.«
»Was ist nun tatsächlich passiert?« fragte Bündel. »Wer war denn der andere Mann?«
»Es gab keinen anderen Mann. Hören Sie zu! Ich werde Ihnen erzählen, wie ich die ganze Geschichte rekonstruierte. Eines möchte ich vorwegnehmen: Mr. Thesiger und Miss Wade arbeiteten zusammen. Sie hatten sich zu einer bestimmten Zeit verabredet. Miss Wade kommt also mit dem Wagen an, schlüpft durch die Hecke und schleicht zum Haus. Für den Fall, daß ihr jemand begegnet, hat sie eine fabelhafte Geschichte parat — die, die sie dann auch erzählte. Sie erreicht unbehelligt die Terrasse, kurz nachdem es zwei Uhr geschlagen hat. Aber sie wurde doch gesehen, als sie in den Park kam. Meine Männer beobachteten sie, aber sie hatten die Anweisung, niemand am Kommen zu hindern – nur am Verlassen des Parks. Denn ich wollte soviel wie möglich herausfinden. Miss Wade steht also auf der Terrasse, und in diesem Moment fällt ihr ein Päckchen vor die Füße. Sie hebt es auf. Ein Mann klettert am Efeu herunter, und sie läuft davon. Was passiert als nächstes? Der Kampf und die Schüsse. Was wird da jeder tun? Zum Ort des Geschehens laufen. Und Miss Wade hätte unbemerkt mit den Plänen davonfahren können.
Aber die Dinge entwickeln sich anders. Miss Wade läuft mir direkt in die Arme. Und in diesem Moment wendet sich das Blatt. Miss Wade ist nicht mehr im Angriff, sondern in der Verteidigung. Sie erzählt ihre Geschichte. Sie ist vollkommen wahr und klingt vernünftig.
Jetzt zu Mr. Thesiger! Eines fiel mir sofort auf. Wegen der Schußwunde allein konnte er nicht die Besinnung verloren haben. Entweder war er gestürzt und hatte sich den Kopf angeschlagen – oder, nun, er war nicht ohnmächtig geworden. Später hörten wir Miss St. Maurs Darstellung. Sie stimmte mit der von Mr. Thesiger völlig überein – bis auf einen vielsagenden Punkt. Miss St. Maur erzählte, daß Mr. Thesiger, nachdem er das Licht ausgemacht hatte, zur Terrassentür ging und dort so

still dastand, daß sie schon dachte, er habe das Zimmer verlassen. Nun ist es aber so, daß ein atmender Mensch in einem Zimmer kaum zu überhören ist, vor allem, wenn man gerade darauf besonders achtet. Nehmen wir an, daß Mr. Thesiger den Raum tatsächlich verließ. Doch warum? Er kletterte am Efeu hoch und in Mr. O'Rourkes Zimmer – Mr. O'Rourkes Whisky war natürlich am Abend präpariert worden. Er holt die Pläne, wirft sie Miss Wade zu, klettert den Efeu wieder hinunter und – inszeniert den Kampf. Das ist ganz einfach, wenn man es sich genau überlegt. Er schmeißt die Möbel um, stolpert herum, schimpft mit normaler Stimme oder krächzt heiser. Und dann der Schlußpunkt: die beiden Pistolenschüsse. Mit seiner eigenen Automatik, die er am Tag zuvor ganz offen gekauft hatte, schießt er auf den imaginären Angreifer. Dann holt er mit seiner linken behandschuhten Hand eine kleine Mauser aus der Tasche und schießt sich selbst durch die Muskeln am rechten Oberarm. Er schleudert die Pistole aus dem Fenster, zieht sich mit den Zähnen den Handschuh aus und wirft ihn ins Feuer. Bei meiner Ankunft liegt er ohnmächtig auf dem Boden.«

Bündel holte tief Luft. »Das alles hatten Sie aber nicht schon damals erkannt, Superintendent?«

»Nein. Ich wurde ebenso zum Narren gehalten wie alle anderen. Erst lange danach hatte ich alle Steinchen zusammengesetzt. Der Handschuh war der Anfang. Dann bat ich Sir Oswald, die Pistole durchs Fenster auf den Rasen zu werfen. Sie fiel ein gutes Stück zu weit. Aber ein Rechtshänder wirft mit der linken nicht so weit wie mit der rechten. Trotzdem hatte ich auch damals nur einen Verdacht – einen sehr vagen Verdacht.

Dann fiel mir noch etwas auf. Ganz offensichtlich waren die Pläne gezielt geworfen worden. Wenn Miss Wade tatsächlich nur zufällig unten gestanden hatte, für wen waren sie dann bestimmt? Für den Uneingeweihten erschien die Beantwortung der Frage natürlich einfach – für die Gräfin. Aber hier war ich Ihnen gegenüber im Vorteil, Lady Eileen. Ich wußte, daß die Gräfin in Ordnung war. Was folgte daraus? Daß die Pläne genau von der Person aufgehoben wurden, die sie aufheben sollte. Je mehr ich darüber nachdachte, desto bemerkenswerter erschien mir der Zufall, daß Miss Wade just zum richtigen Zeitpunkt aufgetaucht war.«

»Wie schwierig muß es für Sie gewesen sein, als ich mit meinen Verdächtigungen über die Gräfin zu Ihnen kam!«
»Das war es auch, Lady Eileen. Ich mußte mir etwas ausdenken, um Sie von dieser Fährte abzubringen. Und für Mr. Eversleigh war es ebenfalls schwierig, als die Gräfin erwachte und er keine Ahnung hatte, was sie sagen würde.«
»Jetzt verstehe ich Bills Besorgnis«, sagte Bündel. »Und warum er sie immer wieder bat, sich Zeit zu lassen und nicht zu sprechen, bis sie sich besser fühle.«
»Der arme Bill«, warf Miss St. Maur ein. »Der gute Junge. Ich mußte ihn bezirzen, gegen seinen Willen, und er wurde mit jeder Minute wütender.«
»Nun«, fuhr Superintendent Battle fort, »so stand es also. Ich verdächtigte Mr. Thesiger – aber ich konnte einfach keinen hieb- und stichfesten Beweis erbringen. Andererseits war Mr. Thesiger selbst beunruhigt. Mehr oder weniger erkannte er, was für einen Gegner er in den *Seven Dials* hatte, aber er wollte vor allem herausbekommen, wer Nummer sieben war. Deshalb ließ er sich von Lady Coote einladen, weil er glaubte, Sir Oswald Coote sei es.«
»Ich habe Sir Oswald auch verdächtigt«, erklärte Bündel, »besonders, als er nachts aus dem Garten kam.«
»Ich hatte ihn nie im Verdacht«, meinte Battle. »Aber ich muß gestehen, daß mir der junge Mann, sein Sekretär, eine Zeitlang nicht ganz geheuer war.«
»Pongo?« fragte Bill. »Doch nicht der alte Pongo?«
»Ja, Mr. Eversleigh, der alte Pongo, wie Sie ihn nennen. Ein sehr tüchtiger junger Mann, dem alles zuzutrauen ist. Zum Teil verdächtigte ich ihn, weil er an jenem Abend die Wecker in Mr. Wades Zimmer gestellt hatte. Es wäre für ihn ein leichtes gewesen, die Flasche und das Glas neben das Bett zu plazieren. Außerdem ist er Linkshänder. Der Handschuh wies direkt auf ihn – wenn da nicht eine Sache gewesen wäre ...«
»Ja?«
»Die Bißspuren – nur ein Mann, dessen rechte Hand unbrauchbar war, mußte seine Zähne benutzen, um den Handschuh auszuziehen.«
»Dadurch war Pongo von jedem Verdacht gereinigt?«
»Dadurch war Pongo von jedem Verdacht gereinigt, wie Sie sa-

gen. Ich bin sicher, daß Mr. Bateman äußerst überrascht wäre, wenn er wüßte, daß wir ihn verdächtigten.«

»Zweifelsohne«, meinte Bill. »So ein feierlicher Kauz, so ein blöder Trottel wie Pongo. Wie konnten Sie je ...«

»Nun, was das betrifft, so schien Mr. Thesiger ein hohlköpfiger junger Esel ohne Verstand zu sein. Einer von den beiden mußte es also sein. Nachdem ich mich für Mr. Thesiger entschieden hatte, war ich auf Mr. Batemans Meinung über ihn neugierig. Mr. Bateman hegte die schlimmsten Befürchtungen, was Mr. Thesiger betraf, und äußerte sich des öfteren in diesem Sinne gegenüber Sir Oswald.«

»Merkwürdig«, sagte Bill, »aber Pongo hat einfach immer recht. Das macht einen ganz verrückt.«

»Nun, wie ich schon sagte«, ergriff Superintendent Battle wieder das Wort. »Wir haben Mr. Thesiger ganz schön auf Trab gebracht, er war über *Seven Dials* ziemlich verwirrt, denn er wußte nicht, wo die Gefahr lag. Daß wir ihn am Schluß doch kriegten, haben wir nur Mr. Eversleigh zu verdanken. Er wußte, was ihn erwartete, und riskierte ohne Zögern sein Leben. Aber er hätte nie im Traum daran gedacht, daß Sie, Lady Eileen, mit hineingezogen würden.«

»Bei Gott nicht«, stöhnte Bill auf.

»Er wagte sich mit einer fabelhaft erfundenen Geschichte zu Mr. Thesiger«, fuhr Battle fort, »und tat, als seien gewisse Papiere von Mr. Devereux in seine Hände geraten und würden Mr. Thesiger belasten. Als ehrlicher Freund, log Mr. Eversleigh, sei er sofort zu ihm gelaufen, überzeugt, daß er, Thesiger, eine Erklärung habe. Wir rechneten damit, daß, wenn wir auf der richtigen Spur wären, Mr. Thesiger versuchen würde, Mr. Eversleigh auszuschalten. Und wie er das versuchen würde, konnten wir so ungefähr erraten. Natürlich servierte Mr. Thesiger seinem Gast einen Whiskysoda. Während der paar Minuten, die Thesiger hinausging, goß Mr. Eversleigh den Drink in eine Vase auf dem Kaminsims. Trotzdem mußte er so tun, als ob das Mittel wirkte. Es würde ihn langsam betäuben, das wußte er, nicht plötzlich. Er begann mit seiner Geschichte, und Mr. Thesiger leugnete zunächst empört, aber als er sah – oder zu sehen glaubte –, daß das Mittel zu wirken begann, gab er alles zu und eröffnete Mr. Eversleigh, daß er das dritte Opfer sei.

Als Mr. Eversleigh fast ›bewußtlos‹ war, brachte Mr. Thesiger ihn zu seinem Wagen hinunter und half ihm einsteigen. Die Katze war aus dem Sack. Ohne daß Mr. Eversleigh es gemerkt hatte, muß er Sie angerufen haben. Er schlug Ihnen eine clevere Ausrede vor: Sie sollten sagen, daß Sie Miss Loraine nach Hause brächten.

Sie hatten niemandem von seinem Anruf erzählt. Später, wenn man Ihre Leiche hier fände, würde Miss Wade schwören, daß Sie sie nach Hause gebracht hätten und dann nach London gefahren seien, um auf eigene Faust in dieses Haus einzudringen.

Mr. Eversleigh spielte weiter die Rolle des Bewußtlosen. Ich gestehe, daß sofort nach dem Weggang der beiden jungen Männer sich einer meiner Leute Zugang zu Mr. Thesigers Wohnung verschaffte. Er fand den präparierten Whisky, der genug Morphiumhydrochlorid enthielt, um zwei Männer ins Jenseits zu befördern. Außerdem verfolgten wir ihren Wagen. Mr. Thesiger fuhr zu einem renommierten Golfklub am Stadtrand, wo er sich ein paar Minuten zeigte und erzählte, daß er eine Runde spielen wolle. Das war natürlich für den Fall gedacht, daß er ein Alibi benötigte. Den Wagen mit dem bewußtlosen Mr. Eversleigh ließ er ein Stück weiter unten an der Straße stehen. Dann fuhr er in die Stadt zurück, zum *Seven Dials Club*. Als er Alfred das Haus verlassen sah, fuhr er am Portal vor, sprach ein paar Worte mit Mr. Eversleigh – falls Sie ihn beobachteten –, kam ins Haus und führte seine kleine Komödie auf.

Als er behauptete, einen Arzt zu holen, ließ er in Wirklichkeit nur die Haustür ins Schloß fallen, schlich sich die Treppe hinauf und versteckte sich hinter der Tür dieses Zimmers, in das Miss Wade Sie unter irgendeinem Vorwand schicken würde. Natürlich war Mr. Eversleigh zu Tode erschrocken, als er Sie sah, aber er hielt es für das beste, seine Rolle weiterzuspielen. Er wußte, daß unsere Leute das Haus beobachteten, und nahm deshalb an, daß für Sie keine unmittelbare Gefahr bestünde. Er konnte notfalls ja auch jederzeit wieder lebendig werden. Als Mr. Thesiger seine Pistole auf den Tisch legte und offensichtlich das Haus verlassen wollte, schienen Sie völlig sicher. Wie es dann weiterging . . .« Battle brach ab und sah Bill an. »Vielleicht möchten Sie das erzählen, Sir.«

»Ich lag immer noch auf der verdammten Couch«, begann Bill, »und versuchte, möglichst elend auszusehen, obwohl ich immer nervöser wurde. Kurz darauf kam jemand die Treppe herunter, Loraine stand auf und ging zur Tür. Ich hörte Thesigers Stimme, konnte aber nicht verstehen, was er sagte. Dann antwortete Loraine: ›Es ist alles in Ordnung. Lief wie am Schnürchen.‹ Er flüsterte: ›Hilf mir, ihn hinaufzutragen. Es wird etwas mühsam sein, aber sie sollen beide oben liegen als nette kleine Überraschung für Nummer sieben.‹ Dann verstand ich nicht mehr so recht, worüber sie sprachen, aber irgendwie schafften sie mich die Treppe hinauf. Es war wirklich nicht einfach für sie. Ich machte mich extra schwer. Sie trugen mich hier in diesen Raum, und dann hörte ich Loraine sagen: ›Bist du sicher, daß alles glattgeht? Sie wird nicht aufwachen?‹ Und Jimmy – der Lump – sagte: ›Keine Angst! Ich habe mit voller Wucht zugeschlagen.‹

Sie gingen weg und schlossen die Tür ab. Da öffnete ich die Augen und sah dich, Bündel. Mein Gott, ich werde mich nie wieder so elend fühlen. Ich dachte, du seist tot.«

»Ich nehme an, daß mein Hut mir das Leben gerettet hat«, sagte Bündel.

»Zum Teil«, meinte Superintendent Battle. »Zum Teil war auch Mr. Thesigers verletzter Arm schuld. Er merkte es selbst nicht – – aber er war nur halb so kräftig wie sonst. Doch das entschuldigt uns alle nicht. Wir haben nicht genügend auf Sie aufgepaßt, Lady Eileen – das ist ein dunkler Punkt in dieser ganzen Geschichte.«

»Ich bin sehr zäh«, meinte Bündel, »und habe meistens Glück. Worüber ich nicht hinwegkomme, ist die Tatsache, daß Loraine mit drinhängt. Sie ist so ein nettes kleines Ding!«

»Ja!« rief Superintendent Battle. »Das war die Frau aus Pentonville auch, und die hat fünf Kinder umgebracht! Danach kann man nicht urteilen!

»Haben Sie sie auch gefaßt?«

Superintendent Battle nickte. »Man wird sie wohl nicht hängen – Geschworene sind weichherzig. Aber der junge Thesiger wird baumeln – und das ist gut so. Er ist der übelste und abgebrühteste Verbrecher, der mir je untergekommen ist.« Er machte eine Pause und fügte hinzu: »Wie wär's mit einer kleinen

Feier, Lady Eileen, falls Ihr Kopf nicht zu sehr schmerzt? Ich kenne ein nettes kleines Lokal, gleich um die Ecke.«
Bündel stimmte begeistert zu: »Ich bin halb verhungert, Superintendent Battle. Und außerdem«, sie blickte in die Runde, »muß ich meine Kollegen kennenlernen!«
»Die *Sieben Zifferblätter«*, sagte Bill. »Hurra! Jetzt brauchen wir Champagner! Gibt's in dem Lokal Champagner, Superintendent?«
»Sie werden sich über nichts zu beklagen haben, Sir. Überlassen Sie es nur mir!«
»Superintendent Battle«, sagte Bündel, »Sie sind ein wunderbarer Mann. Schade, daß Sie schon verheiratet sind. Wie die Sache steht, werde ich mit Bill vorliebnehmen müssen.«

34

»Ich habe eine Neuigkeit für dich, Vater«, sagte Bündel. »Du wirst mich bald verlieren.«
»Unsinn«, meinte Lord Caterham. »Erzähl mir nicht, daß du die galoppierende Schwindsucht oder ein schwaches Herz hast oder so was, weil ich dir das nämlich nicht glaube.«
»Ich werde nicht sterben. Ich will heiraten.«
»Beinahe genauso schlimm. Vermutlich werde ich zur Hochzeit kommen und mich in Gala werfen müssen – lauter unbequemes enges Zeug –, um dich dem Bräutigam zu übergeben. Und Lomax denkt womöglich noch, daß es sich gehört, mir in der Sakristei einen Kuß zu geben.«
»Guter Gott, du glaubst doch nicht, daß ich George Lomax heirate?« rief Bündel.
»Na, als ich dich das letztemal sah, war davon die Rede«, erklärte ihr Vater. »Das war gestern vormittag, falls du dich erinnerst.«
»Ich heirate jemanden, der hundertmal netter ist als er«, sagte Bündel.
»Das hoffe ich auch! Aber man kann nie wissen. Meiner Meinung nach bist du keine besonders gute Menschenkennerin, Bündel. Du hast mir erzählt, daß der junge Thesiger ein charmanter Nichtsnutz sei, aber nach allem, was ich höre, ist er

einer der gerissensten Verbrecher, die es gibt. Schade, daß ich ihn nie kennengelernt habe. Ich dachte daran, bald meine Memoiren zu schreiben – mit einem eigenen Kapitel über Mörder, denen ich in meinem Leben begegnet bin –, und durch ein rein technisches Versehen habe ich diesen jungen Mann nie getroffen.«

»Sei nicht albern«, sagte Bündel. »Du weißt, daß du gar nicht die Energie hast, Memoiren zu schreiben oder sonst was.«

»Eigentlich wollte ich sie nicht selbst schreiben«, erwiderte Lord Caterham. »Ich glaube, das tut man nie. Neulich traf ich ein sehr charmantes Mädchen, die sowas beruflich macht. Sie sammelt das Material und schreibt die ganze Geschichte.«

»Und was tust du dabei?«

»Ach, ich erzähle ihr jeden Tag eine halbe Stunde lang ein bißchen was. Nichts weiter.« Nach einer kleinen Pause fuhr Lord Caterham fort: »Sie ist ein sehr gut aussehendes Mädchen – so ruhig und sympathisch.«

»Ich habe das Gefühl, Vater«, sagte Bündel, »daß du, wenn ich nicht aufpasse, äußerst gefährlich lebst.«

»Jeder hat seine ganz persönlichen Gefahren, meine Liebe«, antwortete Lord Caterham. Er war schon im Gehen, als er den Kopf wandte und über die Schulter hinweg fragte: »Wen heiratest du eigentlich?«

»Ich war schon neugierig, wann du mich das fragen würdest. Ich heirate Bill Eversleigh.«

Der alte Egoist dachte eine Minute darüber nach. Dann nickte er äußerst zufrieden. »Ausgezeichnet«, sagte er. »Er ist auch Anfänger, nicht wahr? Dann können wir bei den Golfturnieren im Herbst beim Vierer zusammenspielen.«

Leseprobe aus Scherz-classic-Krimi 941

SIE KAMEN NACH BAGDAD

von Agatha Christie

»Guten Morgen, Captain Crosbie. Womit kann ich dienen?«
»Ist Mr. Dakin in seinem Zimmer? Schön, ich gehe hinauf.«
Crosbie ging durch eine Tür ein paar sehr steile Stufen hinauf und einen schmutzigen Gang entlang. Er klopfte an die Tür am Ende des Ganges, und eine Stimme rief »Herein«.
Es war ein hohes, kahles Zimmer. Das elektrische Licht brannte, und das Tageslicht war sorgfältig ausgesperrt. An einem schäbigen Schreibtisch saß ein etwas schäbiger Mann mit einem müden, unentschlossenen Gesicht – dem Gesicht eines Mannes, der in der Welt nicht weitergekommen ist, der das weiß und dem nichts mehr daran gelegen ist.
Die beiden Männer, der muntere, selbstsichere Crosbie und der melancholische, müde Dakin blickten einander an. Dakin sagte: »Hallo, Crosbie! Gerade von Kirkuk zurück?«
Der andere nickte und schloß sorgfältig die Tür hinter sich. Es war eine alte, schlecht gestrichene Tür, aber sie besaß einen unerwarteten Vorzug. Sie schloß tadellos, ohne Spalten und ohne Zwischenraum am unteren Rand. Sie war nämlich tatsächlich schalldicht.
Mit dem Schließen der Tür ging im Benehmen der beiden Männer eine ganz leichte Veränderung vor sich. Captain Crosbie wurde weniger aggressiv und selbstsicher, und Mr. Dakins Schultern strafften sich, er wurde weniger unsicher. Wäre ein Lauscher dabei gewesen, hätte er zu seinem Erstaunen gemerkt, daß Dakin der Vorgesetzte war. – »Irgendwelche Neuigkeiten, Sir?«
»Ja.« Dakin seufzte. Er hatte ein Schriftstück vor sich, das er eben dechiffriert hatte. »Sie soll in Bagdad stattfinden.« Er strich ein Zündholz an, zündete das Schriftstück an und sah zu, wie es verbrannte. Als es zu Asche verglommen war, blies er leicht hinein. Die Asche flog auf und zerstreute sich.
»Ja«, wiederholte er. »Sie haben sich für Bagdad entschieden. Am Zwanzigsten des nächsten Monats. Wir sollen es strengstens geheimhalten.«
»Sie sprechen im Souk schon seit drei Tagen davon«, sagte Crosbie.

»In diesem Fall macht das nichts. Wenn die Konferenz in Bagdad stattfindet, wird es bald veröffentlicht werden müssen. Und dann fängt der Spaß – unser Privatspaß – an.«
»Glauben Sie, daß sie überhaupt stattfinden wird, Sir?« fragte Crosbie skeptisch. »Hat Onkel Joe ernstlich die Absicht zu kommen?«
»Ich glaube diesmal ja, Crosbie«, sagte Dakin nachdenklich. »Ja, ich glaube es wirklich. Und wenn sie stattfindet und ungestört verläuft – nun, dann kann sie vielleicht alles retten. Aber wenn diese phantastische Geschichte von Carmichael wahr ist . . .« Er brach ab.
»Sie kann doch nicht wahr sein, Sir. Sie ist zu phantastisch!«
Dakin schwieg einen Augenblick. Er sah sehr klar ein ernstes, kummervolles Gesicht vor sich, hörte eine ruhige, schwer zu beschreibende Stimme phantastische, unglaubliche Dinge sagen. Er sagte sich, wie er sich damals gesagt hatte: »Entweder mein bester, mein verläßlichster Mann ist verrückt geworden, oder die Geschichte ist wahr . . .«
Er sagte mit der gleichen leisen, melancholischen Stimme: »Carmichael glaubte sie. Alles, was er herausbekommen konnte, bestätigte seine Annahme. Er wollte hingehen, um mehr herauszubekommen, um Beweise zu bringen. Ob es klug von mir war, ihn gehen zu lassen, weiß ich nicht. Wenn er nicht zurückkommt, so bleibt nur mein Bericht über das, was Carmichael sagte, was wieder eine Geschichte ist, die jemand *ihm* erzählt hat. Genügt das? Ich glaube kaum. Es ist, wie Sie sagen, eine so phantastische Geschichte . . . Aber wenn der Mann selbst am Zwanzigsten hier in Bagdad ist, um seine eigene Geschichte zu erzählen, die Geschichte eines Augenzeugen, und Beweise zu bringen –«
»Beweise?« fragte Crosbie scharf.
Der andere nickte: »Ja, er hat Beweise.«
»Woher wissen Sie das?« . . .

Bitte lesen Sie weiter in Band 941

der Scherz-classic-Krimis:

SIE KAMEN NACH BAGDAD

von Agatha Christie

Leseprobe aus Scherz-classic-Krimi 1038

DAS ZEICHEN DER VIER

von Sir Arthur Conan Doyle

Es war schon sechs Uhr, als Holmes zurückkam. Er war heiter, lebhaft und in bester Laune, ein Zustand, der bei ihm mit Phasen düsterer Niedergeschlagenheit abzuwechseln pflegte.

»Diese ganze Affäre ist gar nicht so geheimnisvoll«, erklärte er und nahm die Tasse Tee, die ich für ihn eingeschenkt hatte. »Die Tatsachen lassen nur eine einzige Deutung zu.«

»Was? Sie haben den Fall schon enträtselt?«

»Nun, das wäre zuviel gesagt. Ich habe lediglich eine aufschlußreiche Entdeckung gemacht, das ist alles. Sie ist sogar *sehr* aufschlußreich. Einzelheiten müssen noch hinzugefügt werden. Ich habe eben beim Durchlesen von alten *Times*-Nummern festgestellt, daß Major Sholto aus Ober-Norwood, ehemals beim 34. Infanterieregiment in Bombay, am 28. April 1882 gestorben ist.«

»Ich bin vielleicht schwer von Begriff, Holmes, aber ich sehe nicht, worauf das schließen läßt.«

»Nicht? Ich muß mich wundern über Sie. Folgen Sie meinen Ausführungen: Hauptmann Morstan verschwindet; die einzige Person, die er in London besuchen konnte, ist Major Sholto; Major Sholto erklärt, nichts davon gewußt zu haben, daß Morstan in London sei; vier Jahre darauf stirbt Sholto. *Eine Woche nach seinem Tod* erhält die Tochter Hauptmann Morstans ein wertvolles Geschenk, und das von da an Jahr für Jahr, und nun gipfelt die Angelegenheit in einem Brief, der Miss Morstan als eine Frau bezeichnet, der Unrecht geschehen ist. Worauf soll sich das beziehen, wenn nicht auf das Verschwinden ihres Vaters? Und warum sollten die Geschenksendungen unmittelbar nach Sholtos Tod beginnen, wenn nicht der Erbe von Major Sholto etwas über das Geheimnis wüßte und den Wunsch nach Wiedergutmachung hätte? Haben Sie irgendeine andere Theorie, die im Bereich des Möglichen liegt und sich mit unseren Fakten deckt?«

»Was für eine merkwürdige Wiedergutmachung! Auf welch sonderbare Art! Und warum schreibt er erst jetzt den Brief statt vor sechs Jahren? Andererseits spricht er in dem Brief davon, ihr zu ihrem Recht verhelfen zu wollen. Zu welchem Recht kann man ihr denn noch verhelfen? Es wäre zu optimistisch anzunehmen, daß ihr Vater noch am Leben ist. Und von einem anderen Unrecht, das Ihnen bekannt wäre, ist ja nicht die Rede.«

»Es gibt noch einige Probleme, ganz gewiß«, erwiderte Sherlock Holmes nachdenklich; »aber unser kleiner Ausflug heute abend wird sie lösen. Ah, das ist ja schon die Droschke mit Miss Morstan. Sind Sie soweit? Dann wollen wir hinuntergehen, es ist schon nach sechs.«

Ich langte nach meinem Hut, ergriff meinen schwersten Stock und sah, daß Holmes seinen Revolver aus der Schublade nahm und in die Tasche gleiten ließ. Er glaubte also, unsere heutige Aufgabe könnte gefährlich werden.

Miss Morstan hatte sich in einen dunklen Mantel gehüllt. Ihr feinnerviges Gesicht war gesammelt, aber bleich. Sie wäre keine Frau gewesen, wenn sie nicht ein gewisses Unbehagen bei dem seltsamen Unternehmen gespürt hätte, zu dem wir gerade aufbrachen. Doch beherrschte sie sich tadellos und antwortete bereitwillig auf die paar Fragen, die Sherlock Holmes noch an sie richtete.

»Major Sholto war ein besonders guter Freund von Papa«, sagte sie. »In seinen Briefen hat Papa ihn sehr oft erwähnt. Er und mein Vater befehligten gemeinsam die auf den Andamanen stationierten Truppen, so daß die beiden Männer lange Zeit sehr eng zusammenarbeiteten. Übrigens ist ein seltsames Schriftstück in Vaters Schreibtisch gefunden worden, das niemand verstehen konnte. Ich nehme nicht an, daß es auch nur die geringste Bedeutung besitzt, aber ich dachte mir, Sie würden es vielleicht gerne sehen, deshalb habe ich es mitgebracht. Hier ist es.«

Holmes entfaltete das Papier sorgsam und breitete es auf seinen Knien aus. Dann prüfte er es methodisch mit der Lupe.

»Der Bogen stammt aus der indischen Papiermanufaktur«, bemerkte er. »Er war eine Zeitlang an einem Brett befestigt. Die grafische Darstellung darauf scheint der Plan eines Gebäudeteils mit zahlreichen Räumen, Korridoren und Verbindungsgängen zu sein. An einem Punkt wurde ein kleines Kreuz mit roter Tinte eingetragen, und darüber steht in verwischter Bleistiftschrift: 3,37 von links. In der linken Ecke sind merkwürdige Hieroglyphen, die wie vier Kreuze aussehen, deren Längsarme sich berühren. Daneben steht in sehr grober, ungebildeter Schrift: ›Das Zeichen der Vier – Jonathan Small, Mahomet Singh, Abdullah Khan, Dost Akbar.‹ Ich gebe zu, daß mir nicht klar ist, in welchem Zusammenhang dieses Papier mit unserem Fall steht. Und doch ist es ein wichtiges Dokument. Es wurde sorgfältig in einem Notizbuch verwahrt, denn die Vorderseite des Bogens ist ebenso sauber wie die Rückseite.«

»Wir fanden es tatsächlich in Papas Notizbuch.«

»Heben Sie es gut auf, Miss Morstan, denn es könnte uns doch von Nutzen sein. Ich beginne zu vermuten, daß der ganze Fall doch viel komplizierter ist, als ich zu Beginn annahm.«

Er lehnte sich zurück, und ich konnte an seinen zusammengezogenen Brauen und dem ausdruckslosen Blick erkennen, daß er angespannt nachdachte ...

Bitte lesen Sie weiter in Band 1038

der Scherz-classic-Krimis:

DAS ZEICHEN DER VIER

von Sir Arthur Conan Doyle